우리가
햄릿이다

송희복 산문집

보고사

독자를 위하여

　내 두 번째 산문집인 『꽃을 보면서 재채기라도 하고 싶다』가 2008년이 저물어갈 때 세상에 나왔었다. 그 이후, 산문집을 꼭 하나 더 내야겠다는 생각이나 욕심은 정말 없었다. 그럼에도 불구하고, 『우리가 햄릿이다』라는 제목의 또 다른 산문집을 이제 다시금 상목하려고 한다. 햇수로 보면 9년 만의 일이다.

　산문은 살아가는 일의 낙수(落穗), 즉 가을걷이할 때 논바닥에 떨어져 있는 이삭에 비유되는 것이다. 산문은 이처럼 성과를 염두에 두지 않았던 결과물이다. 생활의 여유로움 속에서 생활을 발견하는 문자 행위의 결과가 산문인 것이다. 피를 말리는 것 같은 전문적인 글쓰기에 얽매어 길들여진 나에게 산문은 참 편한 글이어서 읽기도 쓰기도 이만저만 좋은 게 아니다.
　그런데 오히려 이 때문에 문학하는 사람들에게는 산문을 글의 본령으로 쉬 인정하지 아니하려는 경향이 있다. 시인들과 소설가들은 산문을 두고 흔히 잡문이라고 하기도 한다. 산문을 시와 소설에 비해 하찮은 갈래로 본다는 것이다. 심지어 넓은 의미에 있어서 일종의 산문가이기도 한 비평가들조차 그렇게 말하는 것을, 내가 경험하기도 했다. 이처럼 산문이란 말 속에는 잡문의 이미지가 간섭을 일으키면서 무언가 좀 폄하하는 것 같은 어감이 담겨져 있는 것이 엄연한 사실이다.

글의 갈래에 우열이 따로 있지도 않거니와, 있다고 생각해서도 안 된다. 글을 쓰거나 읽거나 하는 자, 모든 글 앞에 모두 겸허해야 한다고 본다.

이 책에 실린 글 가운데 발표된 글은 4분의 1에도 미치지 않는다. 대부분이 발표되지 아니한, 평소에 써둔 글이다. 산문이란 말 자체가 산만하여 좀 두서가 없고, 산문집 속의 글 하나하나가 비교적 어수선하게 편집되어 있다고 하지만, 나의 산문에는 지금의 내 삶의 경험과 흔적이 배어 있고, 내 생각의 넓이와 깊이를 담고 있다. 이런 점에서, 나는 나의 산문을 두고 결코 잡문이라고 생각하지 않는다.

그렇기 때문에, 내가 쓴, 여기 모인 글들이 그 동안 어떤 의무감이나 현실적인 얽매임이 없이 쓰인 일기 같은 글이라고 해도, 여기에 실린 대부분의 글들이 노트북의 파일 속에 보관된 미발표의 원고로 아무렇게나 보관되어 온 글이라고 해도, 내게는 하나하나가 더 없이 소중하다.

이 산문집에 실려 있는 낱낱의 글들은 모두 마흔 네 편이다.

이 중에서 세 편을 제외하고는 최근 3년 안에 쓰이었다. 최근의 3년이라고 하면, 대체로 세월호 사건에서부터 지금까지의 시간대에 속한다고 할 수 있다. 이 시간대는 내 개인적으로 어머니와의 이별 이후에 비교적 정신적인 안정을 찾은 시기이기도 하지만, 사회적으로 볼 때는 매우 다사다난하면서도 얽히고설킴의 이해관계가 사뭇 복잡해진 시기이기도 하다.

이 산문집은 먹물이 든 사회적인 공인으로서의 내가 공동체적인 모둠의 세세한 삶에 관하여, 하고 싶은 말, 해야 할 말을 소소하게 담아둔 시의적인 한 기록이라고 할 수 있다. 또 한편으로는 그 동안 묻어둔 사연의 얘기들을 사사롭게 드러내 놓은 성찰적인 회고담이기도 하다. 많은 분들이 이 산문집의 글들을 읽으면서 마음으로부터 공명한다면, 전문적인 글쓰기에 지친 나로서는 그 무엇보다 더 기쁜 일이 있겠는가 싶다.

정유년 정월에, 저자 적음.

차례

제2부 / 세상의 일을 성찰하다

제3부 / 팔자에 없는 정치담론

제4부 / 내 지난날을 돌아보다

제1부

사람의

일을

북돋우다

정환기의 청정한 우물물

동양 사상의 고전 중에서 가장 오래된 책은 『주역』이다. 주나라 때 만들어졌다고 주역(周易)이라고 한다. 이 책의 역사는 족히 삼천 년 가까이 되었을 것이다. 이 책은 공자도 즐겨 읽었다고 한다. 공자 때는 종이로 된 책이 아니라 죽간으로 된 것이었다. 우리나라의 이순신 장군도 『주역』에 대한 해박한 지식을 가지고 있어서 전황을 분석하고 작전을 수립할 때 종이책으로 된 주역을 활용했다. 미래를 예측하고 승리를 점치고 했던 『주역』이 오늘날에는 단순한 점서(占書)가 아닌 철학서로서 당당히 인정되고 있다.

『주역』의 64괘 중에서 48번째의 괘가 정(井)괘이다. 정(井)

은 우물이며, 또 이것은 온 마을 사람들에게 없어서는 안 될 물을 제공한다. 정괘를 설명한 괘사 중에서 이런 표현이 있다. "마을은 다른 곳으로 옮길 수 있지만, 우물은 바꿀 수 없다. 우물물은 아무리 길어 올려도 마르지 않으며, 그렇다고 넘치지도 않는다. 많은 사람들이 오가면서 마셔도 항상 맑은 상태를 유지한다." 이 괘사의 원문 중에 키워드가 되는 것은 '왕래정정(往來井井)'이다. 많은 사람들이 기꺼이 와서 물을 아무리 마시더라도 그 물의 맑고 깨끗함은 잃지 않는다는 사실을 가리킨다.

가정 정환기 선생은 일본에서 실업가뿐만 아니라 문필가로서도 이름이 나 있다. 또 나고야 지역에서 자선가로서도 명성이 자자하다. 우리 학교(진주교육대학교)에 이미 오래 전에 백수 십억이란 거액을 발전 기금으로 베풀어 놓으셨다. 지금 이 기금은 학생들의 장학금으로 활용되고 있다. 많은 학생들이 두루 혜택을 받고 있다는 점에서, 정환기 선생의 그 '왕래정정'은 청정함과 적덕(積德)의 이미지를 함께 지니고 있다고 할 것이다.

선생은 식민지 백성의 가난한 아들로 일본에서 성장하면서 온갖 마음고생을 다 겪었다. 그가 살아온 내력은 자서전 『재일(在日)을 산다』에 잘 기술되어 있다. 이 책의 제목에는 재일교포를 가리키는 '자이니치(재일)'로서 일본에서 살고 있다는 뜻을 함축적으로 담고 있다. 이 책에는 재미있는 일화들이 적잖이 쓰여 있다. 이 가운데 두 가지 얘깃거리를 소개한다.

그 하나는 그가 어린 나이에 조선인인 이유로 놀림을 받았던 일이다. 그가 1930년에 초등학교에 입학했을 때 정환기(鄭煥麒)의 일본어 발음인 '데이칸키'가 어린 동급생들로부터 좀 우습고 이질적이어서 주목을 받았다고 한다. 일본 아이들이 놀렸다.

뎃칸(鐵管), 핫칸(八貫), 주롯칸(十六貫), 저울에 달아도 주롯칸(十六貫).

어린 정환기는 이 말이 무슨 뜻인지 몰랐다고 한다. 대체로 이런 뜻이 아닌가 한다. 철관은 속 빈 쇠 구멍이다. 녹이 슬어서 고철에 불과하다. "고철, 여덟 관, 열여섯 관, 저울에 달아도 열여섯 관." 단순한 말장난에 불과할 뿐이고, 별다른 의도도 없었을 게다. 하지만 사람 이름 때문에 놀림을 받는다는 게 기분이 좋지 않았다고, 그는 술회했다. 소년 정환기는 놀리는 친구들에게 큰 소리로 항변했다. 조선인들이 너희에게 뭐 나쁜 짓을 했냐?

또 재미있는 얘기가 있다. 그는 전쟁 이후 양복점을 열었다. 사업가로서 첫 출발을 한 것이다. 그때 다이얼식 벽걸이 전화를 구입했다. 그 당시에 전화 가입비는 집 한 채 값 이상이었다. 어렵사리 전화를 구입하고, 전화번호를 받았는데 하필이면 '4989'가 아닌가. 이 '사구팔구'의 일본어 소리는 '시쿠핫쿠'이다. 이 발음은 사고팔고(四苦八苦)와 발음이 똑같다. 불교에서 말하는 인간 고통의 모든 것이다. 108번뇌도 여기에서 비롯한다. 번호 치고는 가장 기분 나쁜 번호다. 되돌릴 수도 없는 노릇이다. 그런데 한국어로서 '사구팔구'는 사업상 가장 좋은 소리다. 사람들이 오고 가고, 물건을 '사고 팔고' ……. 아까 말한 왕래정정(往來井井)을 연상시키는 그런 번호다. 결과적으로 이 전화번호는 한국식으로 부(富)를 건져 올리는 두레박이 되었다. 그 두레박은 시쳇말로 대박이었다. 정환기 선생의 사업적인 번영은 이때부터 시작되었고, 그는 장차 나고야 한국학교를 설립해 재일 한국인 자녀의 민족교육에 앞장서게 되고, 만년에 이르러서는 고향에 있는 우리 학교에 학생들의 장학을 위한 거금을 내놓으셨던 것이다.

그런데 이 대목에서 약간 아쉬운 게 있다. 선생의 우물물 혜택이 모든 학생들에게 돌아가지 않는다는 점이다. 장학금을 받는 학생보다 받지 못하는 학생이 더 많다. 앞으로 도서 구입이나 수목 조성 등과 같이, 모든 학생이 그 우물물을 마실 수 있게 하는 지혜를 짜내는 것도 필요하리라고 본다.

우리가 햄릿이다

진추하의 공감능력

홍콩 엔터테인먼트의 황금기는 1970년대였다. 그 이후에는 서서히 하강곡선을 그어갔지만 1990년대 초까지도 성세를 누렸던 것 같다. 1970년대에 있어서의 홍콩발 대중문화의 아이콘은 이소룡과 진추하(陳秋霞)라고 할 수 있다. 1970년대 전반기의 이소룡이 쿵푸영화를 세계화시킨 액션 배우라면, 같은 시대의 후반기에 활동한 진추하는 신(新)멜로물의 젊은 주역이요, 한 시대를 울림한 싱어송라이터였던 것이다.

그녀는 1970년대에 영화 두 편에 출연했고, 앨범 세 장을 출시했다. 실제로 활동한 기간은 몇 년 되지 않는다. 짧은 활동 기간에 적은 양의 발표작을 감안한다면 요절한 이소룡의 경우와 엇비슷하다고 할 수 있다. 그녀가 출연한 영화인 「사랑의 스잔나」(1976)는 한국과 홍콩이 서로 손잡고 만든 소위 합작영화이다. 이 영화가 우리나라의 당시 틴에이저에 큰 폭의 공감대를 불러일으켰고, 영화 속의 노래인 「원 서머 나이트」는 동남아 전역으로까지 확산되어 갔다. 진추하는 1970년대 후반기에 있어서 진정한 의미의 '아시아의 별'이었다. 청순한 이미지의 외모를 지녔고, 또 연예인으로서 연기, 작곡, 노래, 연주 등의 재능이 눈부신 그녀는 한때 동아시아적인 청춘 세대의 연인이었다.

진추하는 요즘 중국어 원음에 따라 '천추샤'라고 불리어지고 있다. 그녀는 한참 인기의 절정을 구가하고 있을 때인 1981년에, 말레이시아 화교 기업가와 결혼함으로써 연예계에서 은퇴를 했었다. 올해 데뷔 40년을 맞이한 그녀는 한국과의 좋은 인연을 잊지 못하고 있다고 한다. 그녀는 언제부터인가 모르지만 서화(書畵)에 흠씬 빠져 있다고 한다. 애호가 수준을 넘어 전시회도 가질 정도이니, 그 경지는 이미 작가의 수준에 도달해 있다. 그녀가 작년 5월에 제주도에 방문한 적이 있었는데 망망대해를 바라보면서 제주도에 오지 못하고 죽은 세월호의 수많은 아이들을 생각하면서 슬픔이 가득 차올랐다고 한다. 이때 그녀는 관광객들로 붐비는 길가에 앉아 스케치북에 그림도 그리고, 또 시도 쓰고 했다고 한다. 올해 4월 중순에 국내 한 주간지에 그때 쓴 그녀의 시가 공개되었다.

우리가 햄릿이다

깊게 잠든 아이들아／바람은 이미 잠잠해졌다／다시는 두려워하지 마라／너희를 사랑하는 사람들이 바닷가에서 지켜보고 있을 것이다／그날의 즐겁게 웃던 소리가 들린다／웃음소리가 파도로 변해 해안을 때린다／혼이라도 돌아오려무나.

―「바다에 잠든 아이들에게」

최근에 소통 부재와 공감 장애를 얘기하는 경우가 많다. 때문에 공감능력이란 말이 새롭게 떠오르고 있다. 공감능력은 공감하는 능력을 말하는 것이다. 다시 말해 이 용어는 '상상력을 발휘해 다른 사람의 처지에 서보고, 다른 사람의 느낌과 시각을 이해하며, 그렇게 이해한 내용을 활용해 사람마다 행동의 지침으로 삼는 기술'이라는 정도로 생각하면 된다. 공감 전문가이면서 영국의 대중철학자로 잘 알려진 로먼 크르즈나릭은 공감능력을 가리켜, 공감의 힘을 주목하는 '삶의 기술(Art of Life)'이라고 주장한다.

진추하(천추샤)의 시, 즉 세월호의 아이들에게 바쳐진 애도의 시는 그녀의 다재다능함은 말할 것 없고 놀라운 공감능력마저 보여주고 있다. 젊은 날의 그녀가 부른 영어 노래가 수많은 동아시아의 청춘들에게 공감을 하게 했듯이 말이다. 그녀의 공감은 국경을 넘어 40년 가까이 우리로 하여금 또 다시 공감하게 한다.

공감의 격세지감이라고 해야 하나?

그녀의 슬픔, 그녀의 시는 공감능력이 뛰어난 그녀가 어떻게 타인들과 자신의 삶을 연결시키면서, 또 어떻게 우리 모두의 삶을 고무시키는지를 음미하게 하는 사례가 아닌가 한다. 공감을 하나의 가치로 만들어가는 힘은 세상을 바꾸는 힘이 아닐까?

그 늦은 봄 어느 날의 우연한 만남

1

이른바 평전은 역사의 의미 있는 인물의 삶을 재조명하기 위한 글쓰기의 한 형식이다. 옛날의 역사책에 열전(列傳)이란 것이 있었다면, 오늘날엔 개별적인 평전들이 수없이 존재한다. 평전은 앞으로 매우 다양하게 간행되어야 한다. 그리고 이것은 많은 사람들에 의해 쓰이고, 또 폭넓게 읽혀야 한다고, 나는 생각한다.

최근에 신문에서 신간 소개의 글을 보았다. 내 눈길을 끈 것은 『한국 연극의 거인 이해랑』이었다. 희곡사 · 연극사 · 극장사(劇場史) 분야에서 대가의 위치에 서 있는 유민영이 쓴 이해랑 평전이다. 그가 이미 1999년에 『이해랑 평전』을 간행했으니, 이번에 다시 상목한 신간의 책은 17년 만에 재간행한 일종의 증보판이라고 하겠다. 물론 판형도 커졌고, 면수도 부쩍 늘어났다.

나는 이 책을 바로 주문하여 내처 읽었다. 내가 공부하는 인물도 아닌 이에게 왜 이다지 관심을 보이면서 방대한 분량의 평전을 읽게 되었느냐 하는 것은 나만의 각별한 기억의 편린이 남아 있어서다.

2

지금으로부터 33년 전인 1984년이었다. 오월 중하순이었던 것으로 기억된다. 나는 좀 늦은 나이에 학부를 재학하고 있었다. 나의 동기들인 군대를 갔다 온 복학생들마저 모두 졸업한 터였다. 시인 서정주 선생님에게 무언가를 전달하는 심부름을 하였다. 아마 홍기삼(문학평론가) 교수님께서 시킨 일이라고 생각된다. 약속된 만남의 장소는 인사동 수도약국 건너편의 이층 찻집이었다. 다른 손님은 없이 한적했고, 약간은 어둑한 곳이었다. 연만한 두 분이 앉아 계셨다. 미당 선생께 동국대학교에서 심부름 온 학생이라고 말씀드렸다.

"그래, 자리에 앉게."

"네, 감사합니다."

"심부름도 했으니, 좋은 차나 한잔 들고 가게."

"네."

"이분은 누구시냐 하면, 우리 연극계의 원로이신 이해랑 선생님이야."

맞은편에 앉아 계신 노신사는 환한 미소를 머금으면서 내게 고개를 깊이 숙였다. 뜻밖의 친절에 난 속으로 깜짝 놀라면서 이렇게 생각했다. 미당 선생의 친구분이라면 나와 40년 이상이나 연륜의 층위가 날 텐데, 새파란 청년인 내게 깊이 고개를 숙이시다니. 가벼운 목례라도 충분하지 않은가.

"자네, 문단에 등단했다면서."

"네. 작년 초에 경향신문 신춘문예에 선생님과 김춘수 시인의 신화적 상상력을 분석한 비평문을 써서 가작으로 입선했습니다. 작년 가을 학기에는 선생님의 시창작론 과목을 수강하였습니다."

"동국대 국문과에는 과거에도 재학하는 학생문사들이 더러 있었지."

그때 미당 선생은 좀 대견해 하시면서 열심히 문학 활동에 임하라고 격려해 주셨다. 함께 계시던 이해랑 선생도 깍듯한 존댓말로 뭔가 내게 몇 마디 물으셨다. 주문한 차가 나왔다.

"급히 서둘러 돌아갈 생각을 하지 말고, 차를 천천히 마시게. 문화예술계 원로들의 대화를 들으면 자네 인생에도 도움이 될 게야."

나는 그때 두 분이 얘기하시는 대화 내용을 들었다. 요즘은 평균 수명이 크게 늘었다는 것. 앞으로는 더 늘어날 거라는 것. 나이 육십이면 대부분이 은퇴를 하는데 경험이 쌓인 가장 일할 나이가 육십이 아니냐는 것. 그때 두 분은 고희(古稀)를 각각 한두 해 남겨 놓고 있었다. 요즘 식의 담론이라면, 고령화 시대에 있어서의 사회 시스템의 변화에 관한 얘깃거리였다. 나는 20분 정도 그 자리에 머물다가 두 분께 정중하게 인사를 올리고 물러났다.

이해랑 선생은 잠시 만난 분인데 그 온화한 인품과 예바른 태도와 겸양, 또한 아주 조용하면서도 울림이 있는 말씨는 평생을 두고 잊히지 않는다. 우연한 만남 치고는 매우 인상적인 만남이었다.

이로부터 20년이 지났다.

교육방송에서는 2004년에 1950년대 명동을 배경으로 문인과 예술가들의 사귐의 양태와 삶의 애환을 그린 「명동백작」이란 드라마를 만들어 방영했다. 이 드라마에서 본 이해랑 선생의 이미지는 내가 1984년에 경험한 그것과 전혀 달랐다. 드라마 속의 그는 소장수 내지 산적 두목 같은 용모에다 돈키호테형의 인간상이요, 또 유치진의 똘마니나 꼬봉 같은 역할이 부여되어 있었다. 하지만, 그는 명문가 출신의 귀공자요, 지적으로 사색하는 햄릿형의 품성을 가진 인간상을 지닌 인물이라고 주변에 경험한 사람들이 입을 모으고 있는 것으로 보아 아무래도 고증

우리가 햄릿이다

(考證)이 잘못된 것 같다. 아무리 허구적인 드라마라고 하지만 기본적인 고증조차 안 된 내용을 공영 교육방송에서 아무렇게 나 내보낼 수 있을까 하는 생각이 들었었다.

이번에 새로 간행된 『한국 연극의 거인 이해랑』을 읽고서, 1984년과 2004년에 막연히 짐작했던 나의 판단이 옳았다는 생각이 든다. 이 평전은 나로 하여금 주마간산 격이나마 우리 연극사를 개괄적으로 섭렵하게 한다.

주지하듯이, 한 개인의 삶의 궤적이 역사적인 인물 사이의 관계의 그물망을 형성한다. 내가 이 책을 통해 가장 흥미 있게 받아들일 수 있는 사실은 이해랑을 구심점으로 한 인간관계의 정교한 그물망이었다. 예컨대 철저한 반공주의자인 그가 맺었던 좌익 인물과의 관계, 훗날 월북한 소설가 김사량과 신파극의 명배우 황철 등과의 교유는 매우 주목할 만한 것이다. 특히 일본의 감옥에서 우연히 만난 김사량은, 신체적인 고문과 시련을 아무런 까닭이 없이 당하고 있던 그를 정신적으로 살려낸 은인이기도 했다. 황철과는 탑골공원 부근에서 하룻밤 사이에 서너 말의 막걸리를 마시면서 혼돈스럽고 전망이 불투명한 시대를 견뎌내었다. 이런 일화는 이념보다 타인의 삶을 중시하는 이해랑의 사람됨의 폭을 잘 알 수 있게 해주는 중요한 자료가 되는 것이다.

한편 증보판을 내게 된 배경에는 새로운 사료의 발굴과도 관계가 있다. 그가 주도한 이동극장 운동의 일지(日誌) 발굴이 그

그 늦은 봄 어느 날의 우연한 만남

것이다. 이로 인해 그동안 이해랑이라는 역사적 성격의 인물을 바라보는 시야를 크게 확장한 것이 사실이다. 그동안 유족의 증언도 더 많이 수용되었다. 그러나 이러한 것들보다 집필자 유민영이 인간 이해랑을 관조하는 누적된 시간을 통해 형성된 사색의 견고함과 깊이가 무엇보다 중요한 것으로 작용한 것 같다. 한 개인의 삶의 궤적에 대한 구심력이 세월을 두고 점차 강화된 결과가 이번 평전의 미덕이 아닐까 한다.

이번에 새로 간행된 이해랑 평전을 보니 선생이 평생토록 이룩하였던 출연작 목록과 연출작 목록이 연대기의 형식으로 세세하게 정리되어 있다. 이 중에서 연출작 목록을 살펴보니 내가 본 연극도 두 편 있었다. 하나는 「파우스트」(1977)이며, 다른 하나는 「햄릿」(1985)이다.

앞엣것은 내가 진주교육대학에 재학할 때 방학 중의 부산에서 보았던 연극이다. 공연된 장소는 시민회관 대극장이었다. 평전에 소개된 당시의 포스터에 의하면, 1977년 6월 29일부터 7월 3일까지 서울 국립극장에서 먼저 공연되었다. 출연진은 호화롭기 짝이 없었다. 장민호 · 김동원 · 백성희는 연극계의 전설이고, 지금도 활동하고 있는 이호재 · 손숙 · 전무송은 그 다음 세대의 빛나는 별들이다. 내가 본 것은 부산의 연장 공연인 것 같은데 백성희의 출연 여부는 잘 생각나지 않는다. 부산 공연에서의 구원(久遠)의 여인상인 그레첸의 역은 성우 송도영인 것으로 기억이 되는데, 내 기억이 잘못된 것일 수도 있다.

어쨌든 이 연극의 연기력은 파우스트 역의 장민호와, 메피스토 역의 김동원으로 집약되었다고 할 수 있다. 장민호는 1966년 이래 여러 차례 파우스트 역을 맡아 '파우스트 장'이라는 별명을 얻은 연기자이다. 하지만 메피스토 역을 맡은 김동원의 연기가 한결 인상적으로 뇌리에 남아 있다. 김동원은 이해랑과 동갑의 나이로 배재중학을 함께 수학한 적이 있었던 이래 동경 유학 시절부터 평생의 절친으로서 허물없이 지내왔다. 그때 메피스토 역으로 무대 위에 등장한 김동원은 착 달라붙은 검정색 옷을 입고 점잖은 파우스트 박사를 유혹하면서 온갖 오두방정을 떠는, 두 번 다시 보기 힘든 인상적인 악역이었다. 그때의 김동원은 이미 회갑의 나이를 넘겼으며, 장민호 역시 나이가 50대 중반으로 향하고 있었다. 두 명(名)연기자의 호연은 40년이 가까운 지금에도 내 뇌리에 비교적 뚜렷이 각인되어 있다.

　이제 뒤엣것을 이야기할 차례이다. 1985년은 내가 동국대학교에 4학년으로 재학하고 있던 때였다. 호암 아트홀 개관 기념 공연으로 이해랑 연출의 「햄릿」이 선정되었다. 나는 그때 어렵사리 티켓을 구했다. 공연한 때는 그해 오월이었다. 계절의 여왕인 오월에 그 연극을 보았었다. 유인촌·유지인·오현경·황정아가 출연한 이 연극은 사색의 심오함보다는 활극의 분위기를 한껏 고조한 것이었다고 기억된다. 유인촌의 화려한 검술 연기는 강도 높은 트레이닝의 결과라고 본다. 햄릿의 어머니인 황정아가 펼친 중년의 무르익은 아름다움은, 가녀리고 병적이

며 선이 약한 오필리어 역의 유지인의 젊은 아름다움을 압도하
는 감이 있었다. 뭐랄까, 성적인 유인성(誘引性)의 강렬함이랄
까. 이 역시 연출가 이해랑은 염두에 두었을까.

3

어쨌거나, 만약 이번에 새로 간행된 방대한 분량의 평전과,
그 늦은 봄 어느 날의 우연한 만남에 대한 회억(回憶)이 아니라
면, 내가 오래 전에 인상 깊게 보았던 두 편의 연극, 즉 1977년
의 「파우스트」와, 1985년의 「햄릿」이 어찌 이해랑 선생이 연
출한 작품이라고 짐작이나 할 수 있었겠는가.

이해랑 선생은 이왕가(李王家)의 후손으로서 돈과 권력과 명
예에 있어서 남부럽지 않은 장손과 외아들로 생장하면서도 일
본에서 공부를 하던 중에 연극을 선택해 당시에는 천대받은 광
대의 길을 스스로 걸었다. 그리고 오랜 세월의 갖은 고생 끝에
무대공연의 거목으로서 우뚝 섰다.

누구나 그렇게 말하듯이, 우리 모두는 제 인생의 주역이 아
닌가. 또한 누구에게나 그러하듯이 한 개인의 삶이란, 다름이
아니라 하나의 무대에 곡절이 많은 사연을 담은 한 편의 연극
과도 같은 것이 아닐까.

우리가 햄릿이다

딴 세상에는 뜬세상의 뒷골목 주점이 없으니
– 고현철 교수를 애도하면서

자신의 소설 제목처럼, 알베르 카뮈는 이방인이었다. 변방 알제리의 프랑스인으로 태어나 제2차 대전의 레지스탕스 경력 때문에 파리의 주류 지식인 사회에 편입된 그였지만, 결국에는 고립된 섬처럼 격리되어 갔다. 지식인 사회의 이방인—요즈음의 말로 타자(他者)로 흔히 말해지는—인 카뮈는 본질적으로 부조리한 인간이었다. 사르트르와 카뮈는 실존주의의 문학과 사상을 대표하는 쌍두마차가 아니었던가?

하지만 이들에게도 일종의 라이벌 의식이 있었다. 두 사람의 논쟁이 유명하거니와 이들은 성장 환경부터가 달랐다. 시바이처 가문과 파리고등사범학교로 대표되는 사르트르가 선택된 삶의 자장 속에서 성장했다면, 하층민 부모에게서 태어나고 지방의 학교를 나온 카뮈는 비유컨대 개천에서 난 용이었다. 또 그는 폐결핵 환자로서 용케도 살아왔다. 소위 선민적(選民的)인 좌파인 사르트르와, 파리 주류 지식인 사회로부터 소외된 우파 카뮈는 이처럼 서로 부조리한 처지에서 마주하고 있었다. 지금 우리의 실정에 비춰본다면, 지식인 사회에서도 전자가 강남좌파에 해당한다면, 후자는 우경화된 개량주의적인 왕따다. 나는 이 문제에 관해 평소에 자못 흥미를 가지고 있었다.

인천 공항에서 비행기로 아홉 시간이 소요되고 또 자동차로 서너 시간 더 가야 하는 곳에 위치해 있는 광활한 이식쿨 호수는 세계의 대표적인 산악호수다. 나는 쾌미한 풍광과 쾌적한 환경의 이 호수 가장자리에서 카뮈에 관한 문고판 책을 읽고 있었다. 존재와 무(無)랄지, 실존과 본질이랄지 하는 실존주의의 기본 개념을 사유하면서. 나는 이때 인간의 마지막 실존의 상태는 죽음이 아닌가 생각했다. 교통사고로 고통 없이 즉사한 카뮈의 부조리한 죽음이 그랬듯이 말이다.

저 유명한 경인구처럼, 실존은 본질에 선행한다.

유신 시대의 경호실장인 차지철을 떠올렸다. 한 시대의 말기에 한 사람의 그늘 아래 만인 위에 군림하면서 권력을 향유한 것이 그의 삶이 지닌 차별성이자 본질이었다. 하지만 그의 마지막 실존의 상황은 어떠했는가? 중앙정보부 요원에 의해 벌거벗겨진 채 사진이 찍힌 한 마리의, 공허하고도 처참한 야생동물이었다. 난 이 모순적이고도 부조리한 실존의 사례를 통해 권력이 죽음 앞에 무력하다는 사실을 성찰하고 있었다.

바로 이 순간이었다.

저뭇할 무렵에 국내에 있는 아내에게서 다급한 목소리의 전화가 왔다. 고현철 교수가 학교에서 투신자살을 했대요. 사건이 나고 두 시간이 지난 후에, 매우 충격적인 소식이 멀리 떨어져 있는 내게 전해졌다. 난 한동안 멍한 상태에 빠졌다.

이 믿기지 않는 비보를 접하면서 내가 아는 고현철 교수를 상기해 보았다.

나는 평소에 그를 동학(同學)과 비평계의 후배로 생각해본 적이 한 번도 없었다. 숫제, 이 뜬세상에서 열여덟 해 남짓하게 술벗의 인연을 맺었다. 나와 그는 서면 뒷골목의 서민적인 주점에서 주로 만났다. 서로는 술을 마셔도 한 번도 술에 취하지 아니하였다. 그는 평소의 성정으로 보아서 민주주의 최후의 보루를 주장하면서 극단적인 행동을 시도할 사람이 전혀 아니었다. 그는 온건하고도 절제가 있고 정치 얘기 따위는 전혀 하지 않았다. 또 내가 아는 그는 인품이 있는 사람이었다. 예바르고 양식 있고 경위가 반듯했다. 남 탓을 하거나 남 말을 옮기기를 전혀 일삼지 않았다.

실존주의의 관점에서 볼 때는 인간은 어차피 세계 속에 내던져진 존재이다. 고현철 교수의 투신 역시 존재의 '피투성(被投性)'에 다름 아니다. 실존적인 고독 및 결단이 없이는 그의 죽

딴 세상에는 뜬세상의 뒷골목 주점이 없으니

음을 결코 생각할 수가 없다. 그는 그 동안 비교적 평탄한 삶을 이어온 국립대학교 교수이자, 부산 문단의 주추적인 문학평론가이었다. 그에겐 온건, 절제, 중용, 평탄, 합리 등의 열거적인 개념이 그의 삶을 유지해온 바탕에 놓이는 화해적 형평성의 목록과도 같은 것이었지만, 그는 이 형평성의 세계를 깨뜨리고 도리어 행동하는 지식인의 양심을 연상시키는 죽음의 심연, 얼마큼의 그 거친 상징성을 선택하였다. 그는 행동의 무한한 자유와, 동시에 행동에 대한 책임을 스스로 물은 것이다. 이런 점에서 그의 죽음은 카뮈처럼 매우 부조리한 (실존적인 의미의) 죽음이 아닐 수 없다.

고현철 교수의 죽음은 현저히 부조리의 감수성에 기초해 있다. 우리는 그의 죽음을 통해 합리성을 열망하는 한 인간과, 비합리성으로 가득한 세계 사이의 틈새를 엿볼 수가 있다. 이 틈새에는 모순되고, 역설적이고, 혼재된 양가(兩價)의 감정 등이 놓여있을 것이다. 고현철 교수의 죽음이 지닌 실존의 의미는, 논리로 설명되지도, 이해할 수도 없고, 오직 야릇한 느낌으로서만 느낄 수 있는 그 존재의 피투성, 그 세계의 부조리성에 연유하는 것이 아닌가 한다. 이와 같이 한 개인의 죽음이 남긴 실제의 존재감은 결코 가볍지가 않다. 그의 죽음을 민주의 제단에 열사의 이름으로 분식해 올린다면 관념의 유희에 지나지 않을 것이다. 그 만큼 그의 희생이 지닌 진정성이 희석되고 말 것이기 때문이다.

고현철 교수를 죽음으로 내몬 것은 세계의 비합리성이다.

말하자면, 총장 직선제를 비민주적으로 억압한 교육부의 관료적 발상에 원인이 있었다. 국립대학교에 대해 돈줄과 권력의 칼자루를 쥔 교육부의 관료적인 독선과 횡포는 이루 말할 수가 없다. 국민 대다수는 물론 이 점이 피부에 와 닿지 않을 것이다. 국민의 극소수인 국립대 교수들만이 그 온도차를 실감할 수 있을 따름이다.

이 글을 쓰고 있는 나도 국립대 교수이다.

내가 재직하는 학교에서도 어쩔 수 없이 총장 간선제를 수용하여 총장 후보자를 선출해 두 차례나 승인을 요청했지만, 교육부는 절차상의 하자를 주장하면서 두 차례에 걸쳐 재선거를 강요하고 있다. 이 과정에서 우리 학교는 네 사람의 법률 전문가들에게 적법성 여부를 자문한 바 있었다. 네 사람 모두가 절차의 적법성을 인정했다. 관료적 독선과 횡포가 아니고선, 이 같은 불통의 상태와, 이 같은 '오불관언'의 상황이 어디 있을 수나 있겠는가? 관료들이 이 독선과 횡포를 한줌의 권력이라고 생각한다면, 이 시대에 개나 소나 할 것 없이 웃을 일이 아닌가?

요컨대 향후의 역사는 국립대 총장 간선제를 기획하고 실행을 주도한 이들을 가려내어 민주주의를 역행한 책임을 준엄하게 물어야 할 것이다.

나는 중앙아시아를 여행하면서 내내 무거운 마음으로 고현철 교수와의 기억들, 추억들을 마치 퍼즐 맞추듯이 맞추어 가고 있었다. 최근의 일들은 이랬다. 지난 연말에 연산 로터리 주변에서 지인들과 함께 자리를 옮겨가며 술을 마셨다. 올해 2월에는 부산대 근처의 한정식 집에서 두 사람이 점심을 함께했다. 부산대 출판부에서 간행하는 영화 총서의 발간 문제를 의논하기 위해서였다. 이때의 만남이 작별의 오찬이 될 줄이야! 5월에 내 신간 시집을 그의 연구실에 보낼 때, 내가 전화를 걸어 통화할 수 있었다. 다음의 인용문은 그때 그가 내게 남긴 이 지상(地上)의 마지막 말이었다.

　(만나서 축하를 드려야 하는데)
　요즘 제가 몸이 좀 좋지 않습니다.
　좋아지면 바로 연락을 드리겠습니다.

그가 내게 주겠다는 그 연락은 앞으로 영원히 내게 오지 못할 연락이 되고 말았다. 나 역시 이 세상에서 그에게 무슨 말을 할 수가 있을까? 하지만, 그래도 나는 딴 세상에 있을 그에게 마지막 말을 남겨 두어야 할 것 같다. 비록 화답이 없는 메아리로 되돌아올지언정.

　고형!
　많은 사람들에게 그리움을 남기고 서둘러 떠났구려. 내가 외국에 가 있어서 문상을 하지도, 또 영결식에 가지도 못해 정말 미안하오. 거기 죽음의 세계는 어떠합니까? 소요와 분진으로 가득 찬 이 세상을 벗어나, 거기에서 압도적인 고요와 마음의 평정을 만끽하고 계십니까? 거기에는 뜬세상 뒷골목의 주점도, 당신의 애창곡 '광화문 연가'를 부를 노래방도 없을 것입니다. 낯선 객지의 거리를 서성이지 말고, 모든 걸 내려놓고, 편안한 처소에서, 부디 영원토록 명목하소서. 당신의 영전에 옷깃을 여미면서 고개를 숙입니다.

딴 세상에는 뜬세상의 뒷골목 주점이 없으니

혼자 시름이 남몰래 괴로웠던 미지의 옛 여인
– 내간內簡의 아름다운 문학성

　연희전문학교 문과를 재학하던 윤동주와 정병욱은 두 해에 걸쳐 하숙방을 함께 사용했다. 각각의 고향이 북간도와 경남 하동인 두 사람에게 살아온 삶의 배경이 서로 달라도, 그들은 아무 탈이 없이 2년간의 청춘 시절을 잘도 보냈다. 유학을 위해 먼저 일본으로 떠나간 윤동주는 일이 잘못되어 끝내 죽임을 당하였고, 반면에 학병으로서 죽을 곳으로 끌려간 정병욱은 결국 구사일생으로 살아남았다.

　두 사람은 사생(死生)의 서로 다른 세상에서도 인연을 이어 갔다. 윤동주가 살아 있을 때 두 사람은 2년 터울의, 가장 가까운 선후배였지만, 그가 세상을 홀연히 떠난 지 11년째 되는 해부터 그들에게는 말하자면 사돈의 인연이 맺어졌다. 두 사람의 남녀 동생들이 부부가 되었기 때문이다.

　청년 정병욱은 해방 직후에 섬진강 변의 본가로 돌아가서 비록 몇 개월에 지나지 않았지만 마을의 선비를 초치해 서당식의 한문 공부를 일삼고 있었다. 그 후 1946년 4월에 신생 경성대 국문과에 편입학을 해 국문학을 공부한 후에 1948년 8월에 교명이 바뀐 서울대 국문과를 졸업했다.

　그가 졸업한 직후에 스승인 이희승 선생으로부터 빌린 『해동가요』(세칭, 일석본)의 부록에 실려 있는 '언문서간집'을 옮겨 쓰기에 이른다. 여기에 조선시대 여인들의 편지글인 내간이 약 70편이 실려 있었다. 그는 이를 베껴 쓰던 감격을 두고두고 잊지 못하였다. 그는 그때 필사한 내간 세 편을 소개한 짧은 수필 「내간 속의 연정」(1965)을 발표하기도 했다.

　청년 학도 정병욱이 감격에 겨워하면서 내간을 필사한 지도 거의 70년이 되어가지만, 그 동안 수십 년에 걸쳐 엄청난 양의 내간이 발견되어 그 총량이 축적되었지만, 아직도 내간이라고 하면 언어학적인 가치의 텍스트로만 생각할 뿐, 문학적인 가치의 텍스트로 인정하지 않고 있다. 내간 중에서도 옛 여인들이 남긴 연애편지는 특히 연애의 감정이 빈약한 우리 국문학의 전통에 비추어볼 때 매우 가치가 있는 것이라고 여겨진다.

　기록문학이 우리 문학사에 기여한 것이 적지 않다. 박지원의

『열하일기』가 진보적인 삶과 의식의 지평을 확대했지만 한문으로 쓰인 표기의 한계를 극복하지 못하였으며, 혜경궁 홍씨의 『한중록』은 우아한 우리말로 빚어진 특유의 궁중문학으로서, 궁중음악, 궁중무용, 궁중음식처럼 최상위의 전통문화를 형성했지만 가문과 당색(黨色)을 변호하는 정치적인 저의로부터 자유롭지 못하였다.

이에 비해 규중에 갇힌 여인네의 연애편지는 인간 성정의 가장 진솔한 측면을 드러낸 성질의 것으로서, 자유와 행복의 인간 승리에 값하는 사사로운 기록문학으로 남아 있는 게 아닌가 한다.

정병욱의 「내간 속의 연정」이라는 글에 소개된 옛 여인네의 한글 연애편지는 모두 세 편이다. 이 중에서도 불륜(不倫)의 자취가 뚜렷한 글이 있다. 불륜의 현장에서 사랑하는 사람을 보내고 난 다음에, 마음속의 그리움이 강하게 남아 있어 이를 못 이기는 여인이 자신의 사연을 담아 당사자인 내연의 남자, 즉 사이서방에게 보낸 편지글이다. 유학적인 도덕률의 기준에 따르면 추악한 글이라고 할 수 있겠다. 만약에 남편이 있는 여인이라면, 더욱 사랑이 금기시된 경우라고 할 수 있다. 글을 쓴 이와 상대편 남정네의 정보는 전혀 없으니 두 사람을 둘러싼 정황이 사뭇 궁금해진다.

홀홀히 가오신 후 펼친 이불 모아 덮고 다시 누워 생각하니 허망한 일이로다. 세상에 못 할 일은 남의 님 사랑이온 듯. 전전반측(輾轉反側) 초조한 모양 남모르는 혼자 시름이오며 삐치옵서 쉬고 태평하오신가 궁겁삽기 사연이오며 이 모양은 별고 없사오나 스스로 병 되는 일 어이하여 좋사올지 아득하여이다.

이 편지글을 보면, 남자와 여자는 불륜의 현장에 있었다. 이 현장은 정황으로 볼 때 여자의 집이다. 남자는 유부남인 것이 사실이다. 여자 역시 유부녀라면, 가장 강력한 스캔들, 또 그러면서도 문학성 짙은 빼어난 로맨스가 된다. 그런데 그럴 가능성이 적어 보인다. 오늘날의 러브호텔과 같은 비밀스런 숙박업소가 없던 시대이기 때문이다.

그렇다면 편지글의 화자인 그녀는 기생일 개연성이 충분하다. 화자는 불륜의 죄의식에 사로잡혀 있는 여자다. 그런데 기생이 내연남의 아내에게 죄의식에 사로잡힐 수도 있나? 물론 있을 수도 있다. 다만, 이것의 전례를 찾기가 수월해 보이지 않는다. 작은 집의 애첩으로 살아갈 수 있다는 무수한 전례에서 보듯이, 기생첩은 그다지 한 남자의 아내에 대한 죄의식을 크게 가지지 않았을 것이다.

오히려 내 개인적인 의견이 있다면, 여기에서의 화자는 청상(靑孀)이 아닌가 한다. 주변의 쑥덕공론으로 인해 버젓이 유부남과 교제할 수도 없는 청상 말이다. 편지글을 보니, 서른 고개를 좀 넘은 듯이 짐작되는 유부남과, 아직은 20대 초반의 애젊은 과부 사이에 있었던 사랑, 금지된 정염의 불꽃이 타오르는 그런 육체적인 사랑이 내 상상력을 자극하고 있다.

어쨌든 간에, 이 편지글을 오늘날의 독자들이 이해하기 좋게, 맥락에 알맞은 현대어로 다시 옮겨보려고 한다.

미련 없이 가신 후 펼쳐진 이불을 모아서 덮고 제가 다시 누워서 생각하니, 우리 사랑도 허망한 일이구나 하고 생각합니다. 세상에 정말 못할 일은 남의 지아비(남편)를 사랑하는 것이 아닌가 합니다. 누운 몸을 이리저리 뒤척이면서 초조해하는 내 처량한 모습이야말로 남이 모르는 혼자 시름일 것입니다. 다리를 뻗어 쉬면서 태평하신가 하고 사연이 궁금하기에 소식을 전합니다. 저는 별고 없으나 스스로 그리움의 병이 되는 일을 어찌해야 좋을지 몰라 마음이 실로 아득합니다.

당해의 편지글에서 재미있는 표현 하나가 있다. 다름이 아니라, '혼자 시름'이라고 하는 표현이 바로 그것이다. 옛 글에 띄어쓰기 개념이 없으므로, 이 말은 한낱 합성어로 사용되었을지도 모르는 일이다. 이것은 한자어 '고독(孤獨)' 이전에 이미 사용되었던 우리의 소중한 토박이말인 것이다. 지금이라도 고독을 대신하여 '혼잣시름'이라는 낱말로 복원해 사용했으면 좋겠다. 우리말이 이와 같이 알맞게 사용되면 될수록, 사람의 성정역시 그만큼 한결 더 절실해지는 것은 아닐까.

국문학자 정병욱이 에세이 「내간 속의 연정」을 발표한 지도 반세기가 넘었다. 아직도 비평가·학자들은 내간의 문학성을 인정하려 들지 않거니와, 당해의 편지글도 대중에게 전혀 알려져 있지 않다. 옛 여인이 쓴 불륜의 연애편지라서 추악하기 때문일까. 세인들이 이 글이 추악하다고 생각해도 당사자들은 선미(善美)한 것이라고 생각하였는지도 모른다. 아니, 자신들의 사랑을 두고, 로맨틱한 것, 쓰디쓰지만 달콤새콤한 것, 지선지미한 염사(艶事)라고 자위했을지도 모른다.

좀 오래된 얘기지만, 문학의 원론을 깊이 천착한 누군가가 문학을 가리켜 '가치 있는 체험의 기록'이라고 정의한 바 있었다. 물론, 썩 흔쾌하게 수용할 만한 문학의 정의는 아니다. 가치가 있다는 것의 기준이 지극히 상대적이기 때문이다. 시대마다 도덕적인, 심미적인 기준이 서로 다르다. 유교의 도덕률이 지배하던 조선 시대에 연주지사(戀主之詞), 효행록, 열녀전 등이 가치 있는 체험의 기록인 것은 어김없는 사실이다.

우리나라만큼 연애와 섹스에 대해 비평적으로 인색한 문학은 없다. 반면에, 전통적인 관습으로나, 오늘의 시각에 있어서나, 일본 문학의 소재주의에는 호색의 취향이 물씬 감지된다. 나는 이 대목에 이르러 우리의 경우에, 아직도 남녀상열지사를 탓하는 유교의 망령이 우리 문학의 언저리에 맴돌고 있지 않는가 하는 물음을 슬쩍 던져보고 싶다.

우리가 햄릿이다 : 모호한 것에 대한 모호성

첫머리의 말

사람은 성찰하는 존재라서 더욱 아름답다. 자신을 되돌아보면서 반성할 줄을 모르는 낱낱의 사람은 한낱 동물과 다름이 없을 것이다. 무릇 인간에게는 여타의 동물과 현저히 다르기 때문에, 과거가 있고, 기억이 있고, 선악이 있고, 영성이 있고, 마침내 이르게 되어선 본능을 통제할 수 있는 경험적인 삶의 내공을 가지게 된다.

인간은 누구나 과시적인 측면과 성찰적인 측면을 대체로 공유하고 있다. 그도 그럴 것이 저마다 제 잘난 맛에 사는 것도 인간의 몫이요, 끊임없이 자신을 뼈저리게 반성해가면서 살아가는 것도 인간의 몫이기 때문이다. 그럼에도 불구하고 하나만의 선택이 강요된다면, 나 역시 다음의 물음에서 자유로울 수가 없을 것이다.

과시적이냐, 성찰적이냐?

이 중에서 어느 한 쪽에 상대적으로 기울어지는 정도가 높으면, 우리는 과시적 인간형과 성찰적 인간형이라는 대비(對比) 가설을 만지작거릴 수도 있을 것이다. 언젠가 나는 영화 보기의 경험을 통해 성찰적 인간형을 만날 수 있었다. 지금으로부터 비교적 오래 되지 아니한 때 보았던 독일 영화 「침묵」에 관한 이야기다.

젊은 날의 티모 프리드리히가 놈팡이로 부랑하던 시절에 우연히 알게 되어 친구 정도로 지내온 악인이 한적한 시골길에 자전거를 타고 가는 어린 소녀를 강간하고 살해한다. 그는 이 광경을 목격했지만 침묵함으로써, 사건은 완전범죄가 되고 말았다. 그는 그 후 사회적으로 성공을 했고 남부럽지 않은 가정을 이루었다. 23년 후, 같은 장소에서 같은 사건이 발생했다. 범인도 23년 전의 그 악인임에 틀림없다. 그는 죄의식 속에서 또 침묵했다. 그리곤 아무런 죄가 없는 그 자신이 죄를 뒤집어 쓰면서 자살한다. 아무런 유서도 남기지 않은 채 말이다. 나는 권선징악의 역방향에 놓인 이 영화를 10년 동안 내가 본 최고의 영화로 꼽는다. 성찰적 인간형인 티모 프리드리히야말로 21세기의 영락없는 햄릿이었다.

이 글은 성찰적 인간형의 가장 전형적인 사례에 해당하는 햄릿에 관해 쓰인 두서없는 잡문에 지나지 않는다. 영문학이 전공이 아님에도 불구하고 굳이 내가 이 글을 쓰게 된 데는 셰익스피어 서거 4백주년에 대한 내 개인의 추모와 기념의 뜻이 담겨 있다.

글쓰기의 몸체

셰익스피어는 그 당시의 관객들에게 자신이 감당해야 하는, 뭔가 심오한 성찰의 문제를, 햄릿이라는 캐릭터를 통해 인생과 세계의 비밀스런 의미를 깊이 있게 반영하고 또 성찰할 수 있는 계기의 얘깃거리를 마련해 두었던 것이다.

햄릿의 성찰은 극중극과 독백이라는 두 겹의 장치를 통해 실현된다.

햄릿을 주역으로 한 장엄한 복수극은 선왕의 유령이 현실로 나타나는 비현실의 상황, 초자연의 현상이 일어난 후에, 그 자신이 유랑극단의 광대들을 불러들여 선왕이 죽음에 이른 비밀을 암시하는 극을 만들어 숙부와 어머니에게 보여줌으로써 동정을 살피는 단계에 이른다. 이 극중극이야말로 극의 진행에 있어서 긴요한 전환점이 된다. 긴가민가하다가 어느 정도 확신의 단계에 이르렀다는 말이 된다. 서양에 있어서의 극이란, 인생을 연극에 세계를 무대에 비유하는 결과물로 전통적으로 이해되어온 감이 있었다. 셰익스피어 연구가로 정평이 나 있는 해럴드 젠킨스는 텍스트 「햄릿」에 나오는 장면 하나하나가 일련의 극중극 장면으로 구성되어 있다고 했다. 하기야, 다른 작품보다도 이 작품이야말로 인생과 세계에 대한 메타적 분석과 성찰을 가능하게 하고, 또 기능하게 한다.

명상에 잠긴 햄릿, 명상의 결과로 드러나는 독백이 없는 햄릿은 결코 상상할 수가 없다. 독백은 햄릿의 성찰이 지닌 힘을 끊임없이 북돋운다. 저 3막 1장의 독백을 보라. 힘의 기운이 느껴지거나, 혹은 운명에 맞서는 결단 같은 것이 예감되어 있지 아니한가? 햄릿의 성찰은 두루 알다시피 이 독백에 이르러 정점에 도달하고 있다.

> To be, or not to be, that is the question :
> Whether 'tis nobler in the mind to suffer
> The slings and arrows of outrageous fortune,
> Or to take arms against a sea of troubles
> And by opposing end them? (……)

이 독백 중에서 모두문에 해당하는 'To be, or not to be, that is the question'은 최초의 역본 「하믈레트」(1923)가 '죽음인가 삶인가 이것이 의문이다'로 해석한 이래 지금까지 대부분 '사느냐, 죽느냐, 그것이 문제다' 하는 정도로 옮겨져 왔다. 그

우리가 햄릿이다 : 모호한 것에 대한 모호성

런데 이 독백의 맥락이 이렇게 해석되는 것은 좀 부자연스럽다. 햄릿이 생사의 기로─혹은, 고비─에 처한 경우가 아니기 때문이다. 최근의 역본들은 무비판적인 관행의 기존 해석을 비틀어보려고 하는 경향이 농후해져 가고 있다.

이덕수 역본(1998)에만 해도 '사느냐, 죽느냐, 그것이 문제다'가 '과연 인생이란 살 가치가 있느냐 없느냐, 그것이 문제로구나.'로 약간 변주되는 듯했다. 셰익스피어의 「햄릿」이 놓여 있는 정확한 장르적 위상은 운문(율문)인 극시(劇詩)이다. 물론 시극(詩劇)도 아니다. 산문인 희곡은 더욱 아니다. 최종철 역본(2014)은 최초로 율문체를 염두에 두고 번역했다고 한다. 셰익스피어를 시로 읽어야지 극으로 보아서는 안 된다고 한 찰스램의 빛나는 어록이 남아 있는 것처럼, 이 역본은 상당한 의미와 시사점을 내포하고 있다. 어쨌든 이 역본은 문제의 부분을 '존재할 것이냐, 말 것이냐……'로 해석했다. 옮긴이 최종철은 원문의 뜻에 가장 적합한 순수 우리말인 '있음이냐, 없음이냐'로 옮겨야 하겠지만 역사적, 철학적, 언어학적 무게가 충분히 실리지 않아 그렇게 옮겼다고 한다.

과문한 탓에 잘은 모르겠으나, 바람결로 전해온 말에 의하면, 일본에서는 그 문제의 부분을 '이치카 하치카(一か八か)'로 번역하기도 한다. 즉 문제의 'To be, or not to be'가 1인가 8인가, 즉 '모 아니면 도'라는 식의 일본적인 관용구로 번역된다는 것이다. 선택과 결단의 갈림길에 선 햄릿에다, 일본 사무라이

의 이미지와 정신을 개칠한 감이 없지 않다. 이러한 표현의 일본어 역본이 정말 있는지에 관해, 우리나라 셰익스피어 전문가가 한번 확인해 보면 좋겠다.

올해 2016년은 셰익스피어 4백 주기가 되는 해다. 전(全) 지구적으로 그에 관련되는 행사를 적지 않게 했다. 이를 기념해 간행한 설준규 창비판 역본(2016)에서는 '이대로냐, 아니냐, 그것이 문제다'로 번역했다. 햄릿의 독백이 삶과 죽음 사이의 선택보다는 삶의 가치 및 방식에 관한 물음이라는 데 무게의 중심을 두고 있는 듯하다. 가장 최근에 간행된 역본은 한때 문학비평가로 유명했고 지금은 영문학계의 노(老)학자로 건재하고 있는 이상섭의 문지판 역본(2016)이다. 여기에서는 문제의 부분을 다음과 같이 처리하고 있다.

> 존재냐, 비존재냐, ─그것이 문제다.
> 억울한 운명의 돌팔매와 화살을
> 마음속에 참는 것이 고귀한 일인가,
> 만난의 바다에 팔을 걷어붙이고
> 저항하여 끝내는 것이 고귀한 일인가?

존재냐, 비존재냐? 이상섭은 이렇게 번역했다. 그는 학문적 정확성보다 듣기 좋고 발음하기 쉬운 무대용 대사로 번역하는 쪽을 택했다고 한다. 그런데 주지하듯이 존재와 비존재, 모든 어려움인 만난(萬難)은 문어체다. 시적인 성격의 읽힘의 언어일 수는 있어도, 극적인 성격의 청감(聽感)의 언어는 결코 아니다.

나는 이 문제의 독백이 더 쉽게 읽혀져야 하고 한결 편하게 들려져야 한다고 생각한다. 논리적인 통사구조를 일단 따진다면, 그것은 'A의 일이 옳은가, B의 일이 옳은가? 긴가민가하니, 그게 문제다.'의 뜻이 아닌가 한다. 순서가 도치된 것은 시적인 의장의 요인에 근거하는 것 같다. 긴가민가하니, 그게 문제다. 이러한 내 의견에 관해, 허허 하면서 헛웃음을 짓는 사람도 있을 것이고, 또 아니면 무릎을 탁 치는 사람도 있을 터이다. '긴가민가'는 '기연(其然)가 미연(未然)가'에서 온 말이며, 또 '그런지 그렇지 않은지'의 뜻을 가진 말이다. 만약 '긴가민가'가 언어의 무게감이 충분히 실려 있지 않다면, '기연인가, 미연인가— 그것이 문제로다.'라고 해도 좋을 것 같다.

햄릿의 독백 'To be, or not to be, that is the question'은 분명하지 아니한 상황을 분명하지 않게 말한 것이다. 즉, 모호한 것에 대한 모호성이라고 할 수 있다. 두 겹으로 둘러싸인 모호성이요, 메타적인 성격의 모호성이다. 이 문제의 문장은 매우 시적이다. 시적 언어의 본질은 모호성, 역설, 의사진술 등에 있지 않은가?

그것이 왜 모호성을 지니는가를 곰곰 생각해 보았다. 나는 그 답을 여석기의 『나의 '햄릿' 강의』에서 찾을 수 있었다. 그는 셰익스피어의 수사법이 체계적이고 논리가 정연한 언어의 발화가 아니라, 소용돌이치는 내면의 사고와 감정을 그리고 있다고 했다. 여기에 그 모호성의 정체와 이유가 있는 것 같다.

우리 한국인에게 가장 익숙한 외국문학 작품이 있다면, 「삼국지연의」와 「햄릿」이 아닐까 한다. 두 작품은 모두 주인공들이 비극적이었다. 유비 3형제와 햄릿은 한실 부흥의 실패와 요절 등의 이유로 죽어서도 개인적인 한을 남겼다. 하지만 그들에게는 현실적인 욕망의 좌절을 보상하는 정신적인 승리가 있었다. 이 비극적인 상황의 초비극성, 혹은 시적 정의(正義)야말로 독자들에게 심원한 감동의 여운을 남기고 있는 것이다.

문제적 인간에 의해 자행된 문제적 모호성의 복수극인 「햄릿」은 우리에게도 매우 익숙한 고전이다. 대개의 고전이 그러하듯이, 이 작품이 품고 있는 개성 · 보편성 · 항구성은 이루 말할 수가 없다. 이 「햄릿」은 또 우리 자신의 이야기일 수도 있기에 우리의 영혼을 한층 전율케 한다. 이를테면, 우유부단함과 결행의 대립, 애증의 교차, 우울함과 약간의 신경증, 오이디푸스 콤플렉스의 심연 등, 무의식의 음습한 그늘로부터 온전히 벗어나 빛의 자유를 향유하면서 자족할 수 있는 자, 도대체 누구이겠는가? 인생과 세계의 모호성 속에서 살고 있는, 바로 우리가 햄릿인 것이다. 이 엄연한 사실을 겸허하게 받아들여야 한다. 미숙하고 유한한 모든 인간은 누구나 비극의 주인공이니까.

우리가 햄릿이다 : 모호한 것에 대한 모호성

뱀의 발

우리가 햄릿이다 : 모호한 것에 대한 모호성……이 글의 제목이다. 글을 쓰기 전부터 제목을 미리 정해 두었다. 이 사실은 내게 좀 이례적인 경우라 할 수 있다. 미리 정해둔 제목을 따라 글을 쓰면 글쓰기의 자유로움이 제한되기 때문이다. 그만큼 제목에 대한 애착과 집착이 컸다고나 할까. 고백컨대, 이 제목은 저간의 시국 사태로부터 착목한 것이다. 우리가 백남기다, 우리가 주권이다, 하는 시민들의 정치적인 원망(願望)에서 우연찮게 빌려 왔다.

그런데 이 글을 쓰고 나서 알게 된 사실이지만 이 글의 제목과 유사한 어록을 나는 확인할 수 있었다. 햄릿은 곧 '우리'다. 19세기 초에 활동한 영국의 비평가 윌리엄 해즐릿이 이 문장을 남겼다. 문장(紋章) 같은 문장이다. 그러나 나의 제목과 그의 어록은 표현이 비슷하지만 말하는 의도와 문맥에 있어선 서로 다르다.

거듭 말하거니와, 우리가 바로 햄릿이다. 누구나 할 것 없이 사람들은 자주자주 햄릿적인 난제(難題)의 모호성에 맞닥뜨리면서 살아가고 있다. 지금 박근혜 대통령은 물러날 것이냐, 버틸 것이냐 하는 진퇴의 어려움에 처해 있다. 내일의 일을 알 수 없는, 모호한, 초미의 상황이다. 물론 냉혹한 현실의 자업자득이라고 여겨지지만, 이 일을 바라보는 내게 일말의 연민이랄까, 동정심 같은 것도 없지 않다. 나도 햄릿처럼 때로 우유부단

하면서 분명치 않은 태도를 보일 때도 있다.

또 들려줄 얘깃거리 하나가 더 있다.

1993년인가 보다. 나는 「햄릿」 최초의 역본인 「하믈레트」 (현철 역)를 고서점에서 구입한 적이 있었다. 그때는 심상하게 여겼지만, 지금 생각하니 매우 귀한 책이다. 이 책이 어디에 있는지 모르겠다. 분실한 것은 아닌 것 같은데, 거의 20년 동안 눈에 띄지 않는다.

그 소중한 책이 눈에 밟힌다. 어디에 있느냐, 어디에도 없느냐? 그게 문제다. 시간을 물 쓰듯이 쓰면서도, 찾는 게 좋을까, 그냥 내버려두는 게 좋을까, 그것이 문제다. 찾을까, 말까? 그것이 정녕 문제로다.

무지개 앞의 두 사람을 그리고 기리며

-『진주 한글』 창간사

1

지금은 연로하여 대중의 눈에 잘 들어오지 않습니다만, 한때 문학평론가로서, 한 시대를 울림한 산문가로서 문명을 떨쳤던 이어령 선생은 천부적인 언어 감각을 가진 분이라고 평가됩니다. 저는 최근에 그의 기독교 영성을 고백한 에세이집을 접하였습니다. 제목은 『빵만으로는 살 수 없다』입니다. 저는 얼마 전에 이 책의 앞부분을 읽었습니다. 물론 저는 기독교 신자가 아닙니다. 그의 흥미진진한 논리 전개에 귀를 기울이고, 그의 눈부신 언어 감성을 맛보기 위해 이 책을 심심풀이로 별 생각 없이 손에 쥐었던 것입니다.

2

우리가 무심코 흔히 사용하는 단어 중에서 동해바다, 역전 앞, 외갓집, 황토흙, 생일날 등이 있습니다. 이런 말은 쓰지 말아야 한다고 보통은 말합니다. 동어반복의 구조로 된 이런 말들은 의미가 중첩되고 잉여성(剩餘性)을 가지게 됩니다. 이 때문일까요? 우리말에는 욕설 외에는 특별한 금기어가 없는데, 이런 예들은 마치 금기어처럼 부정적으로 푸대접을 받고 있습니다. 저는 평소에 이 낱말들이 어째서…… 하는 막연한 생각을 가지기도 했습니다만, 그다지 의미를 부여할 생각은 하지 않았습니다. 제가 주목한 것은 이어령 선생이 이러한 단어들을 긍정적으로 보았다는 데 있다기보다 긍정하는 까닭을 밝혀 놓았다는 사실에 있습니다. 이 대목에서 그의 역발상이 빛을 반짝 발하고 있습니다.

한자 문화가 한반도를 압도했을 때 한국 사람들은 한자에 백기를 들고 투항한 것이 아니라, 세 살 때 어머니에게서 배운 토박이말을 한자에 갖다 붙였다, 라는. 말하자면, 이처럼 밖에서 들어온 말과 토박이말의 공존 효과에, 그는 각별히 주목하였던 것입니다.

우리나라의 성경은 주로 19세기의 옛말로 이루어져 있습니다. 종교의 보수성 때문에 지금도 성경의 말과 말투를 잘 바꾸려고 하지 않습니다. 신약 「마태복음」에 의하면, 마귀가 바위를 가리키면서 빵으로 만들어보라고 한 것에 대한 예수의 이런

무지개 앞의 두 사람을 그리고 기리며

어록이 남아 있습니다. "사람이 떡으로만 살 것이 아니요, 하나님의 입으로 나오는 모든 말씀으로 살 것이라⋯⋯." 우리에게 빵이 전해지지 않던 시대에 빵을 떡으로 번역할 수밖에 없었을 것입니다. 지금은 물론 빵을 빵이라고 합니다. 빵은 이제 우리의 생활 문화에 깊이 토착화되어 있습니다. 빵이 처음 한반도에 전래되었을 개화기에는 (이어령 선생의 말을 참고하자면) 빵을 '빵떡'이라고 불렀습니다. 들온말과 토박이말이 공존한 과도기적인 언어라고 하겠지요. 그의 역발상대로라면, 서양의 문화가 한반도에 들어왔을 때 한국 사람들은 서양말에 백기를 들고 투항한 것이 아니라, 세 살 때 어머니에게서 배운 토박이말을 서양말에 갖다 붙인 형국이라고 하겠습니다.

3

곰곰 생각해 보면, 우리의 전통 생활과 가장 밀접한 관계를 맺고 있는 주거문화에서도 동어반복적인 조어 방식에 의한 낱말들이 보입니다. 예컨대, 담장, 바람벽, 지게문 등이 바로 그것입니다. 담과 바람과 지게는 한자말인 장(牆)과 벽(壁)과 문(門)에 각각 해당하는 우리의 토박이말입니다. 토박이말과 한자말이 공존할 수 있도록 조어 원칙을 세운 곡절은 한자를 주체적으로 수용하겠다는 언중의 무의식에 하나의 욕망이 반영된 것이라고 하겠지요. 물론 지금은 담장이 간간이 쓰이곤 합

우리가 햄릿이다

니다만, 바람벽과 지게문은 사어(死語)로 버림을 받고 말았습니다.

바람벽은 제가 젊었을 때까지만 해도 연세 지긋한 분들이 '벼랑박'이라는 경상도 사투리를 사용하곤 했습니다. 이 말은 바람벽의 지역적인 변형 언어라고 하겠습니다. 제가 재직하고 있는 학교의 동료 교수 중에 전라도 남원이 고향인 국어학자가 계신데, 이분도 이 말을 들어본 적이 있다고 합니다.

지게문은 주로 소문(小門)의 뜻으로 사용했습니다. 마당에서 부엌으로 들어가는 문, 마루에서 방으로 들어가는 문을 일컬어, 우리 조상들은 관습적으로 지게문이라고 했었지요. 어쨌든 문의 우리 토박이말은 지게였습니다. 이 지게가 어원의 형태로 아직 살아있는 낱말이 하나 있습니다.

바로 무지개가 그것입니다.

무지개는 '물지게'라는 말에서 나온 것으로 추정됩니다. 물은 무논, 무좀, 무저울, 무덥다, 무젖다 등의 낱말에서 볼 때 리을 탈락의 과정을 겪게 됩니다. 또 무지개가 조어화되는 과정에서 지게는 '지개'로 이형화(異形化)되었습니다. 그렇다면 무지개의 본디 뜻은 두말할 나위도 없이 '물방울이 만들어낸 문'이라는 말밑(어원)으로 거슬러 오릅니다.

기왕 무지개란 말이 나왔으니까 하는 말인데요, 무지개 색깔은 몇 가지나 될까요? 우리에게는 전통적으로 적, 등, 황, 청, 자의 오색무지개요, 미국인들에겐 여섯 가지 빛깔의 무지개요,

유럽에선 빨주노초파남보로 분류되어 말해지는 일곱 색깔의 무지개랍니다. 그러나 과학적으로 분석해보면 이백 수십 가지의 빛으로 분류된다고 합니다. 어쨌든 무지개는 모든 사람들에게 있어서 아름답고 경이롭고 신비로운 것임에는 틀림이 없습니다. 이는 누구에게나 현실을 넘어선 환상적인 세계의 한 상징으로서 보이지 않을까요? 그렇습니다. 무지개는 현실의 질곡에 놓여 있는 사람에게는 초현실의 저편에 놓여 있는 문이요, 천상과 지상을 이어주는 가교입니다.

4

일제강점기에 많은 시인들이 무지개를 노래했습니다. 자신이 처한 시대의 현실을 두고 '겨울은 강철로 된 무지갠가 보다.'로 표현한 이육사, 무지개를 가리켜 '하늘다리'라고 비유한 윤동주. 이 두 시인은 조국 광복의 문을 통과하지 못하고 순국한 시인들이지요. 저는 『진주 한글』의 창간을 눈앞에 두고 특히 민족시인 윤동주 님의 한글 사랑에 각별히 주목하고자 합니다.

올해는 다들 아시다시피 광복 70주년, 윤동주 님의 70주기가 되는 해입니다. 그는 한글 전용체의 시편을 많이 썼습니다. 한글 전용이거나 이에 가까운 표기의 작품 수는 그의 시 총량의 반을 훌쩍 넘어서고 있습니다. 1950년대에 출생한 한글세대의 시인들이 대거 등장하기 시작한 1980년대 이전까지만 해도, 이

분은 한글을 적극적으로 표기하고 표현한 가장 대표적인 시인이요, 또 그렇게 때문에 우리 근현대 시문학사를 통해 우리 말글을 사랑한 가장 대표적인 시인으로 인식되고 있습니다. 저는 이러한 그를 두고 한글정신에 가장 부합한 민족 시인이라고 평소에 생각을 해 왔습니다.

윤동주 님의 모국어 의식 및 한글 사랑은 연희전문학교 시절의 스승인 외솔 최현배 선생에게 정신적인 영향을 크게 받은 데서 시작합니다. 그가 받은 정신적 영향이란, 다름 아니라 바로 이런 것이죠. 이를테면, 우리말을 사랑해야 하는 것, 또한 한글이 당시 조선 민족의 목숨과 같다는 것으로 요약된다고 하겠습니다. 지금도 사람들에게 대표적인 한글학자로 각인되어 있는 외솔 최현배 선생이 해방 이전에 공간한 한글 연구의 기념비적인 저작물로는 『우리말본』(1937)과 『한글갈』(1942) 등이 있습니다.

두루 알려져 있듯이, 최현배 선생과 윤동주 님이 스승과 제자로 만난 때는 1938년 4월 초였습니다. 이때 최현배 선생의 나이는 44세였습니다. 두 분의 나이 차가 23년이어서, 이를 볼 때 두 사람은 통상적으로 부자지간과 다름이 없었습니다. 윤동주 님은 최현배 선생의 조선어 강의를 들으면서 어두운 절망의 시대에 우리 말글로 된 시를 쓰는 식민지의 시인으로 살아갈 것을 스스로 다짐했을 터입니다. 윤동주 시인이 일본에 유학할 때인 1942년 여름이었습니다. 방학이 되어 마지막으로 북간도 고향으로 돌아갑니다. 이때 동생들을 불러 놓고 이제 조선의 글이 없어지게 될 것이니 우리 글로 된 인쇄물이라면 책은 물론이요, 악보라도 모으라고 말합니다. 동생들에게 남긴 유언과 같은 말이 되고 말았습니다.

　최현배 선생과 윤동주 님은 해방을 3년 남겨놓고 옥중생활을 하게 됩니다. 스승인 최현배 선생은 우리 말글의 연구 및 정리 보급이 치안의 유지에 어긋난다는 소위 조선어학회 사건에 연루되었고, 제자인 윤동주 님은 재경도(在京都)조선인유학생민족주의그룹 사건으로 붙잡혀, 금지된 우리 글로 된 시와 일기를 쓴 사실이 가장 유력한 증거물로 법원에 제출됨으로써, 그 악명 높은 치안유지법에 걸리게 된 빌미를 제공하게 됩니다. 그리고는 그는 후쿠오카 감옥에 갇힙니다.

　이와 같이, 일제강점기 말기에 스승과 제자는 한글로 인해 인생의 위기를 맞이합니다. 이들은 좁고 어두운 감방에서 현실의 질곡과 시련 너머에 있는 그 다채한 빛의 무지개를 떠올렸을 것입니다. 그 무지개는 부자유한 몸의 해방에 대한 꿈과 그리움……. 그 무지개는 민족 해방의 무지개요, 한글 해방의 무지개였을 터입니다. 마침내 스승은 해방의 그 무지개를 보았습니다만, 안타깝게도 제자는 물방울이 빚어낸 환상의 문을 빠져나오지 못하고 옥중에서 순국하기에 이르렀습니다.

　제자의 10주기가 되던 1955년에, 시인의 모교에서 제자의 영혼을 위로하는 추모식이 열렸습니다. 스승은 제자의 슬픈 운명을 생각하면서 추모식 내내 손수건으로 눈물을 훔쳤다고 합니다.

5

올해의 한글날은 광복 70주년에 맞이하는 한글날입니다.

어느 해의 한글날보다는 좀 다른 느낌과 뜻이 있는 한글날입니다.

우리 한글학회 진주지회는 광복 70주년이 되는 이 한글날에 즈음하여 우리의 오랜 숙원이었던 기관지『진주 한글』창간호를 공간하였습니다. 이로써 우리는 기관지를 가지게 된 기쁨을 두루 누리게 되었습니다. 한글학자 외솔 최현배 선생과, 그의 제자인 민족시인 윤동주 님을 그리고, 또 기리면서, 저는『진주 한글』의 창간을 축하하는 인사의 말씀을 다음과 같이 줄일까 합니다.

한글학회 진주지회 회원 여러분.

이 책의 창간호가 나오기까지 뜻을 함께 해주시고, 또 오랫동안 기다려 주셔서, 고개를 숙여 감사의 인사를 드립니다.

한글이 창제된 569돌의 해 시월상달에,
한글학회 진주지회장 송희복 쓰다.

사노 요코를 통해 본 한일 관계

들머리 : 번역된 한 산문집의 반향

몇 년 전에 작고했습니다만, 일본의 동화작가이면서 에세이스트인 사노 요코(佐野洋子 : 1938~2010)라는 분이 있었습니다.

이 분은 일본에서 꽤 저명한 여성 문인입니다. 그도 그럴 것이, 그녀가 일본의 국민적인 시인이라고 할 수도 있는 다니카와 슌타로의 이혼한 전처인 것도 잘 알려져 있기도 하지만, 자신의 동화에다 그림을 직접 그린 『백만 번 산 고양이』가 장기간에 걸쳐 200만 부 이상 간행되고, 게다가 많은 나라에 두루 번역되었을 만큼, 동화작가로서 성취한 바가 뚜렷하기 때문이기도 합니다.

이 책은 물론 그녀의 몇몇 산문집이 국내에서도 번역이 되어 우리에게도 두루 읽히고 있습니다. 올해 우리말로 번역된 『사는 게 뭐라고』는 백일 동안에 무려 10쇄를 돌파하는 등 적잖은 반향을 불러일으키고 있습니다.

이 산문집은 출판사 소개의 글에도 드러나 있듯이 2003년으로부터 2008년, 작가가 세상을 떠나기 2년 전까지 쓴 꼼꼼한 일종의 생활기록문이라고 할 수 있겠습니다. 넓은 의미의 수필에 해당하겠습니다만, 마치 소설처럼 읽히는 글입니다. 이 산문집을 읽은 내 아내는 한류에 관한 얘기가 적지 않다면서 나에게 일독하기를 권합니다. 나의 글은 『사는 게 뭐라고』를 읽고 쓴 일종의 즉흥적인 독후감이라고 하겠습니다.

정신없이 빠져 있다가 빠져나오니 정신이 든 한류

내가 관심을 가졌던 그녀의 개별적인 작품은 2005년 봄에 쓴 「아무도 가르쳐주지 않았다」와 같은 해 여름에 쓴 「괜찮을까, 돈도 드는데」 등입니다. 보통 에세이라고 하면 대개 짧은 글을 가리키는데, 이 글들은 이백 자 원고지로 6, 70매 정도 돼 보입니다. 특히 「아무도 가르쳐주지 않았다」는 그녀가 한국 드라마에 깊이 빠지면서 이에 관한 개인적인 상념을 담백한 필치로 기술한 것입니다.

이런 유의 글들은 그녀가 인생의 말년에 암 투병의 무료한

나날을 보내면서 한국의 드라마에 빠져들게 든 경위에 관해 쓴 것이라고 보면 되겠습니다. 아마도, 이 글은 일본에 있어서의 한류(韓流) 현상에 대한 초창기 양상의 자료로도 앞으로 긴요하게 활용될 수 있을 것이라고 예측이 됩니다. 한류 드라마를 좋아했던 그녀의 변은 이렇습니다.

> 스토리도 대부분 억지로 짜 맞춰서 개연성이 없다. 보고 있으면 헛웃음이 나온다. 그런데도 행복하다. 엄청나게 행복하다. 잘난 사람들은 모두 이 현상을 분석하려 들지만 나는 그러지 않는다. 좋아하는 데 이유 따위 없다. 그저 좋은 것이다. (126면)

그녀는 2004년 7월부터 1년 동안에 걸쳐 한류 드라마에 빠져들게 됩니다. 처음에는 「겨울연가」를 보았겠지만 드라마 한두 편 본 것도 아니고, 드라마 한 편 한 편도 한두 번 본 것이 아니랍니다. 자신의 말대로라면, 항암제의 불쾌감을 한류로 이겨낸 것입니다. 보통의 일본 아줌마들처럼 「겨울연가」의 촬영지가 있는 한국을 다녀오기도 하고, 한국에서 한국의 문화 이것저것을 체험하기도 합니다. 그녀가 생각한 한류의 효과는 수용자인 '일본의 아줌마들'이 자발적으로 만들어낸 것이라고 합니다.

> 선전에 휘둘린 것도 아니고 잘난 평론가들의 꼬임에 넘어간 것

도 아니다. 아줌마들은 스스로 한국 드라마를 발견했고, 땅속 마그마처럼 쓰나미처럼 우르르 몰려들어 한류를 띄웠다. 그러고는 창피도 체면이고 아랑곳하지 않고 흠뻑 빠져서 일본을 바꾸어 놓았다. (134면)

일본에서의 한류의 폭발적인 인기는 아무도 예측하지 못한 것입니다. 1990년대 말까지만 해도 한일 간에 대중문화가 서로 개방되면, 상대적으로 경쟁력이 크게 떨어지는 우리의 대중문화는 하루아침에 죽는다는 위기감이 누구에게나 있었습니다. 물론 김대중 대통령이 한류를 예상한 것은 아니겠지만, 그런 대로 자신감과 혜안이 있었기 때문에, 양국의 대중문화를 서로 과감하게 개방하게 했습니다. 이 과단성의 결과는 아무도 예상 못한 한류로 연결됩니다.

하지만 갑작스런 한류는 오래 갈 수 없었습니다.

문화콘텐츠의 개발이 지속적이지 못했고, 수용자들의 유인(誘引) 방식은 일률적인 틀에서 벗어나지 못했습니다. 사노 요코 여사가 본 한류의 한계는 지금의 우리에게도 뭔가 짙은 여운을 남겨줍니다. 2007년 여름에 쓴 「늙은이의 보고서」에 이렇게 씌어 있습니다.

한류 열풍은 허구의 화사함에 의해 일어났다. 나도 빠져들었다. 아아, 즐거운 1년이었다. (……) 초콜릿을 너무 많이 먹어서 보기만 해도 토할 지경인 꼬마처럼, 정신을 차려보니 한류를 떠올리기만 해도 속이 메슥거렸다. (……) 한류 붐이 끝나자 나의 짝퉁 화사한 마음도 먼지투성이가 되어 죽었다. (224~5면)

한류에 정신없이 빠져 있다가, 빠져나오니 정신이 들더란 얘깁니다. 그녀가 몸이 불편한 상태에서 턱을 받치면서 드라마를 1년간 보다가, 결국에는 턱이 틀어졌답니다. 턱에 장애가 생긴 것을 아는 순간에, 이미 한류의 한계가 온 것이죠. 그녀가 한류 열풍의 원인을 일언이폐지하고 '허구의 화사함'이라고 단언한 것도 매우 놀라운 직관의 소산인 것입니다. 이것이 마음의 짝퉁 화사함을 낳는 것은 당연한 이치이겠죠. 비유컨대 한국 김이 일본에 건너가 오래 두게 되면 일본의 습도에 의해 일본의 김치처럼 눅진해지게 마련이지요.

서른여섯 해에 웃으면서 절교했던 한국인 남자 친구

그녀가 한류에 관해 말하는 과정에서 자신의 알려지지 않은 사생활이 드러나고 있어 독자들의 눈길을 끌게 합니다. 그녀에게는 유일한 한국인 친구가 있었습니다. 그것도 36년간에 걸쳐 알고 지내온 남자 친구입니다. 보아 하니, 이 남자 친구는 독일 유학을 하던 젊은 시절에 만난 것이 분명해 보입니다.

그녀에 의하면, 한류 드라마 「겨울연가」의 욘사마는 무엇이

든 절대 단념하지 못하는 캐릭터입니다. 에둘러 말하면, 서른여섯 해 동안 일본에 쌓인 원한을 잊지 못하는 민족의 한 사람이라는 것입니다. 그녀의 한국 남자 친구도 욘사마와 같은 타입의 인물이랍니다. 그녀는 드라마 속의 욘사마의 이미지를 통해, 젊은 시절부터 오래 알고 지냈던 유일한 한국 친구를 떠올립니다.

첫 만남의 그 한국 친구는 이런 남자였다고 합니다. 첫사랑 여자에 대한 미련을 17년이나 가슴에 품고 있으면서 이 여자에 대한 복수심으로 카사노바가 되었다고 뻔뻔스럽게 말을 하던 남자. 정확한 일본어 등 5개 국어를 구사하던 한국 명문가 출신의 인텔리겐치아인 남자. 무엇보다도, 처음 만난 순간부터 일본에 대한 증오심을 (사노 요코인) '나'에게 퍼부었던 남자. 이 순간에, 젊은 시절의 사노 요코 여사는 매우 당황했나 봅니다. 그녀는 정신을 차리고 보니 무릎을 꿇고 눈물을 흘리며 사과를 하고 있었더랍니다.

사노 요코의, 그 남자 친구는 매사 그랬습니다.

언젠가는 함께 길을 걷다가 일본 동요를 흥얼거릴 때였습니다. 그 남자는 어릴 때 일본의 동요를 억지로 불러야 했던 좋지 못한 기억을 떠올렸는지 격분을 했다고 합니다. 어안이 벙벙해서 고개를 푹 숙일 수밖에 없었던 그녀의 모습을 한번 상상해보시죠.

또 언젠가는 무더운 여름날에 일본에 방문한 그가 앉자마자 끈적끈적한 일본의 무더위에 짜증을 냈다고 합니다. 한국의 더위가 건조한 강더위(불볕더위)라면, 일본의 더위는 습도가 높은 무더위(찜통더위)이지요. 일본의 더위에 적응이 안 된 한국인들이라면 누구나 일본의 무더위에 짜증을 낼 만도 하겠지요. 문제는 국제적인 매너의 문제입니다. 사노 요코 여사는 이때 일본의 기후까지 내가 책임져야 하나, 하고 생각합니다.

그녀가 한국의 남자 친구를 만난 지가 36년이 되던 해였습니다. 마침내 일이 크게 터졌나 봅니다.

그 남자가 일본에 와서 또 앉자마자 하는 말이 '이 일본의……' 하면서 시작되었나 봅니다. 아마도, 이 말은 그녀에게 뉘앙스로 볼 때, '이놈의 일본이란 나라는……'으로 들렸을 것입니다. 이때 두 사람이 평소 품어온 속엣 말을 내뱉으면서 한바탕 다투었나 봅니다. 그녀는 단 하나밖에 없어 소중히 여겨온 한국인 친구와 절교하지 않으면 안 되었던 모양입니다.

　그때 나는 화가 머리 꼭대기까지 부글부글 끓어올랐다. 서른여섯 해가 지났다. 아, 그렇단 말이지. 나도 서른여섯 해 동안 당신의 압제를 견뎠다고. 이제 끝이다. 평생 원망해 보시지, 분이 풀릴 때까지 원망하시지. 원망해 봤자 대체 무슨 이득이 있는가. 일본 제국도 모른 채 자란 나에게 과거 이 나라의 극악무도함을 혼자서 짊어지라는 것인가. (123면)

사노 요코 여사는 한국인 남자 친구와 웃으면서 작별 인사를 건넸고, 다시 한 번 웃으면서 손을 흔들며 이별했다고 합니다.

아마도 이랬을 겁니다. 저로서는 역부족이에요, 사요나라…….
일본은 '사요나라의 나라'이기도 합니다. 절교를 선언할 때도
매우 분명합니다. 우정을 위해 36년간을 참고 견뎌준 그녀의
훌륭한 인내심은 우리가 본받을 만하네요.

마무리 : 어렵고도 힘든 자기 성찰

한류 이후의 지금의 한일 관계는 그야말로 한류(寒流)입니
다. 차갑게 흐르는 냉랭함이 두 나라 사이에 흐르고 있습니다.
일본에 대해 미워하는 것에 익숙한 우리는 우리 스스로를 성찰
해볼 수 있는 기회를 우리 스스로 가졌다고 보는지요? 특히 친
일이니, 부왜(附倭)니 하면서 목을 매달다시피한 일부의 지식
인들, 일본이 역사적인 악의 원천임을 막무가내로 밀어붙이는
그릇된 민족주의자들이 자기 성찰을 수용하지 않는 한 한일 관
계는 초창기 한류가 이루어낸 선린 관계를 영원히 회복하지 못
할 것이라고, 나는 봅니다.

나에게 이런 생각이 미치는 순간에, 아내가 내게 입바른 말
한 마디를 내고 있습니다. 당신, 일본에서 일 년 간 살 때, 일본
말도 제대로 못하면서도, 일본을 삐딱하게 보고, 또 뻣뻣한 자
세로 대하지 않았어요, 하고 말입니다. 내 아내 말의 틈서리에
숨겨져 있는 것처럼, 자기 성찰이란 참으로 어렵고도 힘든 것
인가 봅니다.

사노 요코를 통해 본 한일 관계

역도산과 그의 제자들

레슬링의 역사는 유구하다. 이것의 황금시대는 고대 그리스 시대였다. 이 시대에 성행한 레슬링은 고대올림픽의 한 종목이었다. 지금의 올림픽에서도 이것은 그레코로만형 레슬링으로 계승되고 있다. 이 시대에 철학자로 잘 알려진 플라톤도 젊었을 때 레슬러였다고 한다. 그의 이름인 플라톤의 어원 역시 '넓은 어깨'라고 한다. 이 시대에 레슬링의 신과 같은 존재가 있었다면, 최강의 레슬러 마이티 밀로라고 할 수 있다. 그는 신기(神技)에 가까운 테크닉과, 소를 번쩍 들어 올릴 정도의 힘을 소유한 천하장사였을 터이다.

우리에게는 한 동안 레슬러 하면 역도산을 떠올리고는 했다.

우리가 햄릿이다

우리에게 있어서의 역도산은 레슬링의 동의어요, 또한 이를 상징하는 단어이기도 하다. 언젠가 '역도산과 그 제자들'이란 제목의 북한 기록영화를 구해 본 일이 있다. 북한의 비디오영화다. 상영용이 아닌 비디오 기록영화라는 뜻이다. 정품이 아닌, 일본 말로 '야미(暗)'인 것에다가, 또 복사본이었다. 한 상인에 의해, 북한에서 조잡하게 만든 것을 더 조잡하게 낙후된 화질의 기록영화로 나에게로 전해주었던 것이다. 이것은 '영웅의 일대기' 형식의 역도산의 삶을 제시하고 있으나, 정치적인 선전선동 효과가 강하게 드러나고 있다. '역도산과 그 제자들'이라는 제목과 무색하게도 김일 이야기는 아예 빠져 있고, 자이언트 바바는 극히 소략하게 처리되어 있다. 제대로 된 제목이 되려면 '역도산과 안토니오 이노키'여야 한다. 정보의 질량도 문제가 있어 보였다. 그래서 내가 제대로 된 '역도산과 그 제자들'을 쓰기로 했다. 기록영화가 아닌 글쓰기로서의 기록성을 확보하기로 한 것이다.

역도산은 식민지 조선에서 태어나 일본에서 활동한 불세출의 역사(力士)였다. 그의 일본식 이름은 스모 선수를 할 때부터 사용한 이름인 리키도잔. 소년 장사로 씨름판을 주름잡던 그는 1940년 도일하여 일본의 국기라고 할 수 있는 스모의 세계에 입문하기에 이른다. 하지만 자신의 목표이자 염원인 스모의 챔피언인 요코즈나(橫綱)에는 미치지 못했다. 실력이 모자라서라기보다는 근본이 외국인 출신이란 이유에서다. 1949년, 그는 스모계의 제3등급인 세키와케(關脇)에 이르는 것에 만족해야만 했다. 이 부조리한 현실에 은근히 화가 난 그는 젊은 나이에 일본식 상투인 '마게'를 자르고 돌연 스모계를 은퇴한다. 그는 직업 레슬러로 입문하기까지 몇 년간의 공백 기간에 낭인처럼 살아갔다. 공사판 현장 감독을 전전하면서 날마다 술을 마시고 행패를 부렸다. 그 후 격투인, 즉 힘겨루기의 인간으로서 다시 일어설 기회가 온다. 인종과 국적을 가리지 않는다는 직업 레슬링의 신세계가 그의 출구였던 것이다. 씨름에서 스모로, 다시 스모에서 직업 레슬링으로 점차 외연을 확대해 나아갔던 것이다. 스모의 무대에서 오래 수련한 하리테(張手)를 가라테 춉으로 변형한 것이 주효했으리라 짐작된다. 하리테는 손바닥으로 상대의 얼굴이나 목둘레를 공격하는 기술이다. 손바닥 하나로 150kg의 거구를 쓰러지게 했던 그 위력적인 격파의 힘. 마침내 손바닥치기에서 손날치기로의 발상 전환이 그의 격투 인생과 격투인으로서의 자기 존재를 증명하게 된 것이다.

그는 직업 레슬링의 세계에 입문한 직후부터 미국으로 진출했다. 레슬러로서의 경험과 기술 습득이 그에게 매우 중요했다. 1952년 2월 이후 13개월을 미국에 머물면서 200전이 넘는 공식경기를 가졌다. 이때 세 차례의 패전이 있었다는데, 그것도 석연치 않은 반칙패이거나, 어쩔 수 없는 부전패였다고 한다. 그는 귀국하여 직업 레슬링을 일본에 이식하였다. 그는 유

우리가 햄릿이다

도의 신(神)이라고 불리는 기무라 마사히코와 의기투합하여 거구인 샤프 형제를 불러와 세계 타이틀을 놓고 태그 매치를 벌여 승리하기도 했다. 그는 일본 국민들 사이에 패전의 복수심을 자극하는 정의의 심벌로 떠올랐다. 한마디로 말해, 그는 일본 국민의 영웅이 되었다. 그런데 기무라는 자신이 주역이 되지 못하고 조역이 된 것에 불만이 많았다. 역도산이 스모계에 입문하기 전에 이미 전(全) 일본의 유도계를 평정한 그는, 역도산에게 거액의 경기 수당을 놓고 이종 격투의 진검승부를 요청했다. 승패 배당금은 7대3이었다.

그 당시에 소설이나 영화에선 유도 기술을 가진 정의의 사내가 가라테(맨손 : 空手)를 무지막지 휘두르는 악한을 제압하는 것이 서사의 관습이었다. 유도와 검도는 사무라이의 정통 무술이었고, 오키나와에서 유래된 가라테는 사무라이 체제와 질서에 저항하는 국외자의 무술로 각인되어 있었다. 기무라와 역도산의 대결은 유술(柔術)과 가라테 춥, 업어치기와 손날치기, 정통과 이단의 구도로 설정되어 있었다. 물론 역도산이 조선인으로 알려졌다면, 더 가파른 선악의 대결로 성격화되어 갔을 것이다. 승부의 결과는 적당히 무승부로 타협되는 것으로 미리 짜여 있었다. 그런데 기무라는 경기 중에 실수로 역도산의 생식기 급소를 쳤다. 마치 용의 역린을 건드리는 상황처럼 일이 꼬였다. 역도산은 순간적인 격분을 참지 못하고 유혈극의 난장판을 만들고 말았다. 승리가 선언되는 순간에, 관객 중에 아무도 박수를 치는 사람이 없을 정도로 분위기가 냉랭해졌다. 승부를 조작한 사전의 계획과 달리 사후의 결과가 실전이 되고 만 경우는 이 사례만 아니라 안토니오 이노키와 무하마드 알리 간에 벌어진 이종 격투기의 사례도 앞으로 있게 된다. 어쨌든 역도산과 기무라의 대결은 미야모토 무사시와 사사키 고지로가 벌였던 저 간류지마 혈투로 비유될 만큼 역사성을 가진 것으로 평가될 만하다. 가라테 촙에 의한 유술의 몰락은 일본 사회의 새로운 가치관의 변환을 시사하는 대목이기도 했으리라.

1965년이 아니면, 1966년이었다. 나는 그때 여덟 아니면 아홉, 즉 연아홉 살의 나이였다. 후자일 가능성이 높은 해의 추석 다음 날이었다. 막내 외삼촌과 함께 이본 동시 상영관에 갔었다. 먼저 신성일과 김지미가 주인공으로 나오는 극영화 「이수일과 심순애」를 보았고, 그 다음에 역도산의 일생을 비춘 기록 영화 「역도산의 세기의 혈투」를 보았다. 나는 역도산의 비극적인 삶도 그의 영웅적인 풍모도 이미 잘 알고 있었다. 영화의 앞부분에 오래된 스모 경기 장면들이 나오는데 그 장면이 역도산에 관한 것이라면 사료적인 가치가 매우 높다고 여겨진다. 「이수일과 심순애」의 필름이 아쉽게 사라졌지만, 「역도산의 세기의 혈투」는 지금도 한국영상자료원에 남아 있다.

내 어렸을 때 역도산은 일본의 반미적인 우상일 뿐만 아니라 우리나라에서도 그는 한일 국교 정상화를 전후로 해서 반일(反日) 국민감정이 고조되던 시절에 민족의 최고 자랑거리였다.

그때의 그는 어린 나에게도 도덕적으로 흠결 없는 영웅상으로 각인되었다.

그러나 역도산은 사생활에 있어 매우 문제가 많은 사람이었다. 무엇보다 성격상의 결함이 많았다. 그의 여성관은 문제적이었다. 그에게 있어서의 여성은 늘 정복의 대상이었다. 미색과 박색을 가리지 않았다. 치마만 두르면 모두 여자였다. 북한에 두고 온 본처, 교토 게이샤 출신의, 3남매를 낳은 사실혼의 여인에서부터, 대중적인 이름이 알려진 여배우와 여가수에 이르기까지 숱한 염문을 뿌렸다. 특히 국민적인 여가수 미소라 히바리를 여관에까지 납치한 적이 있었다고 한다. 생애의 마지막 해에 17세 연하의 스물한 살 아내와 결혼함으로써 모든 여자관계를 정리하고 한 여자를 진심으로 사랑하는 인간적인 성숙을 보여주었기는 하지만 말이다.

노도(怒濤)의 사나이 역도산!

그의 긍정적인 닉네임이다. 그는 매우 부정적이게도 링 밖에서도 노도의 사나이였다. 무슨 말이냐 하면, 그는 무엇보다 난폭한 사람이었다. 폭음과 폭행과 폭주(暴走). 엄청난 주량의 술을 하루가 멀다 하고 마셔댔고, 맨 정신에는 제자들과 보조원들에게 (스모를 할 때 하리테를 사용하던 버릇의) 손찌검을 하고, 취기가 오르면 야쿠자들을 의심하면서 걸핏하면 두들겨 팼다. 야쿠자 보스를 찾아가 쓰러진 부하들을 걸레처럼 던져주고는, 까불지 말라는 경고의 말을 남기면서 돌아왔다. 밤늦은 오밤중이나 때 이른 꼭두새벽에 고급 승용차를 타고 내달리는 것도 그의 취미였다.

  레슬러로서의 역도산의 터닝 포인트는 1957년 가을이었다. 그는 세계 챔피언 미국인 루 테즈와 일본에서 두 차례 타이틀전을 가졌다. 체지방이 거의 보이지 않는 근육질의 철인이면서 준수한 용모와 몸에 배인 매너를 가진 신사인 루 테즈는 헝가리 이주민의 아들이었다. 역도산보다 여덟 살 정도 많은 나이의 그는 쉰 가까운 나이까지 활동한 가장 위대한 정통파 레슬러로 손꼽힌다. 그의 그라운드 기술은 신의 경지에 올랐다고 평가되며, 특히 백 드롭은 극상의 필살기였다. 백 드롭이란, 상대의 몸을 뒤에서 붙잡아 들어 올린 다음에 뒤쪽으로 던져 뇌에 매트의 강한 충격을 가하는 것이다. 역도산도 김일도 그의 백 드롭에 걸려 기절한 적이 있었다. 역도산이 직업 레슬링에 입문하던 시절에, 그는 이미 전설의 반열에 올라 있었다.

  일본에서의 두 차례 대결은 무승부로 끝났다. 역도산은 루 테즈에게 미국에서 몇 년 전에 완패를 당했지만 기량이 성장했다. 우세한 경기에도 불구하고 판정은 무승부여서 타이틀을 획득하지 못했다. 직업 레슬링은 폴, 기권, 반칙승을 이끌어내지 못하면 아무리 우세한 경기를 펼쳤다고 해도 무승부로 처리된다. 판정승이란 있을 수 없다. 세계타이틀 획득에 실패한 후 그는 루 테즈와 지방을 순회하는 친선 경기를 다섯 차례나 가졌다. 논타이틀전의 승부는 사실상 의미가 없다. 그는 루 테즈와

우리가 햄릿이다

경기를 거듭해 갈수록 승패와 상관없이 기술의 역량에는 미치지 못해도 힘의 우위를 점차 확인해 갈 수 있었다. 역도산은 1957년에 이르기까지 레슬링의 신적 존재인 루 테즈와 논타이틀전을 포함해 여덟 차례의 경기를 가졌지만 단 1승도 올리지 못했다. 5무 3패였다. 하지만 루 테즈와 대등한 타이틀전을 벌인 1957년 가을은 역도산의 도약을 알리는 변곡점이라고 할 수 있었다.

역도산은 절치부심의 기회를 노리고 있었다. 그런데 뜻밖의 일이 벌어졌다. 41세의 나이인 루 테즈는 캐나다 아마추어 출신의 젊은 딕 허튼에게 NWA 타이틀을 빼앗겨 버렸다. 세계 레슬링계에서는 기습 쿠데타로 받아들여졌다. 딕 허튼이 강적 역도산의 도전을 받아들이지 않을 게 분명했다. 역도산은 닭을 쫓는 개의 꼴이 되고 말았다. 그런데 루 테즈에게는 또 하나의 타이틀이 있었다. 인터내셔널 챔피언 타이틀이었다. 이것은 NWA가 1937년부터 20년간 세계 챔피언으로 군림해온 루 테즈의 명예와 936전 무패의 대기록을 기리기 위해 부여한 명예 타이틀이다. 이것은 남에게 양도할 수 없는 비공식 타이틀이지만, 세계 타이틀 획득에 대한 집념이 유달리 큰 역도산의 마음을, 루 테즈는 읽었던 것 같다. 역도산 역시 루 테즈에게서 빼앗은 타이틀만이 일본 팬들로부터 인정받을 수 있다는 사실을 잘 알고 있었다. NWA 세계타이틀을 획득한 딕 허튼은 직업 레슬링의 국제시장에 찬물을 끼얹고 말았다. 흥행이 없는 직업 레슬링은 생각할 수 없는 일이다. 역도산은 루 테즈에게 도전장을 내민다. 다음은 역도산과 루 테즈 사이에 오간 대화 내용이다.

> 루 테즈 : 인터내셔널 챔피언 타이틀은 NWA로부터 공인을 받
> 지 못할 텐데.
> 역도산 : 그건 걱정하지 마. 내가 만약 그 타이틀을 획득하게
> 되면, NWA를 설득해 차차 공인을 받아내겠네.

1958년 8월 27일. 두 사람은 인터내셔널 챔피언 타이틀을 놓고 격돌을 벌인다. 미국에서 경기를 했고, 또 공식 타이틀을 잃은 한물간 루 테즈라서 티브이 중계를 했을 리 없어서 역도산이 이겼다는 것 외에 경기의 내용이 정확히 전해지지 않고 있다. 타이틀의 공신력에 대한 의문이 당시에 일본 언론에서 여러 차례 제기되었기 때문에, 경기의 내용은 관심 밖에 놓여 있었다. 이벤트성 경기였지만 실전인 것은 맞는 것 같다. 살아생전에 역도산의 아내였던 다나카 게이코는 『내 남편 역도산』에서 역도산이 가라테 촙을 사용해 루 테즈를 제압함으로써 정정당당하고 자랑스럽게 세계 타이틀을 획득했다고 말한다. 김선영의 『소설 역도산』에서도 지고 있던 역도산이 경기를 순식간에 뒤집었다고 한다. 이들의 말에 따르면, 가라테 촙에 의해 진행되다가, 또 완결된, 노도와 같고 전광석화와 같은 역전극이었던 것이다. 세 번째 판은 1분도 채 지나지 않았다. 일설에 의

하면, 루 테즈가 불명예스럽게 실컷 얻어맞고 타이틀을 넘기기보다는 반칙으로 인한 실격패를 스스로 선택했다고 한다. 말하자면, 그가 직업 레슬링의 장래와 시장성 회복을 위해 희생했다고 한다. 타이틀은 한낱 희생양에 지나지 않는다는 것. 그렇다면 평소 명예를 중시한 루 테즈는 불명예스럽게 승부를 조작했다기보다 공익을 위해 살신성인을 했다고 봐야 한다.

역도산이 억지에 가까운 세계 챔피언을 획득한 것은 사실이다. 그가 염원하던 세계 타이틀을 획득했다는 것은 직업 레슬링에 있어서의 시장의 축이 미국에서 일본으로 이동하는 무렵이라는, 그 당시의 돌아가는 사정과 무관하지 않으리라고 보인다. 인터내셔널 챔피언 타이틀은 NWA가 루 테즈의 명예를 기리기 위해 임의로 만든 것에 지나지 않아 애최 공신력이 없었지만, 역도산이 이를 흥행에 널리 활용하면서부터 타이틀의 가치가 계속 높아갔고, 또 그의 사후에도 이 타이틀의 권위가 당분간 세계 시장에서 지속되고 있었다. 요컨대 역도산은 인터내셔널 챔피언 타이틀로 직업 레슬링계를 평정했던 것이다. 공신력이 없었던 타이틀이 점차 석권(席卷)의 의미로 바뀌어가게 된 것도 당시 역도산의 높은 위상을 말해주는 것이다.

역도산은 명선수였을 뿐만 아니라 흥행의 마술사이기도 했다. 1959년에 제1회 월드 리그를 일본에 개최해 22만 명의 관객을 동원했다. 직업 레슬링의 중흥의 기틀을 마련한 것은 역도산의 계산된 손바닥 안에 놓여 있었다. 광고 속의 한명회가 말한 오래 전의 카피라이트가 생각난다.

천하가 내 손 안에 있소이다.

레슬링은 역사들의 힘겨루기이기 때문에 매우 위험하다. 자칫 잘못하면 치명상을 입는다. 그렇기 때문에 사전 조율은 필요악이 된다. 하지만 이 사전 조율 때문에 각본과 승부 조작이 생겨나기도 한다.

그는 실전에도 강했지만 쇼맨십에도 아주 능했다. 극진 가라테의 명수인 최영의가 졸라대듯이 이종 격투를 줄곧 요청해 왔지만, 그는 요리조리 피하면서 여유를 부리고 있었다. 남는 장사가 아니면 흥정하지 않는다는 상거래적인 대인관계가 바로 쇼맨십이다. 레슬러로서 상대적으로 키가 작은 그는 짧은 다리를 호도하기 위해 기다랗게 검은 타이츠를 착용했다. 직업 레슬링의 흥행을 위해 당시의 뉴 미디어인 티브이를 적극적으로 활용했고, 직업 레슬링의 패러다임을 실전에서 이벤트성으로 전환했다.

역도산의 연출력은 매우 뛰어났다. 각본을 잘 만들었다. 그는 한때 여가수 미소라 히바리와 친교를 맺었다. 스포츠계의 최고 스타와 연예계의 최고 스타인 그들은, 여관에로의 납치운운 한 것으로 보아 짐작컨대 남녀 간의 그렇고 그런 사이인 것 같다. 두 사람은 모두 한국계다. 하루는 미소라 히바리가 역도산에게 물었다. 왜 비장의 가라테 춥을 처음에는 아껴두다가 마지막 카드로 사용하느냐는 것이다. 역도산은 당황했다. 왜 그가 당황했을까. 각본에 대한 의혹의 제기가 아픈 곳을 송곳처럼 질렀기 때문이다. 대성공을 거둔 일본에서의 월드 리그도 그의 치밀한 연출력에 의해 기획된 것이다. 그는 자신이 직접 연출한 레슬링 외의 사업에도 문어발식으로 확장해 나아갔다.

앞에서 말했듯이 역도산은 성격상의 결함이 적지 않았다. 만취의 상태에 빠지면, 누군가의 습격을 기습적으로 당할지 모른다는 의심과 두려움으로부터 자유롭지 못했다. 이 대목에서 흥분제 등의 투약으로 인한 망상을 추정해 볼 수 있겠다. 그는 자신의 의심 많고 난폭한 성격으로 인해 죽었다. 역도산은 어쩌면 불쌍한 사람인지도 모른다. 바다를 건너온 소년은 사고무친의 일본에서 생존해야만 했다. 민족 차별이 극심한 일본에서 한국인인 사실을 철저히 숨기면서 일본인으로 스스로 동화되려고 한 그의 불처럼 격한 성정은 극렬한 자기 보호 본능 외에 설명할 길이 없다.

역도산은 일본인인 두 번째 아내와의 사랑이 식어갈 무렵에 생활비 지급에 극히 인색했다. 그는 대체로 짠돌이였다. 하지만 후진 양성에는 돈을 아끼지 않았다. 그에게도 인간적인 장처와 성격상 미덕이 있었다. 그가 후원한 젊은 정객(政客) 나카소네는 훗날 정계의 정상인 총리의 반열에 오른다. 재일교포 야구선수 장훈과 반도의 복서 김기수를 후원한 것도 잘 알려져 있다. 무엇보다도 그는 제자를 기르는 데 적극적으로 앞장을 섰다. 스포츠 교육가로서 그만한 사람이 없었다. 그에게 그의 수많은 제자 중에서 빅 쓰리라고 할 수 있는 김일 · 자이언트 바바 · 안토니오 이노키가 없었다면 사후의 평판을 제대로 받았을까 하는 생각이 든다.

긴 안목에서 직업 레슬링의 역사를 살필 때 역도산은 늘 루테즈의 그늘에 있었다. 루 테즈의 그늘로부터 막 벗어난 1958년부터 3, 4년간은 세계 타이틀의 공신력이 있네, 없네 해도 역도산이 실력에 있어서 세계 최강이라는 사실은 이론의 여지가 없다. 그런데 일반인들이 알고 있는 선입견은 과대평가된 역도산관에서 비롯된다. 역도산이 천하무적으로서 한 십 년 정도 세계 정상에 올라 있었다는 것은 아니라는 얘기다. 역도산이 1962년에 월드 리그에서 루 테즈를 꺾음으로써 그가 세계 최정상임을 다시금 확인했다. 루 테즈와의 마지막 경기는 그렇게 끝이 났다. 이로써 역도산과 루 테즈의 통산 전적은 2승5무3패. 비교적 대등하게 맞춰졌다.

1962년 루 테즈의 나이는 46세. 그는 몇 년 더 현역에서 뛰다가 은퇴했다. 석유 재벌의 사위인 그가 왜 쉰 나이에 이르기까지 수고롭고도 위험한 레슬링을 포기하지 않았을까. 그는 체력의 한계가 남아있을 때까지 다만 레슬링이 좋아서 레슬링을 했을 따름이다. 그의 훌륭한 인품에 절로 고개가 숙여진다. 역도산은 루 테즈를 필생의 라이벌로 여겼겠지만, 루 테즈는 역도산을 자신의 후계자 정도로 가볍게 생각했을 것이다.

역도산의 제자 김일은 전남 고흥군 출신이다. 그는 어린 소년 시절부터 힘이 장사였다. 힘센 어른들도 그를 당해내지 못했다. 농수산물을 팔기 위해 사람들이 모이고 물건이 지나가는 여수와 순천을 자주 드나들었다. 그는 여순 반란 사건의 부역자로 몰려 죽을 고비를 맞이했으나 천행(天幸)으로 살아남았다. 1954, 5년 무렵인 25, 6세 때 여수 오동도 씨름대회에서 우승을 했다. 이때 심한 함경도 사투리를 쓰는 소년이 다가와서 씨름 기술 몇 가지만이라도 가르쳐 달라고 졸라댔다. 이 저돌적인 소년이 훗날 우리나라 최초의 복싱 세계챔피언이 될 김기수다.

김일은 역도산을 만나기 위해 밀항하다가 체포되었다. 그는 불법체류자로서 복역을 한 이후에 그의 뜻대로 역도산 문하에 들어간다. 그는 제자이면서도 보디가드의 역할도 했고, 북한의 가족이 보내온 한글 편지를 읽는 서생(書生)의 역할도 담당했다. 그는 스승에게 많이도 맞으면서 커 갔다.

1958년, 아시안 게임에 출전한 복서 김기수는 김일을 만나기 위해 역도산 도장으로 찾아 갔다. 이역에서 만난 이들은 무척 반가웠으리라. 김일은 역도산에게 김기수를 소개했다. 역도산과 김기수는 사무실 안에서 한 시간 가까이 얘기를 나누었다고 한다. 두 사람 모두 고향을 떠나온 함경도 출신이어서 감정이 각별했으리라고 본다. 김일은 역도산이 한국어를 구사하는 것을 한 번도 들어본 적이 없다고 했다. 이 만남에서 일본어를 전혀 모르는 김기수에게 역도산이 한국어를 사용했으리라고, 김일은 짐작했다. 역도산은 모국과 동향의 가난한 젊은 복서에게 후원금을 두둑이 내놓았다. 이듬해, 김기수가 일본에서 훈련하던 기간 중에도, 두 사람의 만남이 있었다고 한다.

1962년 9월이었다. 역도산과 김일 조(組)는 흑인 레슬러 조와 태그 매치를 가졌다. 상대방의 조장인 리기 왈드는 미국 선수 중에서 헤딩을 주무기로 삼았다. 리기 왈드의 헤딩과 김일의 박치기는 결국 김일의 승리로 끝이 났다. 사제가 함께 조를 이루어 승리를 이끌어낸 이 태그 매치 이후에, 김일의 자신감은 커졌으리라고 생각된다. 그는 1961년 이후에 사흘에 한번 꼴로 링에 올랐다. 1962년에는 이백 차례 정도 출전하여 십중팔구 승리를 일구어냈다. 패전은 열에 한번 될까 말까 할 정도로 막강한 실력을 보여주었다.

성민수의 『프로레슬링—흥행과 명승부의 역사』에 의하면, 1961년에 LA을 거점으로 WWA가 결성되었다. 1962년 3월 2일에 역도산이 WWA 세계 챔피언에 오른다. 그 이후에, 1967년 6월 9일 김일이 마크 루윈을 꺾음으로써 세상을 떠나간 스승 역도산이 갖고 있었던 이 타이틀을 되찾는다. 그러나 그해 7월 28일에 미국의 마이크 디비아시에게 타이틀을 빼앗긴다. 결국 이 타이틀은 7년의 역사를 유지해온 채 1968년 10월 1일에 NWA으로 편입된다.

김일은 WWA 세계 타이틀을 49일 간에 걸쳐 가졌을 뿐이다.

우리가 햄릿이다

이 49일 간은 김일 레슬링 인생의 정점이었다. 30대 나이의 1960년대는 김일의 시대였다. 이 시기에 두 개의 세계 타이틀을 거머쥔 김일에게는 1970년대에 이르러서는 특별한 계기나, 더 이상의 진전이 없었다.

1965년에, 범법자였던 그가 귀국을 했다. 범법자가 영웅이 되어 합법적으로 귀국한 사례는 거의 없었다. 1950년대에 역도산이 일본 사회에서 패전의 복수심을 자극한 정의의 심벌로 부상했듯이, 1960년대의 김일 역시 한국 근대화의 꽃가마에 편승한 국민 레슬러로 각광을 받았다. 한국인들은 그의 시원한 박치기에 환호했다. 식민지 지배와 전쟁의 소용돌이 속에서 가난과 패배주의의 늪에 빠져 있던 한국인들에게 있어서 그는 국민의 영웅이었다.

박정희는 그를 정치에 활용했다. 과거에 저지른 그의 범법 행위는 무시되고, 대신에 그와 레슬링은 정부적인 차원에서 지원을 받게 된다. 박정희는 그를 총애했다. 시합이 끝나면, 박정희는 그에게 전화를 했다. 어이, 김 선수. 어디 다친 데는 없어, 하면서 말이다. 1970년대 초였다. 대통령 박정희는 군 장성들과 만나 술잔을 곁들이면서 담소를 나눈 적이 있었다. 이때 대통령은 김일을 중심으로 직업 레슬링을 화제로 삼았다. 박정희는 전두환에게 지나가는 말로 이 정도 물었을 것이다. '전 장군도 레슬링 보는 거 좋아해?' 공수여단장이었던 전두환이 '각하, 레슬링은 일종의 쇼인데, 무엇이 그리 재미가 있겠습니까?' 하고 말대꾸를 했다가 호되게 꾸지람을 들었다고 한다. 이 얘기를 전해들은 김일은 그런 사람이 대통령이 되면 우리나라 레슬링이 망하겠는데, 하고 탄식을 했다고 한다. 이런 일이 있고 나서 10년이 채 안 된 시기에, 가능성 제로의 확률 상태에서 전두환은 정말 대통령이 되었다. 김일의 기분 나쁜 예감도 마침내 현실이 되고 말았다. 1980년대의 한국 레슬링은 빠른 속도로 몰락했다. 대신에 전두환 시대에 프로 씨름이 관제(官製) 스포츠로 급부상하기에 이른다.

자이언트 바바는 키가 2미터 넘는 거구의 사나이다. 1938년생인 그는 자신보다 네 살 아래인 동료 안토니오 이노키와 함께 1970년대의 레슬링계를 석권하면서 주름을 잡았다. 프로 야구 투수였던 그는 레슬러로 전환해 크게 성공을 거두었다. 그는 한국 레슬링의 시장 활로를 위해 낮은 개런티를 받고도 방문해 선배 김일에 대한 의리를 지켜주었다. 김일과 함께한 경기는 주로 이벤트성 경기였다. 자이언트 바바 하면 내 열 서너 살의 기억 속에도 선명히 남아 있다. 어린 시절의 그때 내가 생각키로는 김일에 대한 악역이나 적대자이었지만, 지금 생각하니 그는 한국 레슬링 팬을 위해 봉사하는 선역(善役)이요, 우정 출연자인 셈이었다.

자이언트 바바는 킥 부문의 달인이었다. 큰 발과 긴 다리를 이용한 그의 킥은 이른바 '16문킥'으로 불리어진다. 또 그는 스승인 역도산으로부터 필살기인 '코브라 트위스트'를 전수받았다. '코브라'는 치명적 맹독성을 가진 뱀을 말하는 것인데, 여기에선 '고블러(Gobler)'의 일본식 영어 발음인 '코브라'를 가리키는 것 같다. 고블러는 미국 미주리 주에 있는 한 자치구의 땅이름이다. 여기에서 처음으로 '코브라 트위스트'의 기술이 나왔는지도 모르겠다.

직업 레슬링의 세계 타이틀은 권위가 있는 것에서부터 유명무실한 것에 이르기까지 아마도 열 가지는 될 것이다. 1949년, 초대 챔피언이 루 테즈로 정해진 NWA 세계 타이틀이 가장 권위가 있는 타이틀이었다. 이 타이틀은 1980년대 중반에 이르기까지 40년 가까운 역사와 함께 지속되었다.

자이언트 바바는 이 타이틀을 무려 세 차례나 보유한 적이있었다. 1972년 10월 2일, 그는 1970년대 최고의 테크니션인잭 브리스코로부터 이 타이틀을 빼앗는다. 그러나 일주일 뒤에벌어진 리턴 매치에서 타이틀은 본래의 주인에게로 되돌아갔다. 1979년 10월 31일, 그는 또 일본에서 할리 레이스에게서NWA 세계 타이틀을 획득한다. 앞의 경우와 마찬가지로, 홈앤드 어웨이 경기에서 일주일 후에 반환된다. 이와 같은 사례는이듬해에도 나타난다. 1980년 9월 4일, 자이언트 바바는 할리레이스로부터 타이틀을 빼앗고, 5일 후에 다시 돌려주었다. 그는 NWA 세계 타이틀을 무려 세 차례나 획득했지만 보유 기간은 고작 19일에 지나지 않았다. 김일도 WWA의 단명 챔피언이었지만 그런 대로 49일이나 보유했다. 자신의 스승인 역도산도 동료인 이노키도 가지지 못한 NWA 세계 타이틀을 무려 세 차례나 가졌다는 것이 그에겐 더 없는 자랑스러운 일인지 모른다.

자이언트 바바는 무엇보다 인간적인 품성을 지녔다고 한다. 링 밖에선 그만큼 온순한 레슬러는 없었다. 역도산의 세 제자들은 모두 스승과 달리 참을성과 예바른 품위를 가지고 있었다. 이들에게 서로 라이벌 의식이 강해도 선후배, 동료로서 의리는 있었다. 제자 세 사람 가운데 가장 먼저 타계한 자이언트 바바가, 오키 긴타로(大木 金太郎, 김일의 일본식 이름) 센파이(선배), 하고 부르는 굵은 목소리가 자신의 귓전에 아직도 들려오는 것 같다고, 김일은 언젠가 술회한 바 있었다.

안토니오 이노키는 대중적으로 잘 알려진 레슬러다. 한때 일본의 국민적인 스포츠 영웅이었다. 본디 역도산의 수제자는 제1기 문하생인 김일이었다. 역도산이 살아생전에 제자가 세계타이틀을 획득한 경우는 김일뿐이었다. 역도산이 죽기 며칠 전에 김일이 WWA 태그 챔피언을 획득했다는 소식을 듣고 빙긋이 웃으면서 '그 녀석, (일본에 와서) 고생도 많이 했었지.' 하면서 혼잣말로 중얼거렸다고 한다. 김일은 일본인이 아니기 때문에 일본에서 역도산의 유업을 계승할 수제자가 될 수 없었다. 그 수제자의 몫은 안토니오 이노키에게로 돌아갈 수밖에 없었다.

안토니오 이노키는 브라질 이민 1세대이다. 어린 시절에 브라질에 이민을 가서 레슬링을 배우기 위해 조국인 일본으로 다시 되돌아 왔다. 그는 13세 위의 대선배인 김일과 데뷔전을 치러 완패했지만, 그 후에 레슬러로서 승승장구했다. 1976년에 복서 알리와 이종 격투를 벌여 무승부를 기록한 것은 두고두고 화젯거리가 되었다. 이노키가 승리하는 것으로 사전에 조율된 이벤트성 경기가 막판에 명예의 흠집을 염려한 알리가 담합을 거부함으로써 이것이 실전으로 변질되면서 무승부의 결과를 빚고 말았다. 스승과 선배 동료의 말년이 좋지 아니 했지만, 그는 참의원(국회의원)의 정치 경력에다 늘그막에도 사회적인 활동을 많이 하고 있다.

김일과 이노키간의 대결은 38번이나 이어졌다. 김일의 입장에서 볼 때, 놀랍게도 38전 9승 28무 1패이다. 두 사람간의 통산 전적이 38전 28무를 기록했다는 것은 서로 몸을 사리는 이벤트성 경기가 많았다는 것을 반증한다. 승부가 난 것으로는 9승 1패. 김일의 일방적인 승리다.

김일의 유일한 패배는 1974년 10월 10일에 있었다.

그는 이노키의 필살기인 코브라 트위스트—일본에서는 이를 '만(卍)자형 굳히기'라고 한다—에 걸려 지고 말았다. 김일은 이때의 충격 때문에 한동안 허리가 아파 움직이질 못할 정도였다고 한다. 아련한 기억을 더듬어 보자면, 1970년대 일본에서 실전 토너먼트가 벌어졌는데 김일은 경기 시작하자마자 박치기 공격을 시작했다고 한다. 길게 끌면 자신이 불리하기 때문이었다. 이 초전박살 전법은 주효해 선홍빛 피가 낭자한 유혈극으로 일찍 끝이 났다. 이노키가 죽었다는 소문이 우리나라 전역에 쫙 깔리었다. 아마도 1974년의 패배에 대한 설욕전이 아니었냐고 짐작된다. 이 무렵에 김일은 40대 중반으로서 노장이었다. 이런 만큼, 1970년대는 자이언트 바바와 안토니오 이노키의 시대였던 것이 틀림없는 사실이었다.

이노키는 자신의 꿈에 스승 역도산이 자주 나타났다고 말하곤 했다. 항상 무서운 얼굴을 한 모습이었다. 이럴 때마다 자신이 뭘 잘못했는지 스스로를 반성하는 계기로 삼고는 했는데, 한번은 지나친 공포심 때문에 불을 켠 채 잔 적도 있었다. 그가 레슬링계를 은퇴하고 나니, 죽은 역도산이 싱글벙글 웃는 모습으로 몇 차례 나타났다고 한다. 어쨌든 간에, 2004년에 이노키가 남긴 어록 하나를 인용하면서, 이 글을 마무리하려고 한다.

전쟁에 진 일본인들에게 용기를 준 사람은 일본인이 아닌, 한반도 출신의 역도산 선생님이었습니다. (……) 이 세상에서 가장 존경하는 스승이 한반도 사람이라서 저는 한반도에 강한 애착을 갖고 있습니다.

우리가 햄릿이다

역동적인 청춘의 감각

한 시대를 풍미한 전설적이면서도 인간적인 투수 최동원은 얼마 전에 우리 곁을 떠났다. 어머니가 주신 야구공을 손에 쥐고, 그는 미지의 저세상으로 떠났다. 재작년 어느 여름날, 그는 사직야구장에 시구자로 등장했었다. 롯데 팬들은 그를 열렬히 환영했다. 지금 생각해 보니, 그것은 푸른 용의 승천을 위한 장엄한 갈채의 예고된 퍼포먼스였다. 그가 살아생전에 펼쳤던 경기가 문득 빛바랜 흑백사진처럼 펼쳐진다.

내가 고등학교를 다니던 1975년 8월 어느 날. 구덕야구장에서 화랑대회 고교야구가 열리고 있었다. 당시에 부산에서는 대단한 투수가 나타났다는 입소문이 돌고 있었다. 준결승이 있던 날에 나는 본부석에 앉아 경기를 지켜보고 있었다. 작은 키와 약간은 가냘픈 몸매에 부잣집 아들과 같은 모습의, 금테안경 앳된 얼굴을 한 고교 2년생 홍안의 소년은 전혀 믿기지 않을 정도의 강속구를 뿌려대고 있었다. 크고도 힘찬 동작으로 던지는 공은 엄청난 위력이 실려 있었다. 포수의 미트에선 빵, 빵 하는 큰 소리가 잇달아 들렸다. 공 하나하나에 관중들은 환호성을 질러댔다.

1978년. 연세대 2학년에 재학 중이던 최동원은 패배를 모른 채 연승을 내달리고 있었다. 그 해 5월 어느 날, 백호기 준결승이 있었다. 당시에 스타급 선수들이 가장 많은 연세대와 경리단(육군)의 맞대결이었다. 경리단의 선발투수 박상열은 초반에 무너졌다. 당대 최고의 구원투수인 이선희가 서둘러 마운드에 올랐다. 이선희는 한 해전에 대륙간컵 세계 야구대회에서 한국을 우승팀으로 올려놓은 주역이었다. 대회 최우수선수상도 그가 받았다. 1970년대 최고의 투수들이 펼친 그 투수전은 한 치의 물러섬이 없는 자존심의 대결 그 자체였다. 최동원의 강속구는 상대 타자들의 방망이를 어김없이 헛돌렸고, 이선희의 정확한 코너웍은 상대 타자의 혼을 빼놓기에 충분하였다. 본격파의 오른손과 기교파의 왼손이 펼친 대조적인 투수전의 향연은 내게 두고두고 뇌리에 명승부로 각인되어 있다.

나는 경기장에서 최동원의 경기를 많이도 보았다. 내가 경기장에서 마지막으로 본 최동원의 경기는 잠실야구장에서 치러

우리가 햄릿이다

진 1986년 페넌트레이스 최종전. 그가 이 경기에서 승리할 경우에 3년 연속 20승 이상 거둔 투수가 된다. 그는 이 경기의 승리를 쟁취하기 위해 혼신의 힘을 쏟아 부었다. 유난히도 타선의 지원을 받지 못한 그 해였다. 그 동안 힘을 보태주지 못한 선수들도 미안해서 보답이라도 하려는 듯이 그 전인미답의 기록을 위해 안간힘을 다했다. 승리를 눈앞에 둔 운명의 9회말. 팀에 변변한 구원투수조차 없었던 시절. 완투를 하려는 그가 눈에 띄게 힘겨워하면서 그의 체력은 일순간 바닥이 났다. 대량실점으로 역전에 성공한 OB팀 선수단과 관중들은 열광의 도가니였다. 포스트시즌 진출을 천신만고 끝에 확정시켰기 때문이었다. 상대팀 진영에서 열광적으로 자축하는 소용돌이 속에서 그는 경기장 귀퉁이에서 몸을 풀었다. 그리고 그는 울고 있었다. 늘 당당하고 오연(傲然)한 표정의 그의 얼굴에는 눈물이 가득 찼다. 내가 본 그의 마지막 모습은 무표정하게 한없이 눈물짓는 모습이었다. 나의 안타까움도 실로 컸다. 나도 재래식 시장에서 소주로 아쉬움을 달래던 기억이 있다. 그 아쉬운 여운은 며칠간 이어졌다.

나는 늘 그의 투구 동작을 잊지 못한다. 난 야구전문가가 아니다. 다만 그것에 관해서라면 나도 할 말이 있다. 어떤 이들은 그의 동작을 낮게 평가하기도 한다. 와일드한 투구방식이라느니, 공을 허겁지겁 냅다 던지는 형이라느니, 체력 비축이 비효율적인 큰 동작이라느니 하면서 말이다. 그러나 내가 본 최동원의 그것은 숫제 댄싱이었다. 그는 그리하여 아름다운 무브먼트를 지닌 마운드의 댄서가 된다. 무대 위의 댄서처럼 자신의 동작을 최대한 크게 하면서 말이다. 왼손을 하늘을 향해 곧추 세우며 오른손 반동을 최대한 이용하는 그 혼신의 역투는 수컷의 새가 하늘을 날기 위해 날개를 순식간에 펴는 힘찬 형상이다. 그래서 그의 동작은 자기류의 웅비형(雄飛型)을 만들었던 것.

최동원의 투구폼을 설명할 수 있는 적절한 우리말을 생각해 보았다. 내 생각으론 '활수하다'와 '헌걸차다' 정도가 아닐까 한다. 전자는 솜씨가 시원스럽다라는 뜻이며, 후자는 의기가 당당하다라는 뜻이다. 푸른빛의 유니폼을 입고 활수하거나 헌걸차게 공을 뿌려대던 그가 남긴 이미지의 잔상은 역동적인 청춘의 감각에 대한 아슴아슴하면서도 선연한 추상(追想)의 빛과 같은 것이다. 그 빛은 오연한 표정 속에 감추어진 그의 실존적인 고독에 대한 애잔한 그리움으로 반사되어 온다. 그는 생의 막바지에 마운드의 단독자로서 고독했던 것처럼 치명적인 병고와 치열하게 사투를 벌였다. 하지만 이젠 모든 게 평온하리라. 고인의 명복을 빈다.

우리가 햄릿이다

제 2 부

세 상 의

일 을

성 찰 하 다

시절인연

"그리워하는데도 한 번 만나고는 못 만나게 되기도 하고 일생을 못 잊으면서도 아니 만나고 살기도 한다."

피천득의 명수필 「인연」에 나오는 명문장이다. 인생의 여운과 아쉬움이 아스라이, 또 짙게 배어 있는 글이다. 이 작품이 고등학교 국정 교과서에 처음으로 실렸을 때, 나는 배웠다. 그후 십 년 남짓 지난 후에는 고등학교 국어 교사로서 내가 이 작품을 학생들에게 가르치기도 했다.

수필 「인연」은 한때 국정 교과서에 실렸기 때문에 4, 50대 연령층에게 썩 잘 알려진 작품이다. 감명을 받았던 사람도 적지 않은 걸로 짐작된다. 그런데 젊은 날의 피천득과 일본 여자 아사코(朝子)의 관계는 인연이 있었던 관계인가, 아니면 그 반대의 경우인가 하는 점이 궁금하다. 물론 지은이는 인연이 있었다고 보았는데, 적지 않은 사람들 사이에 그 관계는 인연이 아니다, 라고 보는 시각이 비교적 우세할 것이다. 남녀 간의 인연은 맺어지지 않으면, 세간 사람들은 결국 인연이 없는 것으로 보곤 한다. 하지만 맺어지지 않게 되기까지의 관계, 특히 남녀 관계도, 인연이라면 인연으로 보아야 할 것 같다.

인연이라고 하면 우리나라뿐만 아니라 동아시아의 정서와도 밀접한 관련성을 맺고 있는 낱말이다. 사람들의 만남과 관계 맺음은 하나의 인연과 관련되는 법칙 같은 것에 얽매여 있다고 생각해도 좋다. 다만 그것이 과학적으로 썩 흔쾌하게 검증되지 않는다는 것이 신비롭게 한다. 모든 만남에는 반드시 때가 있는 법이다. 아무리 애를 써도 이루지 못할 것은 이룰 수 없는 것이 하나의 우주 질서가 된다.

중국에서는 인연을 두고 흔히 연분(緣分)이라고 한다. 연분 중에서도 남녀 간의 관계를 가리켜 특히 '인연'이라고 말해진다. 전체와 부분의 관계에 있어서는 우리하고는 반대이다. 우리에겐 모든 인연 전체 속에 남녀 간의 관계를 나타내는 연분이란 부분이 있다. 이 대목에서, 연분이 따로 있나, 짝이 맞으면 연분이지, 하는 옛 대중가요의 노랫말이 귓가에 스쳐지나간

우리가 햄릿이다

다. 일본에서의 인연을 가리키는 기표는 엔(緣)이라고 표현된다. 엔은 보통 남녀 간의 인연을 말한다. '엔—남녀의 만남—은 예측 불허의 이상하면서도 흥미로운 것(緣は異なもの味なもの)'이라는 일본 속담이 있다. 일본에서는 이혼을 두고 인연으로부터 벗어난다고 해서 리엔(離緣)이라고도 한다.

우리나라 스님들이 흔히 쓰는 말이 있다.

시절인연이라고 하는 말이다.

이 말만큼 한국적인 표현은 없다. 만날 사람은 언젠가 반드시 만나게 된다는 것. 이루어질 일은 언젠가는 반드시 이루어진다는 것. 아직 시기가 성숙되지 않았을 뿐이라고 말한다. 이것이야말로 바로 시절인연의 알맞은 뜻일 게다. 중국의 연분, 한국의 시절인연, 일본의 엥은 제마다의 각별한 기표를 함축하고 있다.

나는 시절인연이라는 말을 떠올릴 때마다 이 말만큼 미래에 대한 낙관과 희망을 주는 말도 없다고 평소에 생각하였다. 시절인연이라는 말은 고진감래라는 말과 비슷한 느낌을 불러일으킨다. 특히 최근에 본 영화 한 편이 더 그런 생각을 갖게 했다. 난 최근에 외국에서 새로 발굴되어 복원된 영화 「저 하늘에도 슬픔이」를 한국영상자료원 시사실에서 보았다. 이 영화는 적빈(赤貧)의 삶 속에서 신산고초를 겪었던 이윤복 소년의 실화를 극화한 것이었다. 1965년에 개봉한 이 영화를, 내가 49년 만에 다시 보았던 것.

이 영화가 개봉할 당시에 내 나이는 겨우 여덟 살 때였다. 세상의 일 아무 것도 모르는 철부지 시절이었다. 거의 반세기 만에 이 영화를 보니 어렴풋이 떠오르는 장면들이 있었다. 벌 청소를 할 때 자신을 도와주는 여학생과의 걸레질 충돌 장면, 여동생이 뛰어오다가 넘어져 고마운 이웃에게서 겨우 얻은 간 장병을 깨뜨리는 안타까운 장면, 자신을 도와주는 선생님—신 영균 분(扮)—이 머리카락을 깎아주는 장면, 그 선생님의 결혼 식 장면, 환영 인파를 바라보면서 비행기 트랙에서 내리는 장 면 등이었다.

윤복 소년은 집 나간 어머니, 병든 아버지를 원망하지 않고 동생들의 굶주림을 해소하기 위해 껌을 팔기도, 구두닦이 통을 매기도, 깡통을 갖고 구걸하기도 했다. 그런저런 간고한 삶에 도 불구하고 동생들과 함께 좀도둑질 같은 나쁜 짓을 하지 않 는다. '마음만 곱게 가지면 잘 살 수 있다.'는 믿음 때문이다.

영화는 너무도 사실적이어서 마치 흑백의 색채로 이룩된 하 이퍼리얼리즘 그림과도 같다. 현실의 구석구석을 세밀하게 카 메라에 담았기 때문이다. (훗날 이 영화는 남조선의 가난한 인 민들을 해방시켜주어야 한다는 북한의 정치적인 선전선동에 이용되는 등, 허가 찔리기도 했다.) 시련의 연속인 윤복 소년의 가정에도 오랫동안 흐릿하고 비오는 날 끝에 쨍 하고 해 뜰 날이 왔다. 윤복 소년의 일기가 전국적인 반향을 불러일으켰던 것. 어쨌든 마음을 착하게 가져서 얻은 시절인연의 결실이 고진감래의 뜻처럼 실현된 것이다.

이 영화를 보고 나니까, 시절인연이 사람마다 겪어야 할 통과제의와도 같은 것이로구나 하는 생각도 내게 들었다. 영화한 편을 통해 불교와 전혀 관계없는 것을 불교적으로 해석하는 각별한 흥미와 묘미가 느껴졌다.

애인 갱생의 우화

　가을이 깊어져 간다. 머잖아 예제 국화꽃이 만발할 것으로 보인다. 요즘 젊은이들이야 어떨지 모르겠지만 우리 세대에겐 국화 하면 시인 서정주의 명편 「국화 옆에서」를 떠올릴 것이다.
　이 시를 생각할 때마다 생각나는 건 윤회와 연기라고 할 것이다. 윤회와 연기는 맥락이 비슷한 쓰임의 낱말이다. 글자 그대로 말해, 마치 수레바퀴가 끊임없이 돌고 도는 것처럼 인간의 삶과 죽음이 그치지 아니하면서 돌고 도는 것이 윤회요, 현상의 원인인 인(因)과 그 조건인 연(緣)이 서로 관계를 맺으면서 모든 존재를 생기하게 하고 소멸하게 하는 것이 연기이다. 윤회든 연기든 간에, 양자는 개별성보다 관계성을 중시하는 개념의 틀 속에 놓인 것이 사실이다.

이 시가 굳이 심오한 사상의 배경에서 비롯된 것이 아니라고 해도, 성장하던 우리 세대에게 끼친 영향은 결코 작지 않았다. 어떤 점에서는 이 시는 사랑노래로 읽힌다. 10대 후반의 소년 치고 연상의 여인을 그리워하지 않았던 이, 어디 있었으랴? 20대 청년이 성숙한 여인에게 남몰래 품은 연심 같은 것이 왜 없었겠는가? 우리 세대의 사랑의 비밀스런 얘깃거리들은 이 국화꽃에 모조리 투영된다.

그런데 지금의 성장 세대는 다를 수도 있다. 내가 십여 년 전에 고등학생을 면접할 때 들은 얘기다. 시인 서정주의 국화꽃은 일본 천황가를 상징하는 문장(紋章)으로서의 국화꽃이라고 말이다. 물론 우리의 젊은 시절엔 전혀 들어보지 못한 얘기다. 하기야 무지하고도 몽매한 문학평론가도, 스스로 진보임을 자처하는 교사들도 그런 말을 해대니 청소년들이 어찌 물들지 않겠는가?

제국주의 일본이 이 땅에 물러난 후에, 일본 천황을 찬양하는 시를 쓰다니! 아무리 미워도 그렇게 말하는 게 아니다. 시인이 아니라 정신병자로 비난의 표적이 될 게 불 보듯 뻔한데, 누가 그런 시를 쓰겠나? 그런 시를 써서 어쩌자는 건가? 비난도, 무고도, 어느 정도 상식의 선에서 출발해야 한다.

그립고 아쉬움에 가슴 조이던

머언 먼 젊음의 뒤안길에서
인제는 돌아와 거울 앞에 선
내 누님같이 생긴 꽃이여

　윤회의 극점에, 저 시편 「국화 옆에서」가 놓여 있다. 이케다 다이사쿠는 일본의 불교적 평화운동가로서 노벨평화상 후보로 이름이 자주 거론되곤 한다. 그가 1993년 9월 24일에 행한 하버드대학교의 강연에서, 이런 말을 남겼다. 인과 연의 관계성이란 것은 자아의 소멸이 아니라, 자타의 생명이 융합하면서 넓혀가는, 자아를 소아에서 대아로, 그리고 우주대(宇宙大)로 확대하는 것이다. 이와 같이, 시편 「국화 옆에서」에서 보여주고 있는 시인 서정주의 상상력은 자아의 소멸에서 비롯하는 윤회가 아닌, 자타의 생명력이 융합해 하나의 우주대로 확대된 윤회이다.
　이 시에서 시인은 말했을 것이다.
　한 송이의 국화꽃이 그저 피어나는 게 아니라 소쩍새의 울음, 먹구름 속의 천둥, 간밤의 무서리 등이라는 자연의 조건 속에서 생기한다고, 모든 것은 상호의존성을 가진다고, 모든 것은 원인과 결과의 관계 속에서 존재한다고 말이다.
　이처럼 세상에 존재하는 모든 것은 한 송이 국화꽃을 피우기 위해 천둥, 무서리, 불면, 이런 우주론적인 연기(緣起)의 요소들이 복합적으로 작용을 해서 아름다운 결과물을 빚어낸다. 말하자면, 시인이 가진 생각의 씨앗 한 톨이 우주대로 확대되는 장엄한 상상력의 소산이 국화꽃인 게다. 상상의 꽃으로 장엄한 이 국화꽃은 불교에서 말하는 바, 화엄(華嚴)의 표상일 테다.

시인 서정주는 자신의 시편 「국화 옆에서」를 가리켜, 인체 윤회의 상념, 음성 윤회의 상념, 애인 갱생의 환각을 묘파한 것이라고 스스로 해석한 바 있었다. 매우 거칠고 생경한 언술과 함의로 표현된 이 자가 해석은 그 동안 사람들의 주목을 받지 않았다. 나는 하지만 이 가운데 '애인 갱생'이란 말에 주목하지 않을 수 없었다. 이 말의 뜻은 짐작되는 바와 같이 '사랑하는 사람은 다시 꽃으로 태어난다.'는 것이다.

꽃을, 죽은 애인에 대한 환각으로 그린 사례는, 이 시 밖에도 서정주의 시 여기저기에서 살펴볼 수 있다. 그 대표적인 사례는 몇 포기의 시커먼 민들레꽃으로 환각되는 저승의 소녀들을 생각한다는 내용의 시인 「무슨 꽃으로 피는 가슴이기에 나는 이리도 살고 싶은가」와, 한 송이의 모란꽃으로 피어있는 처녀도 죽은 애인임이 드러나 있는 「인연설화조」가 아닌가 한다. 사랑하는 사람은 죽어서도 이처럼 꽃으로 거듭 태어난다.

시편 「부활」은 절창 중의 절창이라고 할 수 있다. '한번 가선 소식 없든 그 어려운 주소(住所)에서 너 무슨 무지개로 내려왔느냐.' 사별한 옛 애인을 잊지 못하고 그리워하는 화자는 이렇게 부르짖으면서 종로 네거리에서 만난 무수한 소녀들의 모습 속에서 죽은 애인 '수나'의 모습을 환각한다. 열아홉 스무 살쯤

애인 갱생의 우화

되는 그 소녀들은 여기저기의 가지마다 매달려 있는 무수한 꽃잎과도 같으리라.

시인 서정주는 애인 갱생이란 말에 뜻을 따로 부연한 적이 없었다. 내가 굳이 비평적인 해설을 덧붙이자면, 이런 게 아닐까 한다. 살아있는 애인은 애인이 아니다. 죽어야 사는 내 마음 속의 애인이 진짜 애인이다. 시인이 이런 생각에 부합하는 상념의 틀을 지녔다면, 그에게 있어서의 이 틀은 소위 '애인 갱생의 사상'이라고 말할 수도 있지 않을까?

나는 어제 목동에 있는 한국문인협회 사무실에 들렀다. 오전에 편집회의가 있어서다. 점심때가 되어서야 긴 회의를 마쳤다. 때마침 60대 중반의 여성 시인 한 분이 방문해 여러 문인과 합류해 식사 시간을 가졌다. 그분은 나의 학창 시절의 은사이기도 한 미당 서정주 선생이 마지막으로 시단에 추천해 보낸 시인이다. 선생이 등단을 주선해준 마지막 제자인 셈이다. 문단에선 이런 관계를 사제(師弟)로 보는 경향이 있다.

이분은 식사를 하던 중에 이런 말을 했다. 남편과 사별하고 난 뒤에 인생이 송두리째 바뀌었다고 한다. 바뀐 것 중의 하나가 살아선 그 '웬수' 같은 남편이 죽게 됨으로써 그를 비로소 사랑하게 되더라는 것이다. 그분의 남편은 엘리트 직업 군인이었다. 남편의 주변엔 늘 술과 여자와 도박이 있었다고 한다. 속썩이는 남편, 속상해 하는 아내. 흔히 있는 얘기다. 하지만 얼마나 심했으면 삶에 절망해 두 차례나 자신의 목숨을 끊으려 했을까?

남편이 죽고 난 다음부터 남편을 진정토록 사랑한다는 이 역설! 이 역설이야말로 바로 애인 갱생의 사상인 게다. 살아있는 애인은 진정한 애인이 아니다. 죽어야 비로소 사는 내 마음 속의 애인이 진짜 애인이다. 이런 상념이 스승에서부터 제자에게로, 의식하지 못하는 상태로 이어져 갔다고 생각하니, 이 역시도 무엔가 신비로운 인연의 법칙, 이른바 인(因)이 연(緣)하여 일어난 일만 같다는 생각이 든다. 서정주 시의 핵심에, 애인 갱생의 사상이 스며들어 있지 않는가 하는 생각이 든다.

사랑하는 사람이 다시 꽃으로 태어난다는 관념은 실화가 아니다. 실화가 아니기 때문에, 일종의 우화로 봐야 한다. 한마디로 말해, 서정주 시의 핵심 속에, 애인 갱생의 사상이 우의적인 얘깃거리의 시로 묘사되어 있는 거다.

애인 갱생의 우화

서른여덟 해만에 만난 엄석대

1978년 7월에, 나는 초등학교 교사로 발령을 받았다. 서울에서 학교를 다니고 있던 나는 짐을 정리해 부산의 집에 두고 급히 발령지로 향했다. 경상남도 끝자락의 바닷가인 울주군 강동면. 네 군데 학교 중에서도 다행히 면소재지의 학교였다. 내가 맡은 학급은 5학년 두 반 중의 한 반이었다. 아이들은 예순 명조금 못 된 것으로 기억된다. 이 아이들이 내 최초의 제자들이었다. 지금도 그 면면들이 기억의 수면 위로 아련히 떠오른다.

아이들 중에서 유독 눈에 띄는 아이 A가 있었는데, 그는 키가 중학생처럼 컸다. A는 서글서글한 좋은 인상을 지녔다. 성적은 너 댓 번째이지만 운동 역량이 빼어났다. 그렇잖아도 내가 이 학교에 옴으로써 6학년 반으로 담임을 옮긴 전임(前任)의 담임교사인 최 선생은 A를 입이 마르도록 칭찬을 하였다. 내가 A에게 물었다. 너는 앞으로 뭐가 되고 싶으냐고? 그는 스스럼없이 씨름선수가 되고 싶다고 했다.

A는 모든 아이들의 중심에 있었다. 과묵한 데다 폭력적인 기질이 없어서 많은 아이들이 믿고 따랐다. 녀석이 아이들에게 좀 군림하면서 권력을 넌지시 향유하는 게 아닌가 해서, 나는 그에게 주의를 단단히 준 적이 있었다. 그렇고 그런 일이 없다면서, 오히려 그는 내게 반항기를 보였다. 의욕만 왕성했던 젊은 초임교사인 나는 내 뜻을 모르는 그에게 화를 내면서 엉덩이에다 몇 대의 매질을 가한 적이 있었다. 4년 선배인 최 선생은 어떻게 소문을 들었는지 A를 잘 키우면 좋은 인물로 성장할 것이라고 했다. 각별히 잘 챙겨주라는 얘기였다.

언젠가 A가 아이들과 함께 학교 뒷산에서 불장난을 하다가 학교 관리원에게 붙잡혀 교무실에 꿇어앉은 적이 있었다. 다섯 명 중에 네 명이 우리 반 아이들이었다. A가 주도한 불장난이었다. 교감은 이 녀석들을 잘 지도하라고 했다. 나는 심하게 다그치면 효과가 없을 거라고 보면서, 다음 날 학급 아이들에게 담임 얼굴에 X칠한 녀석들이 있다고 했다. 너희에게는 할 일, 안할 일이 따로 있고, 또 절대로 해서는 안 될 일도 있다고 했다. 불장난은 절대로 해선 안 되는 일이라고 강조했다.

담임 얼굴에 무슨 칠을 했다고?

서른여덟 해만에 만난 엄석대

아이들은 크게 웃으면서, X칠요, 하며 대답했다.

이렇게 유머 있는 분위기로 유인하면서 그 심각한 사태는 경직되지 않게 넘어갈 수가 있었다. 이때부터 큰 꾸지람을 기다리고 있던 A도 나의 아량에 좀 감복했는지 나를 먼 친척의 형님이나 아저씨처럼 생각하는 듯했다.

A는 6학년에 진급해 전교 학생 대표로 특유의 리더십을 발휘했고, 씨름선수로서도 좋은 성적을 냈다. 나는 A의 1년 후배들을 2년에 걸쳐 가르치고, 또 이 아이들을 졸업시켰다. 수십 년 동안에 두절된 이들과는 3년 전에 비로소 연락이 되어 한 해에 한 번 쯤은 만나 식사를 함께 하고는 한다. 최근에는 내 동시집 출간을 기념하는 조촐한 모임도 가졌다. 이 자리에서 한 해 선배인 A의 근황을 아는 사람이 있느냐고 물었더니, 한 제자가 바로 연락을 취해 30분 만에 그를 내 앞에 나타나게 했다.

서른여덟 해만에 다시 만난 A는 의젓한 중년이 되어 있었다. 그는 여전히 과묵하고 포용적인 리더의 인상을 주고 있었다.

선생님, 어느덧 제 나이도 이제 쉰이 되었습니다.

그래, 그 새, 세월도 참 많이 흘렀구나.

나는 A를 두고 이문열의 소설 「우리들의 일그러진 영웅」에 나오는 엄석대를 생각했다. 소설 속의 엄석대가 아이들의 세계에서 권력을 향유해도 교활하기 짝이 없는 망종(亡種)의 인간이었지만, 반면에 그는 그때 친구 사이에 리더십이 있었던 선량한 엄석대였다고나 해야 할까?

소설 속의 엄석대는 어른이 되어 사회악을 자행하다가 몰락했지만, A는 울산, 경주 지역에 소재한 견실한 중소기업의 중역(이사)으로서 건실하게 살아가고 있다. 소설 속의 엄석대가 '일그러진 영웅'이라면, 쉰의 나이가 된 그때의 아이들은 A를 지금도 '모범적인 대장'으로 생각하고 있을지 모른다. 그날 밤 늦게 나는 부산으로 가면서, 마음이 매우 흡족했다.

영혼을 잠식하는 편견에 대하여

김소월의 잘 알려지지 아니한 시 가운데 「불칭추평(不稱錘枰)」이라는 제목의 시가 있다. '그대가 평양서 울고 있을 때 / 나는 서울 있어서 노래 불렀네'로 시작하는 시다. 이 시의 내용은 평범하다. 하지만 제목이 낯설고 어렵다.

불칭추평이란 말의 뜻은 도대체 무엇인가.

가치나 경중이 바늘과 바둑판처럼 서로 비교될 수 없는 것을 함부로 저울질하지 말라는 뜻이다. 평양에서 울고 있는 사람과 서울에서 노래하는 사람은 처지가 서로 다르기 때문에 비교의 대상이 되지 않는다.

최근에 한국문인협회에서 육당문학상과 춘원문학상을 제정하겠다고 말했다가 여기저기에서 공격을 받고 이 일을 없던 일로 하겠다면서 철회했다. 나는 이 협회의 기관지인 『월간문학』의 편집위원으로서 주로 특집을 기획하고 있다. 학연과 친분이 있는 두 원로 선배를 도와주기 위해서다. 하지만, 이 두 문학상의 제정 계획에 관해선 나는 전혀 모르고 있었다. 이번의 사태는 언론의 보도를 통해 알았다.

두 문학상의 제정 계획과 철회에 대한 가치의 판단과 상관없이, 일련의 과정을 겪고 난 다음에 한 젊은 비평가가 쓴 기고문 「육당과 춘원이 누구인가」(한국일보, 2016. 8. 10)를 우연히 읽고 난 다음에, 나는 한낱 유감을 가지게 되었다. 즉, 이래선 안 된다는 생각이 들었다. 상대방이 철회했으면 용기 있는 결단을 고맙게 생각한다는 정도로 끝을 내어야지 뒤끝이 깔끔한 것이다.

기고문은 '친일 작가 문학상' 철회를 보며, 라는 서브타이틀에서 보듯이, 매우 공격적이다 못해 사람을 넘어뜨려 놓고 매질마저 해대는 사뭇 가학적인 글이다. 기고자인 비평가가 육당과 춘원을 기념하는 문학상이 제정되어선 안 되는 이유를 한마디로 잘라 말해 여기에 두고 있다.

> (육당과 춘원의) 친일은 철저히 신념에 의한 것이었고, 그 신념은 정치적 현실에 확산 · 재생산하는 데 그들은 매우 능동적이며 철저했다.

지금 이 글은 친일의 정도를 말하고 있다. 즉, 무게의 경중을 저울질하고 있는 것이다. 친일의 정도는 몸무게 속의 체지방을 재듯이 잴 수 있는 건가? 사물의 양면을 바라보지 않고 한 면만을 바라보는 것을 가리켜 글자 그대로 편견이라고 한다. 육당과 춘원의 친일이 철저한 신념에 의한 결과라고 본 것은 편견에 지나지 않는다. 기고자의 냉정한 형평이 사라진 다음의 발언이다.

이들의 친일에 신념이 개입되었다면, 그는 이들의 마음속에 들어갔다는 얘기가 된다. 윤동주조차 일본 유학을 위해 어쩔 수 없이 수용했던 창씨개명을, 육당 최남선이 거절했던 사실과, 자발적인 친일이 아니라 강요된 친일이었다는 춘원 이광수의 자기변명을 철저히 묵살해온 우리의 관행에 대한 최소한의 반성적인 사고를 거치지 않은 견해는 형평이 상실된, 한쪽에 치우친 견해일 뿐이다.

친일 작가라서 문학상을 만들어서 안 된다?

썩 개운한 논리가 아닌 듯하다. 지금 우리나라 소설가들이 상금의 많고 적음에 관계없이 가장 받고 싶어 하는 문학상은 동인문학상이 아닐까? 1960년대부터 이어온 전통에다 유력 신문사가 주관하고 있다는 이점이 있다. 그렇게 본다면, 김동인 역시 친일 작가가 아닌가? 문학비평 분야의 문학상으로 가장 권위가 있다는, 올해 27회가 된 팔봉비평문학상도 마찬가지다. 이상문학상은 또 어떤가? 이상이 친일한 것은 아니지만, 그는

우리가 햄릿이다

수없이 많은 일문(日文)의 작품을 남겼다. 이들 문학상은 그 동안 수십 년을 지속해 오면서 친일이나 일문의 문제가 한 번도 제기된 적이 없었다.

육당과 춘원의 문학상이 안 되는 또 다른 이유가 있다면, 기고자는 작가는 작가고 그들의 작품 역시 별것이 아니라는 논리다. 두 작가의 작품에 대한 평가는 이렇다.

해(海)에게서 소년에게 :
　　　서양－일본 문명에 대한 과도한 경사
　　　역사의 진보에 대한 불균형한 인식
　　　역사와 전통에 대한 주체성의 결여
무정 : 망해가는 제 나라를 오히려 진보의 낙원으로 묘사함.

최남선의 신체시 「해에게서 소년에게」(1908)와 이광수의 「무정」(1917)은 우리 근대문학의 기념비적인 작품이다. 작품 평가를 보면, 기가 찰 노릇이다. 「해에게서 소년에게」에 서양－일본 문명에 대한 과도한 경사가 어디 있으며, 불균형 인식과 주체성의 결여가 어디에 있느뇨. 오히려 일본을 가리켜 '좁쌀 같은 섬'이라고 겨냥하면서 강국의 횡포를 비판하고 있지 않은가. 동서와 고금의 교차점에 진보와 미래의 주인공인 소년이 있을 뿐이다. 「무정」의 문학사적인 의의는 망해가는 제 나라를 진보의 낙원으로 묘사한 게 아니라, 이미 망해버린 제 나라를 그윽

이 성찰하면서 진보와 미래에 대한 낙관적인 전망을 내포하는 근대적인 시선을 확보한 것에 있다.

두 작품이 우리 문학사에 두루 끼친 의미 있는 영향이 있다면, 이는 다름 아니라 언어형식의 면에서 새로운 문체인 시문체(時文體)를 확보한 것과, 근대적 인간상인 소년(「海에게서 소년에게」)과 이형식(「무정」)을 창출한 것이라고 말할 수 있을 것이다. 작품도 별것이 아니라서 문학상이 제정되어선 안 된다는 것은 우스갯소리처럼 들린다. 더 나아가 상금 얘기까지 끄집어내고 있다. 할 말 안할 말을 가려내는 것도 비평의 예의가 아닐까?

> ……춘원과 육당이라는 거물의 이름을 건 상을 제정하려고 했던 이 '대표적인' 문인단체라는 곳이 정말 그들을 소중하게 생각했다면 단돈 '100만 원'의 상금으로 상을 제정하겠다는 발상을 과연 할 수 있을까.

단돈 백만 원이 어때서? 나도 석 달 전에 단돈 백만 원짜리 문학상을 받았다. 이 인용문은 눈에 돈독이 오른 우리 문단의 문학상 제도가 가지는 민낯을 그대로 보여주는 것 같다. 이웃인 일본의 문학상은 대부분 단돈 백만 원짜리 문학상이라고 한다. 우리도 잘 아는 '아쿠타가와(芥川) 문학상'의 상금은 좀 많아서 백만 엔이나 된다. 우리 돈 천만 원에 해당된다. 이 경우도 수천만 원에서 일억 원에 이르는 우리의 경우와는 다르다. 일간지의 관례에 미루어 보아 장문에 해당하는 기고자의 기고문은 장엄한 결구의 마감재를 사용하고 있다.

지금 한국문학을 박제화하고 부패시키며 시민과 유리시키고 있는 요소들은 문학 외부가 아니라 문학 내부에 있다.

인용문에 슬며시 보이고 있는 논리는 문학 외부의 정치적인 힘과 그 배경에 기대고 있는 논리다. 전형적인 공리주의 문학관이다. 한국문인협회는 애최 두 작가의 문학상 제정 근거를 '작품은 작가로부터 독립된 생명체'라는 자족(自足)의 논리에 둔 모양이다. 이것이 자율주의 문학관이라면, '작품은 작가가 살아온 삶의 소산'이기 때문에 친일 작가에 대해 평가도 기념도 문학상 제정도 안 된다는 것은 공리주의 문학관의 극단에 이른 타율성의 논리이다.

주지하듯이 공리주의 문학관의 기원은 플라톤의 시인추방론에까지 거슬러 오른다. 이때 시인이란, 오늘날의 개념인 시인뿐만이 아니라 문인과 예술가를 모두 망라하고 있다. 오늘날의 의미에 걸맞은 시인추방론은 영화의 제목이기도 한 '죽은 시인의 사회'론이다. 문학은 시민의 공익으로 환원되는 것, 문학과 예술은 시인·문인·예술가의 순수주의(자율주의) 관점을 이성과 공리의 공동체로부터 추방해야만 하는 것. 이런 관념만이 살아있는 한, 문학과 예술이 설 자리는 결국 사라지고 만다.

최남선과 이광수는 우리 신문학의 눈부신 개척자인 동시에, 일본제국주의의 신체제에 편입된 친일 작가이다. 어느 한 쪽을 애써 지우면서 다른 한쪽만을 보려고 하는 견해를 가리켜, 우리는 편견이라고 한다.

불칭추평!

추(바늘)와 평(바둑판) 따위를 비교하지 말라. 시비와 곡직을 함부로 가리지 말라. 어설픈 잣대를 내세우면서, 무언가를 함부로 저울질해서도 안 된다. 그도 그럴 것이, 편견은 우리의 영혼을 잠식하기 때문이다.

우리가 햄릿이다

예술가들의 친일 행위에 대하여

1

경상남도 통영시는 올해 유치환 탄생 백주년 기념사업을 개최한다. 시 예산으로 이 사업에 1억 원을 지원하는데, 최근에 통영시의회가 이를 승인했다. 그런데 시인 유치환의 친일 행위가 불거져 나와 기념사업에 대한 논란이 일어났고, 유치환의 친일에 대한 문제를 놓고 학술 토론회가 열리기도 했다. 차제에 이 문제를 우리 모두 되짚어보고 넘어가지 않으면 안 된다. 오늘날의 시점에서, 예술가들의 친일 행위에 대한 역사적인 평가를 우리는 적당히 유보하거나 그냥 지나쳐서는 안 된다.

아닌 게 아니라 예술가들의 친일 행위에 대한 논란거리는 어제오늘이 아니었다. 과거사 청산이라고 하는 정치 문제와 맞물리면서 최근 10년 동안 오히려 더 가열되어온 느낌이 있다. 한국화의 대가였던 이당 김은호 화백의 경우가 대표적인 한 사례가 될 것이다. 그는 「금차봉납도」(1937. 11)라는 제목의 그림을 그렸던 친일 화가였다. 친일 여성들이 일본 제국주의의 성전(聖戰)을 기원하는 뜻에서 금비녀(금차)를 바친다는 내용의 이 그림은 당대의 미나미(南次郞) 조선 총독에 증정되기도 했다. 그는 미술계 일각에서 한국화를 근대적인 채색의 경지로 이끈 한국화가로서, 정치한 필치로 인물화 분야를 개척했을 뿐 아니라, 제자의 육성에 크게 기여함으로써 하나의 맥을 계승하게 했다는 점에서 존경을 받고 있다. 그러나 많은 사람들은 그가 친일을 스스로 반성하거나 부끄러워할 줄 아는 인간이라면, 논개 영정을 그리지도 말았어야 했고, 1965년에 3·1문화상 예술 부문 본상을 거부했어야 했다고 입을 모으고 있다. 진주에서의 논개 영정 폐출 운동은 1996년부터 전개되어 오다가 10년 만에 다른 화가의 그림으로 대체되기도 했다.

일제 때 민족의 심금을 울린 노래가 있다. 홍난파의 「고향의 봄」이다. 이걸 두고 제2의 애국가라고 말하는 사람도 있을 정도다. 지금 북한 주민들도 부르고 있고, 재외 동포들도 고향과 고국을 그리워하면서 부르고 있다는 점에서 이 노래가 우리의 가슴 속에 아직까지도 살아있는 노래인 것은 사실이다. 이 노래의 작곡가가 홍난파인 것도 두루 알려진 사실. 그러나 홍난파가 일본군을 찬양하거나, 일왕(日王)에게의 충성을 맹세하는 곡의 연주를 지휘하는 등의 친일 행위를 한 것을 아는 사람은 뜻밖에도 많지 않다.

2

예술가들의 친일 행위에 대한 역사적인 평가를 어떻게 내려야 할 것인가? 역사 청산과 관련된 현안(懸案) 문제로 보아야 할 것인가, 아니면 21세기의 성숙한 시선이 요청되는 성찰의 대상으로 삼아야 할 것인가? 누군가 최근에 친일 문제를 가리켜 '기억을 둘러싼 투쟁'이라고 했다. 이와 같이 여기에 하나의 수사적인 언표(言表)가 새로 등장하기에 이른 것이다. 친일 문제에 고민하고 있는 한 전문가는 이에 대해 이렇게 반문하고 있다. "우리에게 친일파를 비판할 충분한 근거가 없다고 해도 친일 행위를 규명하는 문제를 비켜갈 수는 없다. 과거의 잘못된 행위를 밝혀내 왜곡된 역사를 제 자리로 갖다 놓아야 최소한 공정하게 평가할 근거라도 마련할 것 아닌가." 이와 관련해 민족주의를 옹호하는 학자들이, 민족을 '상상의 공동체'라고 여기고 있는 탈(脫)민족주의자들을 향해 첨예한 대립의 각을 세우고 있다.

우리는 하루가 다르게 변화하는 현실에 매몰되어 일제 강점기의 비참한 상황과 이에 기생했던 친일 세력에 대한 역사적인 평가 및 단죄의 의미를 방기하는 '망각의 늪'에서 헤어나지 못하고 있다. 이러한 우리를 마비시키는 것은 우리 자신의 의식이다. 결과가 수단을 정당화시킬 수 있다는 전도된 가치 관념을 알게 모르게 심어주는 그 황폐한 의식 말이다. 우리는 과거의 청산이 제대로 되지 않는 상태에서 미래의 주역들에게 우리의 정신적 유산을 결코 물려줄 수 없다. 1985년 5월, 독일 패망 40주년을 기념하면서 행한 독일 대통령의 연설 가운데 "과거의 범죄적인 역사를 잊어버리거나 보호하려는 민족은 영원히 미래를 잃어버린다."라고 했는데 이 말은 그러한 문맥에서 우리의 가슴 속에 매우 의미 있게 와 닿고 있지 아니한가.

진정한 의미의 민족 통일을 성취해야 하는 우리로서는 특히 역사의 청산은 불가피하다. 그 대상이 사회지도층 인사의 언행이나 식민지 유제(遺制)에만 국한되는 것은 아니다. 예술가도 예외일 순 없다. 친일 문제에 소극적인 것은 모든 것을 후대의 역사 평가로 미루기를 은근히 바라는 세력들이 지금도 잔존하고 있기 때문일까? 어쨌든 문제가 제기된 기념사업은 지금이라도 재고되어야 할 필요성이 없는 것은 아니다. 기념이란, 기억을 적극적으로 표현한 사회적 행위라는 점에서, 공공적인 성격을 띠고 있기 때문이다. 그럼에도 불구하고, 또 한편 절제되면서도 객관적인 판단이 필요하다.

우리가 햄릿이다

3

민족은 혈연과 언어와 역사의 운명으로 맺어진 실재(實在)의
공동체라고 한다. 이러한 관념은 민족주의라는 정치적 목적의
이데올로기를 낳았다. 해방·독립·통일 등을 지향해온 약소국
의 비원이기도 했던 그것은 뚜렷하게도 근대의 개념이다. 물론
여기에 한때 유효한 의미와, 정당성이 담보된 가치가 분명 존
재했었다. 그러나 세상사 존재하는 모든 것이 변화하듯이 의미
와 가치도 시대에 따라 가변적일 수밖에 없다. 21세기에 이르
러 위기와 전환기를 맞이한 민족주의도 새로운 성찰의 대상이
되어가고 있다. 친일 문제를 거론할 때마다 민족정기를 바로
세워야 한다고 주장하는 사람들이 적지 않은데, 이 개념 속에
실체가 분명하게 있는 것은 결코 아니다. 어쩌면 허구적인 상
상물, 허구적인 기억의 소산물일 가능성이 없지 않다.

소설가 황석영은 재작년에 한 언론사와의 인터뷰에서 "개인
적으로 이미 민족주의와 결별했다."라고 하는 말을 남긴 적이
있었다. 민족주의를 맹목적인 열정이라고 여겼던 까닭일까? 또
어느 교수는 홍난파의 노래가 방송에서조차 듣기 힘들다는 현
실에 대해 "세월이 한참 흐르다보니 어느덧 민족주의가 내 주
변의 생활폭력으로 다가왔다."라고 토로하기도 했다.

21세기에도 친일 문제는 여전히 유효한가? 민족이란 개념의
배타성과, 민족주의라는 이름의 음습한 권력지향성이 부정적으
로 취급되어가고 있는 이즈음에, 자유·평등·사랑·인권·평

화·관용·생명 등과 같은 인류의 보편적인 가치에 대해 이제 눈을 함께 돌려야 한다고 생각된다. 시기가 이미 성숙하지 않았을까? 하물며 어떠한 이데올로기로부터 자유로움을 추구하고자 하는 예술임에랴.

　유치환의 시 중에서 친일의 의혹을 받고 있다고 여겨지는 것은 극히 일부에 지나지 않는다. 이 역시도 상황 논리로부터 유추된 것이지 결정적으로 입증될만한 것이 못 된다. 그가 소위 친일시를 창작했다고 해도 그 시대에 살아보지 못한 우리로서는 그의 시를 함부로 재단할 수 없는 일이다. 또한 이를 법적, 도덕적으로 단죄할 만한 권위도 우리에게는 없다. 유치환의 친일 행위에 대한 재단이나 단죄가 우리 사회의 개선과 발전에 도움이 될 수 있다는 확실한 근거도 희박하다. 사소한 흠에 집착함으로써 우리가 기억해야 할 부분들, 우리에게 유효할 수 있는 가치 있는 기억들을 한꺼번에 무시해 버리지는 않을까 하고 우려된다.

우리가 햄릿이다

들어주는 사회의 성숙함에 대하여

실마리

한 15년 전 즈음에 들었던 얘기다. 인구 30만 남짓한 작은 도시인 진주는 교육도시답게 국립대학교가 셋이나 된다. 이 지역의 할머니 교수들이 모여 사사로운 친목회를 만들었다고 한다. 물론 회원 수는 얼마 되지 않았을 것이다. 내가 재직하는 진주교대의 교수 중에서 여기에 해당되는 분은 그때 단 한 분밖에 없었기 때문이다.

할머니 교수들이 모여 교육 문제나 사회 현안에 관해 토론하는 것이 아니라, 모두가 손자 자랑에 입이 근질근질했던 모양이었다. 손자 자랑을 하면 벌금을 내놓자는 얘기가 있었다. 모두 동의했지만, 다음에 만날 때는 할머니 교수 중에 벌금을 미리 내놓고 손자 자랑하는 분도 있더라고 하는 말을 나는 전해 들었다.

줄어든 이야깃거리, 졸아드는 인간관계

나이가 들어가니 생각이 옹색해지는 것은 아닌가 하는 생각이 든다. 늙수그레해지는 것의 비애라고 해야 되나? 누군가에게 하소연을 들은 적이 있다. 이제 친구들과의 만남도 조심스러워진다고. 정치 얘기만 나오면 서로 싸우기도 하고, 정치 얘기는 아예 하지 말자는 얘기도 나오기도 한다고. 누군가에게 들은 말이지만, 누구나 경험함직한 얘기다.

나는 얼마 전에 필요한 일이 있어 아파트를 처분했다. 정작 내 아파트를 사준 고마운 이는 다름이 아니라 내가 매매를 의뢰한 중개사였다. 아파트를 판 두 달 후에 그는 내가 처분한 아파트 가격이 그새 3천만 원이나 올랐다고 내게 말해주었다. 이 얘기를 친구들 모임에서 말을 했더니, 누군가 갑자기 돈 얘기를 하지 말자고 볼멘소리를 냈다. 말을 꺼낸 내 자신이 좀 머쓱했다.

친구들끼리의 대화의 소재가 나이가 들수록 줄어드는 것은 아닌가 하는 걱정이 앞선다. 정치 얘기 하지 말자, 옛날 얘기 하지 말자, 돈 얘기 하지 말자, 자식 자랑 하지 말자…… '하지 말기'의 시리즈는 끝이 없다. 오래 친교를 맺어온 벗들 간에 얘기의 소재가 가면 갈수록 줄어들고, 그 만큼 인정(人情)의 향기를 풍기는 삶의 목록도 좋아든다. 인정이란, 글자 그대로 적극적인 관계를 요구하는 인간의 감정이 아닌가?

인간관계에 있어서, 내가 듣고 싶지 않은 말을 아예 하지도 말라는 태도를 보이는 것은 결코 바람직하지 않다. 듣고 싶지 않아도 들어주면서 참고 견디는 것도 개인적인 인품의 힘을 쌓아가는 과정이다. 이것이 하나하나 모이면 성숙한 사회의 역량으로 결집되어 간다. 개개인마다 하고 싶은 말들을 폭포수처럼 쏟아내는 것은 건강하면서도, 민주적이요, 또한 사람의 품격이 보장된 모듬살이의 바람직한 모습이라고 할 수 없다. 개인적으로나 사회적으로, 들어주기의 폭이 넓어져갈 때 팍팍하고 각박한 것을 이겨낼 수 있다.

들려주는 것에서 들어주는 것으로

누가 나에게 근대사회가 무엇이냐고 묻는다면, 나는 이렇게 말하고 싶다. 이성적 계몽의 들려주는 사회……. 그렇다면 후기 근대사회, 즉 탈(脫)근대사회는? 두말할 것도 없이, 들어주는 사회다. 우리 사회가 향후 탈근대사회로 진입해 나아가려면, 타인의 딱한 사정도 들어주어야 하고, 누군가의 사회적인 불만도 들어주어야 하고, 친구의 제 자랑 늘어놓는 것도 들어주어야 한다.

나는 30년이 넘는 긴 시간에 걸쳐 교육에 관한 일을 해 왔다. 나는 내 제자들에게 오래되었지만 가치가 있는 지식의 무형적인 자산을, 앞으로의 시대와 미래의 세상에 유효할 것이라고 믿는 새로운 정보를 끊임없이 들려주고는 했다. 한마디로 말해, 나의 직업은 뭔가를 들려주는 것이었다.

그러나 내가 은퇴한 다음에 도래할 교육의 패러다임은 들려주는 것이 아니라 들어주는 것이라고 점쳐진다. 따라서 앞으로, 교사는 들려주는 사람이 아니라, 들어주는 사람이어야 한다. 이것은 내 스스로 실행하지 못했지만, 내가 남기는 아릿한 교훈이다. 그 동안 들어주지 못했던 나. 분명히 교육자로서 나의 한계이다.

사족

나와 아내는 정반대의 전문적인 직업을 가졌다. 나의 직업이 들려주기라면, 아내의 직업은 들어주기다. 그런데 집에서는 역전이 된다. 아내는 내게 마치 잔소리를 하듯이 그저 들려주려고만 한다. 나는 이럴 때 괴롭지만 묵묵히 들어주어야만 한다. 그래야만 가정의 평화가 유지된다. 때로는 같은 전공, 같은 직장을 가진, 그 많은 부부들이 부러울 때가 있다.

우리가 햄릿이다

일구球이무와 일구ㅁ이무에 대하여

1

프로야구단 한화의 김성근 감독은 유명한 야구 감독이다. 그가 만들어낸 말인 일구이무(一球二無)도 유명하다. 처음엔 이 말이 난 무슨 말인가 했다. 문맥을 곰곰이 살펴보니, 이 말이 '공은 한 번 던지거나 치고 나면 무를 수 없다'는 것이라는 생각에 미쳤다. 공 하나 하나에 최선을 다해라, 신중을 기해라는 뜻이 담긴 말이다.

인생의 모든 것이 그렇다. 바둑을 전문적으로 두는 기사도 바둑돌을 한번 놓고 나면 무를 수 없고, 물도 한번 엎지르고 나면 다시 주워 담을 수 없다. 사람들은 저마다 자신의 일에 최선을 다하고, 또 일마다 거듭 신중해야 할 것이다.

특히 말도 마찬가지이다. 사람은 한 입에 두 말을 해선 안 된다. 교언영색의 세련된 거짓말이나, 속된 말로 말해 싸가지 없이 바른 말도 좋지 않다. 이것 못지않게 나쁜 것은 약속을 어기는 행위다. 이 행위를 두고 식언(食言)이라고 한다. 자신의 말을 스스로 삼켜 먹었다는 뜻이다. 말의 윤리적인 책임은 영어식의 말버릇대로라면 아무리 강조해도 지나치지 않다. 나는 말과 관련된 이러저러한 사실을 가리켜 일구이무(一口二無)라고 표현해도 좋을 것이라고 본다.

한 입에 두 말을 하지 않으려면, 말 하나 하나에 최선을 다하고 또 신중을 기해야 한다. 신중하게 말한다는 것은 정말로 아는 것만을 말해야 된다는 사실을 가리키기도 한다.

2

대학은 상아탑이요 양심적인 지성의 보루이다. 우리나라의 지식인을 표상하는 대학 교수는 소위 할 말을 하는 사람이다. 교수인 '프로페서'는 '공언(선언)하다'에 해당하는 라틴어 '프로페시오(professio)'에서 유래되었다. 독재 시대에는 독재자를 향해 할 말을 하는, 즉 비판하는 사람 중의 한 부류가 교수였다.

그런데 또 한편 볼 때 교수의 진정한 가치는 제대로 할 말을 하는 사실 못지않게, 할 말 안할 말을 가릴 줄 아는 사실도 간

우리가 햄릿이다

과되어선 안 된다고 본다.

최근에 대학의 교단에서 행해진 역사에 대한 친일(親日) 망언을 살펴보면 기가 찰 노릇이다. 한 교수는 종전 70주년을 즈음한 아베 총리의 담화가 진중하게 쓰인 훌륭한 문장인 것에 비해, 광복 70주년을 즈음한 우리 대통령의 (아베 담화에 대한) 비판은 지나친 감정의 수사(修辭)에 지나지 않는다고 했다. 또 한 교수는 군(軍)과의 동지적인 관계에 놓인 위안부가 매춘을 자발적으로 감행했기 때문에 성노예가 결코 아니며 일제 강점기엔 우리 모두가 친일파였다는 발언을 해 빈축을 사고 있다.

이 두 사람은 모두 우리나라를 대표하는 명문대학교 교수들이다. 이 두 사람의 발언은 스스로 최선을 다하지 않는 말이요, 신중하지 못한, 또 사려 깊지 못한 말이다. 이런 유의 발언의 경우에, 주변의 공격을 받게 되면 대부분의 발언자는 말을 교묘하게 바꾸기도 한다. 한 입에 두 말을 하는 셈이다.

한 언론에서는 두 사람의 발언을 두고 광복 70주년에 고개를 든 친일 망언이라고 말했지만, 식민지근대화론에 근거한 친일 망언은 10여 년 전부터 잊을 만하면 이따금씩 드러나 이어져 왔던 것이 사실이다. 이에 관해서는 전문 영역이 아니기에, 나는 더 이상 말하지 않겠다.

다만 역사의 죄업이 될 만한 발언은 삼가는 게 옳다. 지식인일수록 자신의 말에 책임을 다해야 하며, 발언의 신중성을 기해야 한다. 일구이무, 즉 한 입에 두 말이 나오지 않도록 말이다.

3

모르는 것을 안다고 말하는 것은 자신의 몽매함을 드러내는 일종의 만용과 같은 것이기도 하다. 이에 비해 모르는 것을 모른다고 말하는 것은 역설적으로 말해 아는 것이요, 아는 만큼 용기가 요구되는 것이기도 하다.

공자는 『논어』에서 이렇게 말했다. 아는 것을 안다고 하고 모르는 것을 모른다고 하는 것이 곧 아는 것이다(知之爲知之 不知爲不知 是知也). 모르는 것을 두고 모른다고 말하는 것이야말로 진정한 앎의 비롯됨이 아닐까. 모르는 것을 아는 실천 행위를 가리켜 자기완성에 이르는 길이라고 공자가 여겼던 것은 아닐까. 지식인들에게 특히 요구되는 건 이처럼 모르는 것을 아는 겸양한 지혜일 터이다.

이 대목에서, 나는 묻노라.

식민지 백성들이 재산과 노동력을 빼앗긴 억울함을 과연 아는가. 성노예로 전락한 위안부 소녀들이 경험한 짓밟힌 인생의 고통을 진정 아는가.

누가 '제국'의 위안부를 옹호하는가?

– 일구이무론, 그 이후

내가 명문대 교수들의 친일 발언–감정적으로 말해 망언이다–에 관해 '일구이무(一口二無)'를 들먹이면서 꾸짖은 일도 십 수 개월이 지나갔다. 지방 국립대 학보의 칼럼에 이 글이 실렸으니, 누가 내 글을 읽기나 하였으랴. 어쨌든 이때부터도 우리 사회는 식민주의를 둘러싼 한일관계에 관해 무수한 담론의 몸집을 키워 놓았다. 세종대 일문과 (여)교수 박유하가 저술한 『제국의 위안부』 재판이 법원에서 민사와 형사로 나누어 진행되어 대법원 최종 판결까지는 꽤 오래 걸릴 것으로 예측된다. 최근에는 부산에서의 소녀상 설치 문제를 놓고 일본은 우리나라로부터 외교관들을 철수하게 하는 등 외교에 있어서 초강수를 두고 있다. 미국을 비롯해 정치적인 환경이 급변하는 올해에, 한일 간에 무슨 일이 일어날 것인지도 잘 알 수 없는 상황이다.

　　위안부는 자발적 매춘부이며, 아시아태평양 전쟁기에 군인들의 전쟁 수행을 도운 애국 처녀. 적어도 강제연행이라는 국가폭력이 조선의 위안부에 관해서 행해진 적이 없다. 위안부는 기본적으로 군인들과 동지적인 관계를 맺고 있었다.

이런 논조의 표현이라면, 표현이 자유롭다기보다 국민감정을 구속하기에 충분하다. 한국인 교수로서 과연 누구를 위한 학문의 자유를 말하는 것이며, 같은 여성으로서 짓밟힌 여성을 변호하지 않고서 도대체 누구를 위해 표현의 자유를 구가할 수 있다고 하는 것인가? 일본을 위해선가, 아니면 남성을 위해선가 하는 생각으로부터, 나는 결코 자유롭지 못하다.

박유하의 저서가 논란의 대상으로 증폭되고 있지만, 나는 여기에서 사실 판단의 중점을 다음과 같이 찾는다. 책의 제목으로 구성되는 것에서 보듯이, 키워드는 제국과 위안부이다. 박유하의 저서가 객관성을 유지하려면 이 두 개념에 긴장감과 형평성을 부여해야만 했다. 그가 이 책을 통해 제국을 옹호하는 표현의 자유를 누렸지만, 위안부의 명예를 훼손하지 아니한 것은 결코 아니었다. 제국을 옹호하지 않고서야 어찌 일본어판

원전(原典)이 일본의 우파나 양심적인 지식인 사회나 할 것 없이 함께 전폭적인 지지를 받을 수 있었을 것인가.

박유하에게 죄를 물어야 한다는 사람들의 입장에서 볼 때는, 평생의 마음속 상처를 안고 살아온, 지금 생존하고 있는 위안부 할머니를 두고 자발적 매춘이니, 일본군과의 동지적 관계니 하면서, 여성으로서의 자존적인 명예와 삶의 인격권을 침해했다는 것이다. 반면에 그가 무죄라고 보는 사람들의 입장에서 보자면, 이들은 헌법에 보장된 학문의 자유와 표현의 자유가 있네, 없네 하면서 그를 적극적으로 변호하고, 옹호한다.

박유하는 그 동안 많은 고통을 겪었으리라고 본다. 자신의 학문이 학문의 장(場) 밖에서 단죄되고 있다는 자체가 매우 불쾌할 것이다. 물론 법적으로도 자기변호권을 가질 수 있다는 게 맞다.

그런데 문제는 박유하 교수보다 그를 옹호하는 사람들에게 있다고 본다. 그들은 도대체 누구인가. 처음에는 표현의 자유를 중시하는 진보적인 지식인들이었다고 본다. 그러나 찜찜하게도, 친일 프레임 속에 자신이 갇힐까 두려워 다소 물러나는 형국을 보였다. 지금은 뒤죽박죽이다. 이전투구의 양상마저 보인다. 한결 진보적인 식자 중의 박노자와 같은 이는 선두에 서서 박유하를 비판하더니, 극우 진영의 한 인사는 그를 위해 열정적으로 지지하는 발언을 남기기도 했다. 내가 보아도 뭐가 뭔지 잘 모르겠다.

문제의 심각성은 여기에 있다. 누가 박유하를 공격하건 방어하건 간에 '제국의 위안부' 중에서 '제국'에 방점을 찍는다는 데 있다는 것이다. 지금, 제국은 죽어도, 제국의 논리는 살아남아 있다. 일본의 제국은 이미 오래 전에 죽었다. 하지만 이 시대에도 우리 곁을 망령처럼 배회하고 있다. 이 망령은 마치 비 오는 날, 얼굴에 우산을 가린 바바리맨과도 같다고나 할까. 지나가는 소녀들 앞에 심벌을 보이고는 만족에 가득 찬 표정을 짓는 그 바바리맨의 찰나적인 희열감이 해질 무렵의 한 줄기 빛으로 반짝인다.

무릇 제국주의는 무엇인가.

이것은 망령처럼, 또 바바리맨처럼, 페니스 파시즘의, 팽창적이고도 폭력적인 남근주의(phallicism)에 지나지 않을 것이다. 민족주의의 반일 프레임이 시대착오이듯이, 구(舊)제국의 논리에 길들어진 현존 일본의 국익 논리 역시 시대를 앞서가는 것이거나, 평화지향적인 것이거나 하지 않는다. 민족주의가 음습한 곳으로 향하는 것이라면, 제국의 망령을 옹호한다는 것은 정치적인 의식—무의식의 촉수가 수면 하에 아득히 가라앉는 어두운 심연으로 향하는 것이다.

친일 얘기만 나오면 길길이 날뛰는 소위 진보적 식자들은 뭐하는가 하는 생각도 든다. 강요된 친일인지 자발적인 친일인지 따지지 않고 무차별적으로, 70여 년이나 지난 친일 인사의 시신에 대해 매질을 해대는 그들은 이 결정적인 전환의 시점에서 왜 침묵하고 있나. 이상하게도 지금 박유하를 심정적으로나 논리적으로 옹호하는 부류는 친일 성향의 인물들이 아닌가 한다. 박유하 자신은 자신이 전혀 친일적이지 않다고 강변할 것이다. 강조하거니와, 지금의 친일 성향은 자생적이다. 과거의 친일파보다 더 위험하고 심각하다.

박유하와 그를 옹호하는 사람들은 일반인들에게 문제의 책 내용인 파일을 당당하게 공개했다고, 이를 또 당당하게 말을 한다. 그러나 파일을 백 번 공개해도 필요가 없다. 무삭제의 초판본이 공개되어야 한다. 나는 인터넷 헌책방을 순례하면서 이 초판본을 구하려 무척 노력을 경주했으나, 이를 구입하는 데는 실패했다. 결국 국립중앙도서관에 하나밖에 없는 책을 빌려 통째로 복사했을 따름이다.

요컨대 나는 박유하와 그를 옹호하는 사람들에게 끝내 말하고 싶다. 제국의 위안부, 라는 표현에서 자신(들)이 위안부가 아닌 제국을 옹호하는 것이라고 진솔하게 인정하라는 사실을. 일본이 지금 원하고 바라는 대로 화해의 손짓을 보내는 것이 시대적으로 온당한 것인지, 또는 국제사회로부터 궁지에 몰린 일본을 위안하는 옹색한 지식인으로 안주하는 것은 아닌 것인지를 깊이 성찰해 보아야 할 용의는 없는가, 하는 사실을 말이다.

거제는 '거어제주'로 비상해야 한다

1

거제는 우리나라에서 두 번째로 큰 섬이다. 내가 거제와 특별한 연고도 없이 살아왔는데, 3년 전에 청마문학 세미나 토론자로 참가한 이후로, 최근에는 무엔가 거제와 부쩍 가까워진 느낌이 있다. 작년에는 제5회 거제유배문학 세미나에 「정과정곡」에 관한 주제발표자로 참여해 열띤 토론을 벌인 바 있었다. 그 다음 날에 지심도에 가서 시적인 영감을 얻어 후박나무를 소재로 한 시를 지어 올해 봄에 한 문학잡지에 발표하였다. 올해에는 분에 넘치는 제9회 청마문학연구상 수상자로서 엊그제 1박 2일의 행사에 참여하기도 했다.

그런데 작년까지만 해도 활기에 그런대로 넘치던 거제는 올해 매우 풀이 죽은 듯해 보였다. 이런 분위기는 피부로 직접 다가왔다. 갑자기 들이닥친 조선(造船) 산업의 위기 때문이다. 민간에는 조선업의 활황 20년 주기설이 나돌고 있다. 이제까지 배 만드는 일의 주도권이 유럽에서 일본으로, 일본에서 우리나라로 이어져 왔고, 이제는 그 쇠운머리에 달해 중국으로 넘어간다는 얘기다. 이 얘기가 어느 정도 신빙성 있는 얘기인지, 나는 과문한 탓에 잘 모른다. 그래도 눈앞의 현실에 장애가 놓여 있으면, 이를 직면해 넘어야 하거나, 아니면 이를 피해 둘러가야 한다. 앞으로 나아가는 삶을 우리 스스로 멈출 수야 없지 않은가.

아마 15년 정도는 되었을 게다. 어디에선가 읽은 적이 있었다. 거제의 땅이름 어원이 '거어제주(巨於濟州)'에서 나왔다고 한다. 말인즉 거제는 제주보다 크다는 뜻이다. 거제도가 제주도보다 크다니? 최치원이 변하여 조치원이 되었다는 말은 이런저런 얘기를 듣고 나면 고개를 주억거리게 하지만, 거제라는 땅이름이 제주보다 크다는 말에서 유래되었다는 것은 아무도 믿지 못할 말. 애최 황당한 어원설이 아닌가? 물론 터무니없는 민간어원설일 개연성도 없지 않다.

하지만 잘 따져 보면, 전혀 근거 없는 말이 아니다. 거제는 해안선이 매우 복잡한 섬이다. 이에 비해 제주도는 해안선이 매우 단순하다. 섬 크기에 대한 옛사람들의 관념은 오늘날의 지리학적인 면적 개념이 아니라, 해안선의 길이에 막연히 의존했을 가능성이 높다고 할 것이다. 해안선의 길이가 제주보다 기다랗다는 이 사실이 옛사람의 관념 속에 충분히 자리를 잡았을 거라고 본다.

2

거제는 일제강점기에 번성한 통영의 부속 섬으로 인식되었다. 또 한동안 거제는 마산과 창원 지역의 권역에 포함되었다. 그러나 거가대교가 개통이 된 이래 지금은, 거제가 호불호 간에 부산권에 포함되어가고 있는 게 저간의 실정이다. 거제와 부산 사이에 인적 교류의 눈에 보이지 않은 무형의 가교(架橋)가 이미 놓여 있었다. 큰 흔적과 영향력을 남긴 문화예술인으로 유치환과 양달석이 있었다. 정계에서는 자호를 거제부산의 준말인 '거산'으로 삼은 전 대통령 김영삼, 거제에서 태어나 부산에서 자란 야당 지도자 문재인도 있다. 앞으로 거제는 부산과 연계하여 산업을 일으키고 문화콘텐츠와 관광 자원을 개발하지 않으면 안 된다.

앞으로 거제가 조선 산업의 위기를 극복한다고 해도 예전의 활황기를 회복하겠느냐 하는 것이 문제다. 마냥 낙관적으로 전망할 수 없는 것이 엄연한 현실이다. 따라서 앞으로 거제가 고민해야 할 문제는 문화콘텐츠와 관광 자원의 개발이 아닐까 한다.

이번에 이틀간 거제에 머물면서 김현길 시인의 안내로 폐왕성을 답사했다. 무인(武人) 세력의 군사정변에 의해 폐왕이 된 고려 의종이 유배되어 와신상담하면서 머물던 곳. 역사의 슬픔을 간직한 곳이다. 그런데 공식 이름이 왜 하필이면 스토리도 히스토리도 없는 둔덕기성인가? 이 이름이 신라 때 쓰인 적이 있는지 몰라도, 있다고 해도 질감과 레벨의 문제다. 적어도 괄호 속에 '폐왕성'이라고 병기해야 되지 않나? 일본 대중가요의 고전인 '황성(荒城)의 달'은 한 세기를 훌쩍 넘긴 문화콘텐츠이다. 이것은 바이올린 곡으로서 음악을 애호하는 서양 사람들에게도 익숙한 명곡이다. 노래가 유명하니 황량한 성도 덩달아 유명해졌다. 나도 혼자서 기차를 타고 첩첩산중의 이 시골 성을 찾아간 적이 있었다. 일본의 경우처럼, 폐왕성 얘기도 다양한 역사소설로 만들어져야 하고, 뮤지컬과 TV드라마로 제작되어야 한다.

　지금 제주도는 국제적인 관광지로 가파르게 도약하고 있다. 이와 같이, 천혜의 자연 환경을 가지고 있는 거제도는 김해공항을 중심으로 부산과 연계해 새로운 관광 권역을 형성해야 한다고 본다. 이 관광 벨트는 제주도보다 더 확장되고 실효가 있는 관광지로서 '거어제주'의 진정한 의미를 실현시킬 것이다. 이를테면 거제는 본래의 땅이름인 '거어제주'라는 이름의 날개를 다시 펴고 비상하지 않으면 안 된다.

3

나는 청마 유치환 선생과 아무런 인연이 없다. 선생은 나보다 반세기 전에 태어나 서로 다른 시대에 살았다. 하지만 나와 청마 사이에도 실낱같은 인연이 있다. 내 고등학교 시절의 3년간 국어교사인 박택규 선생님은 경북대학교에 재학하던 시절에 청마에게서 가르침을 받은 적이 있었다. 굳이 말하자면, 청마는 내 스승의 스승이요, 나는 청마의 제자의 제자인 셈이다. 나는 박택규 선생님을 지금도 한 해에 한두 번 정도는 뵙고 있다.

내가 고등학교에 재학할 때 청마는 부산 교육계에서 하나의 전설이었다. 원초적인 생명의식의 고양과 주의(主意)와 허무의지의 대가적인 시인. 파도처럼 격정적인 사랑의 주인공. 박택규 선생님은 수업 시간에 청마 얘기를 많이 하셨다. 나의 글 중에서 최초로 활자화된 글은 고등학교 1학년 때 교지에 발표한 습작 시 「우울한 날」이다. 지금도 기억하지만, 박택규 선생님께서 단어 두어 개 직접 고쳐 이 습작품의 완성도는 조금 높아졌다. 비록 경미하지만, 내 최초의 글인, 그 오래된 습작 시로부터, 청마적인 시의 느낌이 전해지고 있는 것도 사실이다.

내가 제9회 청마문학연구상을 수상했으니, 이제는 청마와 각별한 인연을 맺은 것이라고 해도 좋을 것 같다. 앞으로, 내게 유치환 시세계에 나타난 노마디즘(유목주의)의 연구를 실행할 기회가 오면 좋겠다.

우리가 햄릿이다

마음에 자허납인自虛納人을 새기다

1

세월호 사건 이후에 국민적인 관심사가 된 일이 또 생겼다. 소위 '땅콩회항' 사건이다. 모 항공사 오너의 딸이 땅콩 한 봉지의 사소함 때문에 엄청난 일을 저질렀다. 그것 하나 때문에 전국민의 눈을 한데 모으게 하고 온 나라를 들끓게 하고 소문에 접한 외국인들에게 회화적인 조롱거리를 제공해버린 그 사건. 항공사의 부사장이 아닌 승객의 한 사람으로서 비행기의 가장 좋은 자리에 앉아 있던 그녀는 아무리 생각해도 그 돌발적인 언행을 두고 볼 때 '엽기적인 그녀'다.

그녀의 말이나 행위를 두고 우리 국어사전에선 유세(有勢)라고 말한다. 뜻을 풀면, 이렇다. 자랑삼아 세력을 부림. 그런데 이 낱말은 실제로 잘 쓰이지 않는다. 기껏 쓰일 경우가 있다면, '유세부리다'라는, 공인되지 않은 조어적(造語的)인 단어가 있을 뿐이다.

저간에 이르러서는 이 말보다 시쳇말로 '갑(甲)질'이란 말을 더 많이 사용한다. 갑이 기득권자라면, 을은 상대적인 약자이다. 갑이 을을 향해 유세부리는 것을 두고 이른바 갑질이라고 한다면, 땅콩회항 사건은 우리 시대에 있어서 가장 전형적인 갑질의 사례로 간주해도 좋을 듯하다. 소시민들의 공분을 사고 있는 이 사건은 이제 시작에 불과하다. 항공보안법 적용을 두고 법리의 쟁점, 인권 문제를 둘러싸고 정리(情理)의 쟁점으로서, 이 문제는 앞으로 날카롭게 각을 세우고 어수선히 공방이 오가게 될 것 같다.

2

비교적 오래 살면서 겪은 일이다. 지인 중에 자리가 바뀐 경우를 적잖이 보아 왔다. 나는 그 동안 자리 바뀐 사람들과 자리를 함께 한 적이 더러 있었다.

내가 경험한 바에 의하면, 이들은 거의 대부분 공통점을 보였다. 자리가 바뀌면서 사람도 바뀐다는 사실이다. 사람들 대부분은 자리 바뀜을 자신의 신분 상승으로 본다는 것이다. 신분이 상승했으니 스스로 교만해지고 남을 용납하지 않는 지경으로 그들이 서서히 빠져들게 되더라는 얘기다.

이들의 공통점을 구체적으로 표현해보면 대체로 이렇다. 그 이전보다 말이 많아졌다는 것. 자신의 한 마디, 한 마디 말이 예전 같잖은 힘이 실려 있어 남들이 주의를 집중해주길 바란다는 것. 때로는 제 말에 웃어주어야 좋아한다. 말하자면, 이들은 거의 다 제 자랑만 늘어놓기가 일쑤다. 더 이상으로 제 자랑을 할 게 없으면 그때부터는 현장에 없는 남을 향해 욕을 해대기 시작한다. 특정인을 향해 뭔가 욕을 하면서도 분노의 감정을 감추지 않는다.

나는 이럴 경우에 사람을 보는 관점이 성선설만으로 충분한데 왜 성악설까지 제기하게 되었느냐 하는 의문에 대해 그제야 비로소 고개를 주억거리곤 한다. 인품이란 저절로 주어지는 게 아니다. 끊임없는 수양을 통해서 얻어진다는 게 맞다.

사람이 자리를 바꾸게 되었다는 것은 사람이 사람들로부터 인정을 받았음을 뜻한다. 그렇다면 그 사람은 더욱 겸허해져야 하고 남을 더 폭넓게 받아들여야 하지 않겠는가. 그런데 실상은 그렇지 않고 내 잘 났으니 이제부터는 내가 여러 사람들 위에서 어깨 각을 좀 세우고 그들 위에 군림해야 되지 않겠느냐고 생각하는 모양이다. 결국에 이르러 그 사람은 한줌의 모래 알밖에 되지 못할 작은 권력을 움켜쥐고서 어리석게도 유세부리려 한다.

마음에 자허납인(自虛納人)을 새기다

이런 유의 사람들은 자리가 바뀌면서부터 그 동안 잠재화된 강한 에고가 현재화(顯在化)되고 이렇게 되는 과정에서 필연적으로 아집과 독선이란 것에 사로잡히게 마련이다. 그럴수록 타인을 감싸기를 더더욱 거부하려든다. 남을 감싸고 포용하는 것이 자기가 쥐고 있는 기득권을 훼손하는 일이라고 굳게, 또는 몽매하게 믿기 때문이리라.

3

거듭 말하거니와, 사람에게는 수양이 필요하다.

수양된 것과 그렇지 못한 것의 사례는 이토 히로부미와 간디의 일에서 극명하게 대조되어 있다. 잘 알다시피, 이들은 암살로 인해 생을 마감한 사람들이다. 그런데 죽는 순간에 내뱉은 말은 전혀 달랐다. 전자는 암살자를 욕하면서 저주했다. 그러나 후자는 끝내 신에게 암살자를 용서하기를 바랐다. 수양된 사람과 그렇지 않은 사람은 이와 같이 죽을 때 내뱉는 말의 품격과 품위도 유다르게 드러나는 것이다.

나는 앞으로 내 스스로를 경계해야 할 말 하나를 만들어 보았다.

자허납인(自虛納人).

물론 내가 만든 말이니까, 사전에도 없다. 내 스스로 나(에고)를 비우고, 남(다름)을 받아들인다는 것. 교만하지 말고 자신을 스스로 비워라. 타인을 감싸고 존중할 줄을 알라. 뭐 이런 내용으로 보면 된다. 내 스스로 타산지석으로 삼기 위해 즉흥적으로 만든 말이 이 '자허납인'인 게다.

옛 선비들은 스스로 말을 만들어서 자신을 엄격하게 추스르고 다스렸다. 이를 두고 명(銘)이라고 했다. 명은 새김이다. 마음에 새겨 놓고 잊지 않는 걸 명심(銘心)이라고 하지 않는가? 자리가 바뀌든 바뀌지 아니하든 간에, 자신을 경계하는 말을 자리 옆에 늘 적어두는데, 이 말을 가리켜 또한 좌우명(座右銘)이라고 하지 않던가?

끝으로, 이 글을 마무르고자 한다.

나는 보잘것없는 선생에 지나지 않지만, 내 사랑하는 제자들에게 내가 겪어온 삶의 값진 경험이 담긴 말을 꼭 전하고 싶다. 진실로 전하고 싶은 말은 극히 범속할 따름이다.

스스로 겸허해하라.

남을 용납하라.

마음에 자허납인(自虛納人)을 새기다

침묵의 카르텔, 꼼수의 삼겹살

1

한국교원대학교는 우리나라를 가장 대표하는 교사 양성 대학이다. 이 학교는 초중등 교사를 양성하기 위해 국민의 세금으로 운영된다. 그런데 최근의 교육부 감사 결과를 보면, 이 학교는 건실한 학교라기보다 부실한 백화점―혹은, 여기에서 거래되는 비리의 종합세트 상품―이라고 해도 틀린 말이 아니라는 생각을 들게 한다. 연구 분야만 볼 때, 이 학교의 교수들의 부정이 얼마나 심각한지에 관해서는 오늘 한 신문 사설 내용만 보아도 잘 알 수가 있다.

감사 내용을 보면 이 대학 교수들은 제자의 논문을 실적물로 활용하거나 연구비를 부당하게 챙겼다. 교수 4명은 자신이 지도한 제자의 석사 학위 논문을 요약, 정리해 단독 또는 제1저자로 학술지에 등재하고 이를 승진을 위한 연구실적물로 제출했다. 또 교수 8명은 공무원 행동 강령을 위반해 배우자를 연구보조원으로 참여시켜 인건비와 수당 1천108만7천 원을 지급받았다가 경고를 받았다. 교수 22명은 교내 학술연구 과제 연구비를 지원받고 자신이 지도한 제자들의 석사 논문을 요약해 연구 결과물로 제출했다. 학자로서 일말의 양심과 양식을 갖추지 못한 사람들이 버젓이 교수의 탈을 쓰고 학생들을 가르치고 있는 것이다. 하지만 이렇게 연구 부정을 저지른 교수들은 부당하게 챙긴 연구비와 인건비를 학교나 기관에 반납하고 3개월 감봉 등 경징계나 경고 조치를 받는데 그쳤다.

— 중부매일, 2015, 7. 29, 15면, 사설에서

대학 사회에서 교수들의 연구 부정은 뉴스에 끊이지 않고 등장하고 있다. 수면 위로 드러난 것은 빙산의 일각에 지나지 않는다. 수면 아래에 감추어져 있는 것이 비교할 수 없을 정도로 훨씬 많다. 대학의 연구 부정이 반복되는 이유를 두고, 사람들은 이 '3개월 감봉'과 같은 가벼운 처벌에 있다고 말하곤 한다.

그러나 나는 이 같은 판단이 매우 피상적인 관찰에 지나지 않는 것이라고 본다. 단언하건대, 연구 부정의 결정적인 원인이야말로 연구 가치에 대한 대학 사회의 몰(沒)자각에 있다고,

나는 생각한다.

2

나는 대학 사회의 민낯을 누구보다도 많이 경험한 사람이다. 박사 학위를 취득하고도 오랫동안 떠돌이 강사 생활을 하면서 단칸 옥탑방에서 살았다. 열 권 가까운 연구 저서를 내고도 교수 채용 과정에서는 수십 차례의 실패를 맛보았다. (그 당시에 나는 연구 실적이 많으면 채용 과정에서 오히려 불리하다는 얘기도 들었다.) 내가 17년간 재직하고 있는 지금의 학교가 나를 거두어주지 않았다면, 나는 어쩌면 영원히 교수가 되지 못했을 것이다.

좀 미안한 말이지만, 대학 사회에서 교수 연구 결과는 천차만별이다. 얼마 전까지만 해도 연구 결과에 대한 보상이 거의 없었다. 하지만 지금은 일부의 교수 사회에 성과연봉제라는 제도가 생겼다. 하지만 일반인들이 생각하는 것과 달리, 성과연봉제에 의한 보수(소득)의 차이는 매우 경미한 수준에 불과하다. 문제는 교수들이 이마저도 극렬하게 부정하고 있다는 사실에 있다. 현실적으로 볼 때, 연구 자료를 구하기 위해 마치 출혈이라도 하듯이 사재(私財)를 아낌없이 투자하는 교수가 엄존하는 한, 교수들에게는 약간의 소득 차이가 있어야 한다는 게 나의 지론이다. 그럼에도 불구하고, 이 약간의 차이조차 인정

우리가 햄릿이다

하지 못하겠다는 생각이 대부분 교수들의 소득관이다.

연구 실적으로 약간의 혜택을 누리는 교수는 교수 중에서도 (극)소수에 해당한다. 이 (극)소수의 목소리는 결코 크지가 않다. 오히려 큰 소리를 치는 사람들이 다수다보니 앞으로 총장 선거에 출마하려는 사람들은 이 다수를 이래저래 무시하지 못하는 악순환에 빠지게 된다.

연구 부정은 이처럼 연구의 가치에 대한 몰자각에서 기인하는 바 크다. 연구 부정을 일삼은 일부 몰지각한 교수들은 이 몰자각에서 시작하여 반성적인 의식이 실종된 단계를 지나 결국 대학을 비리의 온상으로 만들고 마는 것이다.

3

대학 사회는 성과에 의한 보상을 부인하고자 하는 다수 교수들의 뜻에 영합하려는 경향이 농후하다. 내 거친 양심의 소리가 허용하는 한, 내가 보기에, 대학 사회는 연구의 가치를 따뜻하게 격려하거나 소중하게 선양하기는커녕 도리어 묵사발로 만드는 데 혈안이 되어 있다. 경험해 보지 않으면 아무도 모르는 일이다. 나는 지금까지 대학 사회를 비판하였지만, 이 사회의 중핵을 이루는 교수 사회는 또 어떤가 하고 문제를 제기해본다.

교육부가 성과에 대한 제도적 보완을 학교마다 세부적으로 마련할 것을 강요할 때에는 상호약탈식의 연봉제를 중지하라고 큰 소리를 치는 교수들이 돌연 '침묵의 카르텔'이란 모드로 몸을 재빠르게 바꾼다. 국민 정서가 싸늘하기 때문일까? 적지 않은 교수들은 자신들의 이해관계에 대해, 기득권의 방어를 위해 매우 민감한 반응을 보이면서 모종의 담합을 애면글면 획책하곤 한다. 이 담합이 소위 말해 침묵의 카르텔인 것이다. 물론 묵계에 의해 형성된 담합의 규모가 더 커지면, 이것이 새로운 야합의 형태가 되는 건 두말할 나위가 없다.

침묵의 카르텔이란 용어가 이미 오래 전부터 써온 수사적인 표현이지만, 이즈음에 이르러선 이 표현은 서서히 부상하고 있다. 공지영의 도가니 사건 때에, 이것이 사회적인 이슈의 물결을 탄 바 있었거니와, 최근에 신경숙의 표절 사건 등에 이르러서는 거의 유행어의 수준이 되다시피 하고 있다.

이 침묵의 카르텔은 교수 사회에서 이해관계와 기득권을 보호하기 위해 우산처럼 펼쳐진다. 교수들이 돌아가면서 스스로 최하 점수를 받는 운동을 벌이고 있다는 풍문도 있다. 연구 성과에 의한 차등 지원을 최소화하기 위한 교수 사회의 눈물겨운 고육책인 것이다.

침묵의 카르텔은 필경 꼼수를 낳는다. 담합이 지나치면 이것은 정치판처럼 야합이 되는 것은 정한 이치다. 이 야합의 결과가 꼼수인 거다. 그런데 꼼수는 한 번의 꼼수로만 드러나지 않는다. 꼼수는 반드시 꼼수를 낳는다. 이 꼼수를 말해 '겹꼼수'라고 말해진다. 또 여기에 또 다른 꼼수가 가세하면, 꼼수는 어느

새 '꼼수의 삼겹살'이 된다. 연구의 가치를 애써 지우고 싶어 하는 오늘날 교수 사회에는 기상천외의 숱한 꼼수들이 난무하고 있다는 풍문이 돌고 있다.

내가 여기에서 말한 삼겹살이란, 야구의 용어로 바꾸면 '삼중살(三重殺)'에 해당할 것이다. 어느 사회이건, 꼼수가 지나쳐 세 겹이 되면, 야구의 경우처럼 공멸의 삼중살을 면치 못한다. 꼼수가 꼼수를 낳을수록, 절망은 또 다른 절망을 부른다. 교수 사회가 이 사실을 잊지 않고 늘 경계로 삼아야만이, 대학은, 아니 우리 사회는 맑고 밝고 건강해진다. 교수 사회가 이기적인 속성의 집단에서 사악한 지식인의 울타리로 속악(俗惡)해져선 안 된다고, 나는 생각한다.

4

교수 사회도 시대의 변화에 따라 극적으로 변해야 한다. 연구 성과에 대한 보상의 방식을 저 상호약탈적인 극약 처방이라고 우기는 것에 대한 발상의 전환이 없는 한, 연구하는 동료 교수를 '내 돈' 빼앗는 거북한 존재라고 치부하는 것을 성찰하지 않는 한, 연구와 교육이 대학을 이끄는 두 수레바퀴임에도 불구하고 연구를 교육의 종속 개념으로 업신여기거나 더 나아가 연구의 가치를 교육의 배타적인 개념으로 인식하는 한, 대학의 학문적 양심 및 발전은 아득히 먼 일이 되고 말 것이다.

악은 악을 통해 새롭게 번성하다

1

단편소설 「사로잡힌 악령」은 일반 독자들에겐 그다지 잘 알려지지 않은 이문열의 소설이다. 그의 중단편전집 제 5권인 『아우와의 만남』(둥지, 1994)에 실려 있다. 나는 이 소설을 서초동 국립중앙도서관에서 복사해 이미 오래 전에 읽었다. 최근에 이 소설을 우연히 손에 잡혀 다시 읽고 나니 무엇인가 새로운 감회를 가지게 되었다. 이 소설은 진보 진영에서 민족 시인으로서 존경을 받는 한 시인의 문학적인 내지 사회적인 성공담과, 또 이것의 탈에 가리어진—엽색 행각과 위선적인 행보 등—악행의 내면을 들추어낸, 일종의 폭로소설이라고 할 수 있다.

그런데 이 소설은, 그렇고 그런 보통의 소설이 아니라, 금서 아닌 금서처럼 이해되고 있다. 이 소설은 일반 독자에게 접근이 쉽사리 허용되지 않고 있다. 이유는 문단에 잘 알려진 특정의 인물을 모델로 삼았다는 데 있다. 20여 년 전에 문단에서 파문을 크게 불러일으키면서, 문제가 자못 심각해졌다. 양쪽 모두 잘 아는 출판계의 한 원로가 중재에 나서 파문을 가라앉히는 데 노력했다고 한다.

　세간의 소문처럼, 이문열이 정말 특정인을 모델로 삼았다면 자신의 카타르시스를 느끼는 데 한 몫을 했을지 몰라도, 소설로서는 별로 가치가 있을 것 같지 않다. 문단에서만 아니라, 어떠한 사회 집단에서 한 개인이 정치화하거나 권력화하려고 하는 과정에서, 모질고 날카로운 독성의 발톱을 감추고 드러내고, 또 이를 드러내고 감추기를 되풀이하는 사람이 한두 사람뿐이 아니기 때문일 것이다. 이 사실을 사람들이 대개 알고 있다면, 그것은 소설의 소재로서 그렇게 희소하거나 매력적인 게 아닐 것이다.

　더욱이 특정인을 가치중립성의 기준 아래에 처져 있는 저속한 악인으로 묘사한 것이라면, 그다지 공감과 설득력을 얻지 못한다. 문인이나 독자 가운데, 이 특정인을 문학적으로나 인간적으로 존경하는 사람들도 적지 않을 것으로 보인다. 사생활에 문제가 있었다고 해도 어느 정도는 보호되어야 할 부분이 아닌가 여겨진다.

악은 악을 통해 새롭게 번성하다

그럼에도 불구하고, 이 소설에서 남다른 매력을 찾을 수 있다면, 그건 주제 의식의 심오함에 있지 않을까 한다. 소설의 화자는 주인공 악인인 '그'를 끊임없이 모색하고, 또 그의 악행을 적나라하게 추궁한다. 이 과정에서 화자는 악이 자신의 악 속에서 영원히 번성한다는 사실을 거듭 말하고 있다. 위선과 위악의 경계를 넘나드는 그 악인을 가리켜, 화자는 필경 우리 시대에 홀연히 나타난 불길한 악령이라고 단정해버린다. 이문열이 형상화한 악의 관념은 일단 성공을 거둔 것으로 보인다. 우리 소설사에서 윤직원, 꺼삐딴 리, 빈영출 등에 이은 또 다른 악인 형상의 계보를 형성한 것으로 여겨진다. 물론 이 소설은 자신이 작품의 공식 목록에서 배제한 것이기는 하지만 말이다.

2

신채호 선생이 역사를 두고 아(我)와 비아(非我)의 투쟁이라고 했듯이, 외국의 어느 학자는 정치를 가리켜 적과 동지를 구별하는 것이라고 했다. 말하자면 정치의 능력이란, 얼마만큼 적과 동지를 잘 구별하느냐는 거다. 이런 능력은 공산권 사회주의 국가에서 더 극심하게 요구된다. 잘 알다시피, 공산권 국가에서 정치를 하려고 하면, 목숨을 내놓아야 한다. 물론 비근한 사례는 북한이 아닌가? 북한의 사회주의적인 정치 속성을 모른 채 월북한 남로당계 문인들이 미제 간첩이나 종파주의자로 죄를 뒤집어쓰고 비참하게 숙청당한 일이 있지 않았나?

사회주의 신중국에서도 마찬가지였다. 모택동과 그 추종자들은 전부가 아니면 전무(全無) 식의 살벌한 정치 투쟁을 자행했다. 문화혁명 때 적과 동지의 첨예한 구별은 극에 달했다.

적과 동지를 구별하는 능력은 일종의 흑백논리이다. 소위 '그레이 존'에서 원만하게 협상하려는 것은 적에게 또 다른 기회를 제공하는 이적(利敵) 행위일 따름이다. 아무리 그악하고 살풍경한 사회주의 신중국이라고 해도, 모택동과 그의 맹목적인 추종자들과 같은 사람만 다들 있었던 것은 아니다. 제2인자인 주은래는 사태를 원만하게 매듭을 짓고 협상을 이끌어내는 데 탁월한 능력을 보여주었다. 장개석이 감금된 서안(西安) 사건에서부터 미국과의 외교의 물꼬를 튼 핑퐁 외교에 이르기까지, 그는 적과 동지를 구별하는 현실의 너머에 있는 지평과 성찰의 정신을 제시해 보였던 것이다. 언젠가 모택동이 주은래에게 물은 바 있어, 나는 그 대강의 대화록을 구성해 보았다.

　─우리들은 너처럼 남들과 타협하는 일이 거의 없다. 네가 일을 원만하게 매듭짓곤 하는 것으로 보아, 넌 확실히 우리와 다르다. 너의 협상 능력은 어디에서 배웠나?
　─저는 마르크스 · 레닌주의만 배운 것이 아닙니다. 불법(佛法)의 심오한 이치도 공부하였습니다.
　─누구에게서 불법의 가르침을 전해 받았나?

악은 악을 통해 새롭게 번성하다

―허운(虛雲)이라는 큰스님입니다.

―허운이라. 한번 만나고 싶구나.

―(당황해 하며) 속세의 사람과 만나는 일이 전혀 없습니다.

―내가 만나자고 해서 만나면 보나마나 가짜일 게야.

만남을 제의한 모택동의 청을, 허운은 거절했다. 이유는 자고로 법왕이 인왕(人王)보다 높은 위치에 있다는 것. 즉, 불교계 최고 지도자는 세속의 권력자보다 정신적으로 고상하다는 것이다. 이때 허운의 나이는 119세. 이듬해에 120세의 나이로 입적했다.

주은래 외에 또 한 사람의 진짜 정치인이 있다면, 그는 등소평이다. 적과 동지를 구별하는 일이 흑백 논리에 있는 거라면, 그는 이 강팍한 논리를 깨는 데 혼신의 열정을 품었던 사람이다. 그가 흑백 논리를 깨뜨린 것의 극적인 결과물이 다름이 아니라, 이른바 '흑묘백묘론'이다. 검은 고양이든, 흰 고양이든 쥐만 잘 잡으면 된다. 그의 개혁개방 정책이 이 같은 유연한 사고에서 비롯된 것임은 두말할 나위조차 없다.

주은래와 등소평과 같은 인물이 있었기에 오늘날 중국의 빠른 성장과 번영이 가능했으리라고 본다. 적과 동지를 구별하는 것에 매몰되지 않고, 이것의 역(逆)발상 속에서, 도리어 그들의 건전하고도 진정한 정치의식의 수준을 한 단계 높일 수가 있었던 것이다.

우리가 햄릿이다

3

어느 사회에서건, 어떤 소집단에서건 정치라고 하는 것이 존재한다. 사람과 사람의 이해가 서로 갈등을 일으키고 이를 조정해 가는 과정이 다름 아닌 정치다. 정치만큼 명암이 뚜렷한 것이 없고, 정치만큼 희생양을 필요로 한 것도 없다. 적과 동지를 잘 구별하는 사람이 승진하면서 결국 성공을 이룬다.

중국에선 '후흑학(厚黑學)'이란 용어가 있다. 한마디로 말해, 성공의 처세술을 말한다. 이것은 부정적인 의미의 정치의 기술을 말한다. 후는 두꺼움이요, 흑은 거뭇함이다. 얼굴이 두꺼워 부끄러움을 모르거나, 마음속이 거뭇해 음흉한 숱한 호모폴리티쿠스들은 '후흑'의 아전인수와 촌철살인에 열광할 것이다. 그래서인지 이 제목의 책이 중국에선 20세기를 대표하는 베스트셀러가 되었을 것이다.

성공과 입신을 위해 수단과 방법을 가리지 않는 저 호모폴리티쿠스는 적과 동지의 이해관계에 매우 민감하다. 자신의 입지에 유리하면 적의 적은 동지가 되기 일쑤요, 어제의 적은 오늘의 동지가 되기 십상이다. 요컨대 밀실의 만남과 뒷거래에 능한 사람이 정치적으로 승승장구하게 마련이다.

나는 이문열의 악의 관념에 대해 문제를 제기하는 입장에 있다. 악은 자신의 악 속에서 영원히 번성한다고? 이것은 악의 개성일 뿐이다. 악의 사회성을 모르고 하는 소리다. 이 개념을 그냥 내버려두지 않는 한, 악은 자신의 악 속에서 영원히 번성하는 것이 아니라, 그 악은 또 다른 악을 통해 새롭게 번성한다.

잘 알다시피, 시인 윤동주처럼 부끄러움을 아는 사람은 부끄러운 사람이 아니다. 이문열의 소설 「사로잡힌 악령」에 등장한 허구의 시인처럼 부끄러움을 모르는 사람이 진정으로 부끄러운 사람일 따름이다. 이 허구의 시인은 부끄러움을 모르는 호모폴리티쿠스다.

세상에 정치라는 것이 있어 이처럼 사람의 얼굴을 두껍게 하고 사람의 마음속을 거뭇하게 하는지도 모른다. 정치라고 해서 반드시 부정적인 개념일까? 결코 그렇지는 않다. 정치에는 긍정적인 면도 있다. 사람살이를 편하게 하고, 융성하게 하고, 정의롭게 하는 것이 좋은 의미의 정치다. 다만 얼굴 두꺼워 부끄러움을 모르는 사람과 마음속이 거뭇해 음흉한 사람이 서로 만나서 야합하고 일을 꾸미고 남에게 군림하는 것이야말로 우리가 아는 바 소위 정치라고 하지 않는가?

세상 사람들이여, 아는가.

악은 악을 통해 새롭게 번성한다는 사실을.

악이 악을 통해 정치적으로 성공한 사람이 많으면 많은 사회일수록, 그 사회는 성장과 발전이 기약되지 아니한 지체된 사회가 된다. 부패된 사회로 변한다. 마침내는 영화 제목처럼 '죽은 시인의 사회'로 몰락한다. 악이 악을 통해 새롭게 번성한다는 사실이야말로, 몰개성의 바탕에서 번성하는 악의 사회성이요, 우리가 살아가는 데 다시금 필요치 않은 사회악인 것이다.

제 3 부

팔자에

없는

정치 담론

꽃과 열매의 정치학

우리나라 민주화의 큰 산인 김영삼 전(前) 대통령이 영면했다. 그의 별세와 함께 그의 시대도 저물었다. 이제 그에 대한 객관적인 역사의 평가만이 남아 있다.

이제까지 그에 대한 평가는 냉혹하다 못해 참담한 수준이었다. 집권 초기엔 전례 없는 개혁 드라이브를 온 국민이 지지했다. 중기로 넘어가면서 애초의 의욕과 패기는 동력을 잃으면서 무색해졌다. 남북정상회담을 코앞에 두고 김일성이 급서했고, 예상하지 못한 대형사고의 악재가 잇달아 터졌기 때문이다. 이를 보아선 그에게 천운(天運)이 없던 것이 사실이었다. 이때까지만 해도 책임론의 여지가 있었다. 그 후에는 이 여지마저 사라졌다. 집권 말기에는 개발 국가의 한계를 무시한 채 선진국 클럽인 OECD에 무리하게 가입하기 위해 저환율 정책을 밀어붙이다가 국가 위기의 환난을 자초했다. 그가 퇴장할 때 언론과 여론은 극도로 냉랭했다. 무능한 대통령으로 낙인이 찍힌 채, 그는 쓸쓸히 집으로 돌아갔다.

그에 대한 부정적인 평가는 18년을 지내오면서 하나도 더 나아진 게 없었다. 언론은 전직 대통령이 된 그에게 나쁜 이미지 하나를 덧씌웠다. 그의 말이 거칠어지면서 그를 독설가로 불렀다. 본디부터 그는 말주변이 없고 말실수를 자주 일삼았다. 대통령이 되기 전의 그를 가리켜 '반(半)벙어리도 대통령을 잘 할 수 있을까?' 하고 걱정(?)했다는 '얼굴 가린, 한 시대의 입'(1960년대에 라디오 드라마의 대사와 영화 후시녹음의 더빙을 주업으로 한 대표적인 여성 성우를 가리킴)도 있었다. 그는 문제를 (회피하지 않고) 늘 직면하기 때문에, 말도 직설적이다.

하지만 그는 사물을 논리로 따지지 않고 직관하기 때문에, 그의 말에는 사람들의 직정(直情)에 호소하는 힘이 있다. 그의 정치적인 라이벌인 김대중의 능변(能辯)은 지나치게 논리가 정연하기 때문에 울림이나 감동이 상대적으로 부족하다. 인간 김영삼의 말은 눌변 속에서도 인간적인 여운이 없지 않았다.

그는 정치적인 수난의 고비마다 다채한 명언을 남겼다. 박정희의 3선 개헌을 반대할 무렵에 집 앞에서 초산테러를 당했다. 이때 그가 남긴 말. "자유를 위하는 일이라면 싸우렵니다. 싸우

다가 쓰러질지언정 싸우럽니다." 10년 후, 제1야당 당수가 의원직 제명을 당한 초유의 사태가 발생하던 날에, 그는 이렇게 말했다. "나는 잠시 살기 위해 영원히 죽는 길을 택하지 않고, 잠시 죽는 것 같지만 영원히 살 길을 선택할 것입니다." 성숙한 인간의 사생관이 아니고선, 나올 수 없는 말이다. 1980년대 초, 가택에서 연금을 당하고 있을 때, 그는 그를 가로 막은 군인─혹은 경찰─들에게 일갈을 했다. "……내가 가려는 민주주의의 길, 내 양심은 전두환이도 빼앗지 못해!"

이제는 죽음과 함께 한 개인에 대한 재평가의 가닥이 잡혀가는 분위기가 감지되고 있다. 그놈의 배나(변화)와 개핵(개혁) 때문에, 갱제(경제)를 망쳐 놓았다, 라고 폄하하는 사람이 있다면 잠시 일손을 멈추고, 누구나 긴 역사의 안목에서 인간 김영삼을 관해 사려 깊게 성찰할 기회를 가져야 한다. 장기간에 걸쳐 투쟁해온 민주 투사로서의 그. 역사의 물줄기를 바꾸어놓은 정치군인들의 척결. 두 전직 대통령의 단죄. 각종 제도의 개혁. 이 중에서 무엇보다도 저평가 받은 것은 지하 경제의 음습함과 어둠을 개혁의 삽으로 파헤친 금융실명제다. 이는 정경유착의 고리를 사전에 끊자는 의도의 소산이었다. 그는 최대의 자산가 정주영과 함께 출마하면서 갈등을 빚었듯이, 부와 권력은 공유되어선 안 된다고 보았다.

일본인들 사이에는 전통적으로 귀히 여겨온 금언이 있다. 다름이 아니라, 꽃과 열매를 동시에 가질 수 없다, 라고 하는. 여기에는 자연의 이치와 교훈의 도덕률 같은 게 있다. 정치와 경제가 유착되어서도, 부와 권력이 공유되어서도, 돈과 명예를 함께 차지하려고 해서도 안 된다는 것은 인간에게 무한 증식될 욕망을 삼가야 한다는 것에 기인한다.

꽃을 피우고 열매를 거두기까지는 일정한 시간이 지나야 한다. 우리가 그 동안 애써 간과해 왔지만, 김영삼은 민주화의 꽃을 피운 대통령으로 기억되어야 한다. 정치의 이상은 바름[正]을 실현하고, 경세제민을 실천하는 것이다. 공자도 경세제민의 개념을 알고 있었지만, 이를 실천에 옮기지 못했다. 우리 경제의 결실은 언제 거두어질까? 앞으로 4년 후에 1인당 GDP가 일본을 추월한다는 전망이 있다. 그렇다고 해서 우리가 일본보다 잘 산다고 말할 수 없겠지만, 한때 식민지를 경험한 우리로선 상징적인 의미의 극일(克日)을 이루어냈다고 할 것이다. 이때야말로 경세제민의 열매를 맺는 시점이 아닐까 한다. 이때가 오면, 그 열매는 모든 국민의 몫으로 돌려야 한다. 민주화의 꽃을 피우지 않고선 경세제민의 열매를 결코 맺을 수 없다. 이런 점에서 그 값진 열매를 거둘 때에야 인간 김영삼에 대한 정당한 재평가가 비로소 이루어질 것이다.

그의 죽음과 관련해 사족의 말을 한마디 남긴다. 사족의 말이란, 아니 해도 될 말이다. 한 번 정도는 참고삼아 들어주길 바란다. 앞으로 만약 우리에게 국운이 있다면, 나는 그가 피운 민주화의 꽃을 통해 우리 국민이 경제의 열매를 맺고 거둘 거라고 생각해서다.

　그의 장례기간 중에 이상한 일이 있었다. 묏자리에 봉황 알 형상의 큰 돌이 일곱 개가 발견되고, 영결식이 시작될 무렵에 함박눈의 첫눈이 내려 서설(瑞雪)임을 알렸다. 영결식이 진행되는 중에는 족히 백 마리 넘는 까치 떼가 모여들어 형언할 수 없는 초자연의 신비감을 고조시켰다. 눈 속을 뚫고 문상하러 온 초겨울의 진객(珍客)일까? 대통령으로 재직할 때 천운이 따르지 않았던 그에게 하늘이 명복이라도 부여한 것일까? 이를 본 사람들 가운데, 어쩌면 나라의 길조(吉兆)가 아닌가 하고 떠올렸을지도 모른다.

꽃과 달이 있는 늘봄의 나라

우리에게는 이승만이라 하는 역사적 인물이라고 하면 1960년에 있었던 저 3월 부정 선거와 4월의 민권(民權) 혁명만을 떠올리려고 하는 경향이 없지 않다. 조선 말기의 개혁적인 열혈 청년에서 비롯되는 공인 이승만의 생애에 대한 정당한 평가를 인색하게 보아온 것은 우리에게 엄연한 사실이라고 할 것이다.

그는 40년 가까운 세월을 무국적자로 보냈다. 그는 식민지 조국을 위해 국제 난민의 신분으로서 활발한 외교 활동을 벌여온 독립운동가였다. 미국의 시민권자였던 서재필과, 중국 국적의 소지자였던 김구와 또 다른 측면인 것이다. 이 측면을 우리가 수백 걸음을 양보해 애써 기억으로부터 외면한다고 해도,

아무리 역사가 기억하고 싶은 것만을 기억하는 과거의 일이라고 할지라도, 그가 8·15 이후에 3년간에 걸쳐 나라를 세우는 일에 앞장을 서고, 6·25 이후의 3년 동안을 통해 공산주의로부터 나라를 지키는 일에 혼신을 다했다는 사실을 기억하지 않으면 안 된다.

이승만은 시문과 서도에 밝은 전통적인 교양인이었다. 오래 전의 일이다. 사진을 통해 그의 붓글씨를 본 일이 있었다. 그에 관한 어느 책에서도 확인이 되지 아니하는 오언(五言)의 한시였다. 이 글씨가 1950년대 중반 경에 쓴 것이 분명한데, 시의 내용이 그가 직접 쓴 것인지, 아니면 누가 쓴 것을 인용하면서 붓글씨로 옮겨 쓴 것인지 잘 알 수 없었다. 여기저기의 자료를 조사를 해 보아도 잘 확인이 되지 않았다. 나는 이 오언의 한시가 이승만의 즉흥시인 것으로 잠정적으로 결론을 내렸다. 수년 전에 이승만의 한시 세계에 관한 비평문을 쓸 때에도 나는 이 시를 인용하기도 했다. 만에 하나 그의 시가 아니라고 해도 붓글씨 속의 한시는 그의 사상을 이야기하는 데 있어서 매우 중요한 자료가 되지 않을 수 없다.

焉敎花與月　無晦又無新
花月長春國　人無白髮愁

제목도 없이 즉흥적으로 쓴 이 오언시. 유교적인 왕도(王道)

를 연상케 하는, 좋은 의미의 전형적인 제왕시와 같다. 화월은 화조월석의 태평시 호시절을 연상시키고, 나라 국(國) 자와 사람 인(人) 자의 배치는 나라와 인민(백성)의 조화로운 공존 관계를 말하고 있는 것처럼 여겨진다.

나는 이 시를 오래 두고 가장 본디의 뜻에 가까운 산문적인 해석을 만들어 보았다. 내가 만들어 본 산문적인 내용은 이렇다.

활짝 핀 꽃이 새로 피지 않는다는 사실을, 또한 보름달이 점차 이울어지면서 어두워지지 않는다는 사실을, 어찌 가르칠 수가 있을 것인가? 꽃과 달이 늘 있는 봄의 나라에서는, 늙음에 대한 근심거리를 가진 사람도 없을 것이다. 만약 여기에서 교(敎)가 '가르치다'가 아니라 '하여금'의 뜻을 가진 것이라면, 어찌 꽃과 달로 하여금 어둡지도, 새롭지도 않게 하겠는가의 해석도 가능해진다.

어쨌든 이승만은 '장춘국(長春國)'이라는 유토피아를 꿈꾸고 있었다. 꽃과 달이 있는 늘봄의 나라. 꽃은 시들지 않고, 달은 이울지 않는 그런 낙토 말이다. 그 그리운 꿈의 나라는 언제까지나 공산주의로부터 안전하고, 헐벗고 남루한 국민들이 배고프지 않게 잘 사는 나라일 게다. 무국적자로서 나라 밖의 예제를 떠돌던 이승만의 신산스런 경험이 아니고선 어찌 이런 시가 나오겠는가?

나는 5년 전에 이 시를 진주의 서예가 죽정(竹亭) 박일구(朴

一九) 님에게 부탁하여 글씨를 받은 적이 있었다. 이것을 내 진주 숙소의 거실에다 걸어 놓고 있다. 한 번 눈길을 주면 명시요, 또 한 번 눈길을 주면 명필이니, 어찌 금상첨화라고 아니할 수 있겠는가?

제2인자들의 초상 : 최규하와 이후락

권력자와 제2인자는 날카롭고도 긴장된 애증의 관계를 유지한다. 이들은 축출과 배신, 충성과 모반의 갈림길에 서기도 한다. 권력의 세계는 이처럼 냉혹하다.

제2인자가 권력자의 아킬레스건이 될 수 있기 때문이다. 이때 권력자는 제2인자에 의해 비극의 무대에 서게 된다. 영조에게 있어서의 사도세자, 이승만에게 있어서의 이기붕, 박정희에게 있어서의 차지철이 그 적례라고 할 수 있다. 최근에 국가가 흔들릴 만큼 엄청난 사태를 발생하게 한 최순실은, '혼밥'과 '방콕'으로 상징되는 불통의 여제(女帝) 박근혜의 어두운 구중심처 속에 그림자로 출몰한 불법의 제2인자였다. 박근혜 역시 지금 헌법 재판을 기다리고 있다. 가능성을 본다면, 비극의 무대로 오르는 순간이다.

이 글은 다름이 아니라 박정희 시대의 제2인자들 중에서 이 자리에 선택된 최규하(1919~2006)와 이후락(1924~2009)에 관한, 또한 이들의 서로 다른 삶에 관한 역사의 이삭줍기다. 이 두 사람은 이미 고인이 되었기에, 이제는 역사적인 인물이 되어 있다. 역사의 객관적인 평가도 서둘러야 한다고 생각한다.

최규하는 엘리트 코스를 밟았다. 그는 경성제일고등보통학교(경기고등학교)를 나왔다. 그리고 동경고등사범학교에 입학했다. 이 학교는 고등학교 과정이다. 일본 제국주의의 고등학교는 지금의 고등학교와 다르다. 지금의 고등학교가 우리식 나이로 열일곱 살에 입학해 스무 살에 졸업한다. 그때의 고등학교는 대체로 열아홉 살에 입학해서 스물두 살에 졸업한다. 대학의 예과 과정에 해당하는 최고의 엘리트 과정이다. 동경제국대학에 가기 위한 준비 과정의 동경제일고등학교와, 중등학교 교사를 양성하기 위한 목적의 동경고등사범학교에 가장 우수한 인재들이 모였다. 최규하 역시 애초에 영어 교사가 될 요량으로 일본에 유학했던 것으로 보인다. 이때 최규하의 동기생 20여 명이 동경에서 유학을 하고 있었는데, 그들은 비밀 결사의 모임을 만들었다. 하지만 그 자신은 가담하지 않았다. 학업 외의 시국에 대한 관심이 없었다는 얘기가 된다. 식민지 청년 지식인으로서 치열하게 살기보다는 현실과 체제에 안주하는 자신의 모습을 지키려 했던 것 같다.

이후락은 최규하와 같이 엘리트 코스를 밟은 사람이 아니었다. 향리에서 울산농림학교 과정을 이수했고, 도일해 육군나카노(中野)학교에 입교했다. 이후락 본인은 그러한 이력에 관해 함구했으나, 일본인 지인들이 이 사실을 증언한 바 있다. 그가 졸업한지에 관해서도 잘 알 수 없다. 패전과 동시에 폐교가 된 이 학교에 관한 자료는 전무하다. 이에 관해서라면, 마스무라 야스조 감독이 만든 극영화 「육군나카노학교」(1966) 정도가 있다. 어쨌든 이 학교는 입교자 자신의 존재 모든 것을 지워버리고 세뇌교육을 통해 첩보원(스파이)이 되기에 이르게 한다. 많은 교과과정이 있지만 가장 강화되어 있는 것은 외국어다. 학생들은 영어, 중국어, 러시아어 가운데 하나를 집중적으로 교육받는다. 초기에 잠을 재우지 않는 반복 훈련을 거듭한 끝에 졸업할 무렵이면 원어민 수준의 외국어를 구사하기에 이른다. 이후락은 영어반 소속이었다.

최규하와 이후락은 일본어와 영어를 능숙하게 구사했다. 최규하는 동경고사를 졸업한 후에 만주국 관리로 임용되어 경험을 쌓았다가 해방 후에 외교 분야의 국가공무원의 길에 입문했고, 이후락은 해방직후에 군사영어학교 1기생으로 졸업하여 정보 분야의 직업군인의 길을 걷기 시작했다.

최규하는 고지식한 수재형 인물이었다. 어떤 체제에도 순응

할 수 있는 타율적인 지식인이다. 반면에 이후락은 두뇌회전이 빠르고 임기응변이 능한, 그리고 일을 꾸미기를 즐겨 하면서 자신의 운명을 스스로 개척하는 모사(謀士)형 인물이다. 훗날 정계의 거물로 발돋움한 한 사람의 증언이 있었다. 5·16 직후의 일이다. 쿠데타군에 의해 체포되어 구치소에 들어와 있을 때였다고 한다. 생면부지의 이후락이 자신보다 늦게 들어와 생쥐처럼 여기저기 왔다 갔다 하더니 결국 자신보다 먼저 출소하더라는 것이다.

박정희 정권은 18년을 유지해 왔다. 박정희 정권 하에 제2인자 그룹 속에 포함해 있던 제2인자들도 18년 동안 그가 연출한 무대 위에서 여럿이 등장하고 퇴장하기를 되풀이했다.

정권은 정과 권, 즉 행정과 권력의 관계망 속에서 완성된다. 정권을 떠받드는 제2인자 그룹은 대개 두 개의 시스템으로 나누어진다. 하나는 행정 그룹이요, 다른 하나는 권력 그룹이다. 제2인자 역시 정(政)의 2인자와, 다른 하나는 권(權)의 2인자로 이루어진다.

정의 2인자는 행정의 질서와 제도의 체계 속에서 박정희 다음의 두 번째 서열에 오른 사람들이다. 관료 엘리트 가운데서도 우두머리인 내각의 수반인 국무총리가 정의 2인자이다. 형식 논리로 볼 때, 국무총리는 일인(一人)의 아랫자리요, 만인(萬人)의 윗자리에 놓인다. 박정희 시대에 있어서의 정의 2인자는 정일권 · 김종필 · 최규하 등으로 바뀌어져 갔다.

김종필은 박정희 중기의 정의 2인자였다. 그는 본디 권의 2인자였다. 권부의 중앙정보부를 설립한 실세의, 또한 한일 국교정상화를 추진하기 위한 막후의 2인자로 활약했다. 그가 중기에 3선 개헌과 유신 체제의 동의로 국무총리에 올랐지만, 결국에는 권력의 중심에서 2선으로 후퇴하였다. 김대중 납치사건과 육영수 암살사건을 뒷정리하면서 피곤해진 그가 극심한 요통을 호소하면서 국무총리를 사직한 후 말기에 이르러 백의(白衣)는 아니래도 한낱 한사(寒士)의 지위에서 엄혹한 시대를 자발적으로 인내하고 있었다. 김종필에 이어 최규하가 일인지하, 만인지상이 되었다. 요컨대 국무총리는 허세였다.

박정희 시대에 있어서의 권력의 2인자 얘기는 미묘하고도 복잡해진다. 초기의 김종필은 확실하게 권력의 2인자였다. 포스트 박을 염두에 둔 김종필 역시 박정희에게는 잠재적인 권력 라이벌이었다. 2선으로 물러난 김종필의, 그 '자의반 타의반 외유'는 그런 미묘한 시대적인 분위기를 반영하고 있었다.

대통령비서실장과 중앙정보부장을 역임한 이후락은 중기의 실세 2인자로서 종횡으로 활동했다. 야음을 타 휴전선을 넘어 북으로 잠입한 그는 김일성을 만난 후에 7·4 공동성명의 극적인 주역이 되기도 했다. 이를 계기로 남과 북이 서로의 독재체제를 암묵적으로 동의하는, 사실상의 한시적인 밀월 관계를 유지한다. 남과 북은 개헌에 성공해, 종신 체제와 개인 우상화라는 헌법상의 국면으로 전환한다. (박정희는 기습적인 제안의 10월 유신을 미국보다 먼저 북한에 알려주었다.) 이 모든 것을 이후락이 주도했다.

그러나 뜻하지 않는 윤필용 사건으로 인해 가시방석에 앉은 그는 정치적인 희생양을 벼랑 끝으로 모는 전략의 출구를 김대중에게로 향했다. 박정희에게 과잉된 충성심을 과시하기 위한 김대중 납치극을 벌이다가 그가 기획한 일은 꼬이고 만다. 이 일은 결국 일본은 물론 일본 내 한국인 사회에조차 반발을 불러일으켜 퍼스트 레이디가 암살당하게 되는 비운의 결말로 치닫는다.

박정희 정권 말기의 제2인자는 주지하듯이 경호실장 차지철이다. 그의 과격한 대통령 경호는 박정희로부터 크게 신임을 받는다. 아내가 자신을 대신해 죽는 등의 저격 사건을 경험한 그로서는 인간적으로 어쩔 수 없는 일이었는지도 모른다. 인의 장막을 친 제2인자 그룹 속에서의 권력에 대한 갈등이 자중지란을 초래하고, 또 이로 인해 견고한 유신 체제는 내부로부터 붕괴되고야 만다.

박정희 말기 권력의 2인자였던 차지철은 말기적인 징후를 보여준 사례였다. 초·중기의 김종필·이후락과는 달랐다. 김종필·이후락은 지적인 교양의 바탕이 있거나, 정치적인 감각을 주도하는 두뇌의 회전이 있었고, 인품에 있어서는 다재(多才)하고 다예(多藝)한 인물이었다.

이에 비해 차지철은 지적인 면보다 본능적인 면이 두드러져 보이는 맹목적인 권력추수형 인간이다. 그는 열등감이 많은 사람이었다. 정규 육사 시험에 떨어진 그가 군부의 육사 출신에게 열등감이 많았다. 그는 1950년대 후반에 미국 연수를 간 적이 있었다. 거기에서 폭행 사건이 일어나 추방될 위기에 놓였을 때, 같은 연수생인 세 살 연상의 전두환이 도와주었다. 짧은 영어를 구사하면서도 소명과 변호를 적극적으로 해서 일이 잘 마무리될 수 있었다고 한다. 그에게서 전두환은 젊은 날의 은인인 셈이었다. 그런 그를 자기 밑으로 발령을 냈다. 전두환은 그때 원치 않는 경호실 작전보좌역 발령에 옷을 벗으려고까지 했다. 차지철은 대위 출신인 주제에 대장 출신이며 또 자신보다 여덟 살이나 많은 중앙정보부장 김재규에게 반말을 하는 등 방자하게 굴었다. 또 그는 '대통령 경호 위원회'라고 하는 특별 기구를 만들어 중앙정보부장, 국방장관, 내무장관, 검찰총장, 치안본부장, 육해공군 참모총장 등에게 위원을 맡기고, 그 스스로는 위원장을 맡음으로써 권부의 제2인자로서 위용을 과시했다.

장관급의 경호실장인 차지철이 실세요 국무총리인 최규하가 허세라면, 차지철은 부통령 급이라고 할 수 있다. 인사 개입, 정치 공작 등 온갖 국정농단을 자행한 그가 권력 붕괴에 앞장을 선 게 틀림없다. 장기 집권으로 피곤하고 신체적으로 노쇠해져간 박정희의 지도자로서의 한계에 딱 걸맞은 제2인자야말로, 젊음의 의욕이 상실된 후에 일신의 경호와 정권의 안보에

만 자족하면서 임용한 친위대장이 바로 차지철인 게다.

박정희 시대의 말기에 최규하는 권부에서 김계원과 차지철과 김재규가 서로 갈등을 일으키거나 서로 싸우거나 간에 상관하지 않고 행정부의 총리로서 묵묵히 자신의 일을 수행하고 있었다. 직업 관료들에게는 영혼이 없다. 이 대목에서 영혼이란 무엇이겠는가? 정치적인 야욕, 권력에의 의지가 아니겠나? 정치에 관한 한, 될 수 있으면 가치중립성을 지향하려고 했다. 최규하는 개발 독재건 문민정부건 상관이 없이 어떤 체제라도 순응하면서 공직자로서의 직분에 충실했을 것이다. 직분은 직업윤리의 또 다른 말이다.

정치적인 야욕, 권력에의 의지가 강하면서 무슨 일이든 꾸미기를 좋아하던 이후락은 윤필용 사건 이후에 군부의 지원 세력을 잃고 급격히 허세화되어 갔다. 그가 보여준 것은 과잉된 충성의 제스처밖에 없었다. 그게 역사적인 오판이 되고 말았던 거다. 그는 공직으로부터 물러나 영국령의 이름 모를 섬에 은둔했다. 사실상의 망명이었다. 그러다 5년이 지난 후 1978년 총선 때였다. 그는 고향 울산시에서 국회의원으로 당선해 정계에 복귀했다. 나는 그때 바닷가 한적한 마을에서 교편을 잡고 있었는데, 그가 주민들에게 여기저기 인사하러 다니는 과정에서 지근의 거리에서 보기도 했다.

최규하에 대한 역사적인 평가는 지금은 국회의원으로 활동하고 있는 시인 도종환이 쓴 짧은 글이 잔잔한 울림으로 다가

온다. 글의 제목은 「최규하와 권태응의 인생」(2006)이다. 1940
년대 해방을 전후로 해서 활동한 동시인인 권태응은 최규하와
함께 경성제일고보를 재학한 후에 같은 시기에 동경에서 유학
을 했다. 최규하는 동경고사에 갔고, 권태응은 와세다에 갔다.
최규하는 묵묵히 공부만 하다가 무탈하게 졸업을 했고, 권태응
은 독립 운동을 하다가 형무소에서 감옥살이를 하면서 퇴학을
당한다. 최규하가 만주에서 친일 고위 관리를 양성하는 대동학
원을 입학할 즈음에, 권태응은 폐결핵을 앓으면서 인천 적십자
요양원에 입원한다. 그 후 최규하는 친일 괴뢰 정부인 만주국
관리로 살아가고, 권태응은 생사의 갈림길에서 헤맨다. 그는
실낱같은 생명이 다시 주어지자 동시를 썼다. 그의 영원한 명
작 「감자꽃」은 시적인 큰 울림으로 우리에게 지금까지 전해지
고 있다.

　　　　자주 꽃 핀 건 자주 감자
　　　　파보나 마나 자주 감자

　　　　하얀 꽃 핀 건 하얀 감자
　　　　파보나 마나 하얀 감자

　일본 제국주의자들의 창씨개명을 강요한 것을 비판한 시다.
자주 꽃 핀 건 자주색 감자이듯이, 조선인이 아무리 일본식으

로 이름을 바꾼다고 해도 일본 사람이 되지 않는다는 것이다. 만주국 관리와 무명 시인의 길. 관리는 승승장구하여 외무부 장관, 국무총리, 대통령의 관운에 이르고 천수를 누리다가 10년 전에 국민장으로 모셔졌고, 시인은 병고 끝에 요절한 후에 선반에서 뜯어낸 널빤지에 묶여 아무도 기억하지 않는 야산의 어느 자리에 아주 오래 전에 쓸쓸히 묻히고 말았다. 도종환 시인은 이 두 사람의 삶을 이렇게 대조한다.

> 어려서부터 의협심이 강했고 식민지 체제야말로 모순의 근원이므로 식민지 체제에 저항해야 한다고 믿었던 권태응은 병든 몸을 추스르며 야학을 하고 농민들을 위해 일하고 있을 때, 어려서부터 말이 없고 착실하게 공부만 했으며 어떤 체제든 동화되어 거기서 주어진 일을 성실하게 최선을 다해 일하며 사는 것이 몸이 배어 있던 최규하는 관료로서 승승장구한다. (……) 우리는 자식이나 젊은이들에게 어떤 인생을 살라고 말해주어야 할까.
>
> (시사저널, 2006. 11. 14, 104면.)

어떤 인생을 살라고 말해주어야 하나. 시인의 마지막 말이 여운을 남긴다. 하지만 지나치게 강요할 사안이 아니라고 보인다. 나 역시 대학생, 그것도 교사가 될 교육대학교 학생을 가르치는 교육자이다. 제자들에게 어떤 인생을 살라고 말해주어야 하나, 하는 국면에 처해진다면, 나는 이렇게 가르치고 싶다.

권태응의 삶과 최규하의 삶은 선악 이분법의 삶이 아니다.

그 나름의 가치가 각각 있다. 어떤 삶이 가치가 있다고 판단하든 간에 타인의 삶에 대한 가치관은 존중해 주어야 한다고 가르치고 싶다. 최규하의 삶도 실패했다거나 부도덕한 삶이 아니지 않느냐. 삼성 그룹의 창업자인 이병철의 인생을 대신하여, 무소유의 스님으로 잘 알려진 성철이 살아온 인생을 하나의 가치 표상으로 선택한다고 해서, 이 선택된 삶을 도덕과 정의의 승리로 보아서는 안 되지 않느냐. 아무리 도덕적으로 아름답고 향기 있는 삶이라고 해도, 누가 누구에게 현실적으로 불우하고 불행한 삶을 살아가라고 강요할 수 있단 말인가. 선거 결과 후에 흔히 보는 일이지만, 우리는 일쑤 자타(自他)의 가치관을 마치 선악의 가치관인 것처럼 보는 경향이 있다. 이 정신적인 미성숙함이 사회 현상으로 자리를 잡아선 안 된다는 것. 내 가치관도 최선인 것만이 아니듯이, 남의 가치관도 반드시 악일 순 없다는 그런 마음가짐 말이다.

어쨌든 최규하는 10·26이라는 정치적인 돌발 사태로 인해 언감생심 땅띔조차 하지 못한 대권의 자리에 오른다. 민심이 이반한 부마사태의 심각성 이후 국면 전환을 노린 박정희가 김재규를 다그치다가 벌어진 이 정변은 많은 것을 바꾸어 놓았다.

이로부터 며칠 전에 이후락은 국무총리로 내정되어 지인들과 함께 비공식적인 축하연을 열었다. 이 시간에 최규하는 자신의 업무를 정리하고 있는 중이었을 것이다. 역사의 담론에는

우리가 햄릿이다

'만약'이라는 단어가 없거나, 있다 해도 무의미하다. 만약에, 10
· 26이 한 달 늦게 일어났다면 어땠을까? 이후락 국무총리가
대통령 권한대행이 되었을 것이고, 또 최규하의 경우처럼 과도
정부 성격의 대통령도 되었을 것이다.

신군부의 등장과 함께 이후락은 '유신의 떡고물'이란 부패한
인물로 정치적인 낙인이 찍혀졌다. 그는 머뭇거리지 않고 정계
를 영원히 떠났다. 그 후, 그는 도예가로서의 삶을 살아갔다.

나 역시 도자기를 좋아하기 때문에 그가 만들어 구운 기물에
자호(自號)를 남겨 완성한 생활 도자기를 사용하고는 한다. 그
의 자호를 들여다 볼 때마다 역사의 감회랄까, 권력의 무상이
랄까, 뭔가 느꺼운 것이 때로 뜨겁게, 때로는 서늘하게 감촉되
어 온다.

그는 같은 시대를 함께 살아온 정계의 인물인 최규하 · 3김씨
· 이철승과 달리 1980년대 이래 불우했다. 그의 만년에는 고난
이 놓여 있었다. 고난이라고 하면, 병고와 경제난이다. 그가 비
록 천수를 누렸다고 해도 아내와 더불어 깊은 병고로부터 벗어
나지 못했고, 부동산도 살아생전에 하나씩 처분되어 갔다.

권력 의지가 강한 원색적인 '호모 폴리티쿠스'가 끝내 권좌에
오르지 못하고, 대신에 권력 의지가 약한 무색투명의 '관료적
인간형'이 권좌에 오른 것은, 정치의 무대가 개인이 바라는 것
대로 잘 이루어지는 세계가 결코 아니라는 사실임을 반증한다.
준엄한 역사의 패러독스라고 해도 좋겠다.

제2인자들의 초상 : 주은래와 키신저

일본과 북한을 드나들면서 통치적 행위 차원의 외교와 안보를 담당한 김종필과 이후락은 박정희 시대에 중국 전국 시대의 유세객(遊說客)과 같은 유의 핵심 참모라고나 할 수 있다. 김종필이 일본 정부에, 이후락이 김일성에게 박정희의 정치적 의사를 전달하고 자신의 외교적 의견을 교환했다는 점에서, 그 시대의 진정한 유세객이 아닌가 한다. 이들이 지향한 모종의 외교 전략은 정권 안보라고 하는 협시의 시각을 벗어나서 역사의 긴 안목에서 보자면 그 당시에 국익에 반하는 일이라고만은 볼수 없다.

여하 간에 유세객이란, 어떤 사람인가? 그는 세 치의 혀로 천하의 큰일을 도모하고 변화시키는 인물이다. 유세객은 대외적으로 외교와 안보 분야의 컨트롤 타워 역할을 수행하지만, 대내적으로도 정권을 유지하고 권력자를 보좌하는 역할을 수행하고자 하는 한 시대의 중심인물이다. 이런 점에서 볼 때, 김종필은 1960년대 중반의, 이후락은 1970년대 초반의 제2인자라고 할 수 있다. 이들은 부통령 급의 친위대장인 차지철의 경우처럼 일인을 위해 만인에 군림하면서 만인에게 명령하고 호통을 치던 시대에 있어서 말기적 현상의 제2인자와는 유다른 예라고 할 수 있다.

우리나라 역사에서 최고의 유세객은 신라 때 김춘추였다. 그는 선덕과 진덕이라는 이름의 두 여주(女主)의 시대에, 수려한 용모와 유창한 외국어 능력과 뛰어난 언변―화술로 이웃나라를 종횡하였다. 고구려의 실권자인 대막리지 연개소문, 일본의 실세인 황태자 중대형(仲大兄), 중국의 황제인 태종 이세민을 만나 유세했다. 이 만남들이 훗날 삼국 통일의 기초가 된 것은 두말할 필요조차 없다.

미국과 중국은 한국 전쟁 이후 한동안 아무런 외교 관계를 맺지 않고 서로 소 닭 보듯이 외면해 왔다. 미중 관계에 있어서 긴장 완화의 물꼬를 튼 사람은 닉슨 대통령 행정부의 제2인자인 헨리 키신저였다. 그는 백악관 국가안보보좌관의 신분으로 중국을 비밀리에 잠입해 들어갔다. 그리고 그는 주은래와 회담을 가졌다. 훗날 미중 국교 정상화의 단초가 되는 사건이다.

주은래와 키신저.

중국과 미국의 당시 제2인자들의 만남이 있었다. 제2인자는 정권 안보를 유지하는 핵심 참모이다. 정권이란, 국어사전에 '정치상의 권력'이라고 다소 애매하게 기술되어 있으나, 나는 그것을 행정과 권력의 합성어로 보고 싶다. 따라서 제2인자도 행정 서열 2위인 정(政)의 2인자와, 실제의 권력과 세력을 가진 권(權)의 2인자로 양분되어 있다고 본다. 왕조 시대의 영의정과 세자의 관계라고 보면 된다.

주은래는 정의 2인자였다. 신중국이 건설된 1949년에서부터 자신이 생을 마감하던 1976년에 이르기까지 27년 동안 정무원 총리를 맡았다. 행정의 경험을 두고 볼 때 세계적으로 그만큼 행정의 달인은 없다. 무소유 정신을 미루어볼 때, 그는 청백리의 표상이기도 하다. 그는 권력 의지와 대권 야심을 가지고 있지 않았기에, 권의 2인자가 아닌 정의 2인자로 만족하지 않으면 안 되었다. 모택동에게는 늘 굴신의 자세를 취했다.

모택동 시대의 권의 2인자는 임표(林彪)였다. 그는 항일전쟁기에 전술전략의 귀재로 통해 혁혁한 전과를 올린 바 있었다. 장개석도 군관학교의 제자인 그를 지극히 사랑했으나, 자기 사람으로 만들지 못하고, 모택동에게 그를 빼앗기고 말았다. 임표는 1959년부터 모택동의 후계자로 공인되었다. 1969년에 수정된 당의 규약에도 '모택동 전우의 친밀한 전우이며 후계자'로 명시된다. 그런 그가 모택동의 아내인 강청(江淸)을 중심으로 한, 또 다른 제2인자의 그룹인 사인방(四人幇)과의 권력 투쟁의 과정에서 패배해 공군기를 타고 러시아로 망명하다가 몽골 상공에서 추락사한다. (이때 모택동은 임표가 장개석이 있는 대만으로 탈출할 것으로 예상했다.) 군부의 지지가 견고한 그는 결국 모택동의 한계를 넘어서지 못했던 것이다.

주은래가 키신저를 만나는 시점은 임표가 몰래 쿠데타를 획책하던 시점과 거의 일치한다. 정의 2인자가 역사적인 미중 외교 관계를 개선하고자 도모하고 있을 때, 권의 2인자는 쿠데타의 음모를 통해 권력이 뿜어져 나올 총구를 살펴보고 있었던 것이다.

주은래가 정의 2인자인 것에 반해, 키신저는 권의 2인자였다. 미국에서 행정 서열의 제2인자는 부통령이다. 이 부통령은 평소에 허수아비에 지나지 않는다. 보통 미국의 부통령은 주어진 권력이 없이 만약의 사태를 대비해 대기하고 있을 뿐이다. 평시엔 아무 것도 없어도 대통령의 유고시에 모든 것을 다 가질 수 있는 자, 미국의 부통령이다. 미국에서는 부통령이 있기 때문에 따로 총리가 없다. 다만 외교와 안보의 컨트롤 타워인 국무장관이 다른 나라의 총리와 동등한 격을 맞춰나간다. 키신저의 중국 밀행이 성공을 거둔 후에, 그는 명실 공히 국무장관으로 임명될 수 있었다.

주은래와 키신저의 회담은 1971년 7월 9일에 성사되었다.

이 회담은 장시간에 걸쳐 많은 얘기들이 오갔는데, 특히 우리에게 관심을 끄는 것은 당시에 한반도 문제를 바라보는 미국과 중국의 시각이었다. 이 부분을 요약적으로 정리하면 다음과 같다.

주은래 : 미군은 한반도로부터 철수해야 한다.
키신저 : 이미 2만 명의 미군을 감축했지 않았나?
주은래 : 아직 4만 명이 남아있다.
키신저 : 극동의 정치 관계가 개선되면 몇 년이 지난 후라도 극히 소수가 남거나 전혀 남지 않게 될 것이다.
주은래 : 우리는 이 문제를 주시할 것이다. 당신네가 일본을 보호해 왔기 때문에 아주 적은 군사비 지출로써 일본의 경제력은 급속히 강화되었다.
키신저 : 총리. 만약 일본군이 한반도에 주둔한다면 당신네가 더 불안해지지 않을까?
주은래 : 우리는 외국군이 한반도에 주둔하는 것을 반대한다.
키신저 : 나는 한반도 문제의 해결이 그리 오래 걸리지 않을 거라 본다. (……) 주한미군은 우리 외교 정책의 영구적인 모습이 아니다. 미군 철수에 관한 시간표는 닉슨 대통령이 (여기에 와서 모택동 주석과의 정상회담을 통해) 제시하면서 논의해야 할 문제라고 생각한다.

닉슨의 메신저인 키신저는 미국의 유세객이라고 하겠다. 그는 세 치 혀를 통해 천하의 중대사를 논했다. 중국 전국시대의 유세객처럼 합종과 연횡을 도모하고 있었다. 그는 대통령의 단순한 특사라기보다 일종의 종횡가(縱橫家)이기도 했다. 그와 주은래는 유비와 손책으로부터 외교의 전권을 부여받은 제갈량과 주유의 관계라고도 할 수 있다.

위의 요약된 대화록을 살펴볼 때, 주은래와 키신저의 대조적인 면과, 정의 2인자와 권의 2인자의 특성이 잘 묻어나 있다고 보인다. 주은래가 원론적이라면, 키신저는 임기응변적이다. 주은래가 각론(各論)에 강한 대신에, 키신저는 통론(通論)에 능하다. 주은래가 주도면밀한 관리형이라면, 키신저는 다재다능한 감정세밀형이다. 주은래가 심사숙고의 견고한 벽을 천천히 쌓으면, 키신저는 이 느린 리듬을 과단성 있는 능변으로써 정면으로 돌파하려고 한다.

그런데 두 사람 모두 인간형으로 완벽한 것은 아니다. 주은래적인 인간형이 가진 허점이 기회주의의 덫에 걸리기 쉽다. 반면에, 키신저적인 인간형이 가지는 약점은 신경과민의 병리적인 현상에 빠지기 쉽다는 데 있다.

마지막으로 키신저에 관해서만 얘기하려 한다. 앞서 부분적으로 인용한 대화록에도 나와 있듯이, 키신저가 전혀 가능성이 없는 한반도의 일본군 주둔이라는 뜻밖의 시나리오를 최악의 경우로 제시한 것은 주은래에게 약간의 자극을 가하려고 한 의도인 것으로 보이며, 모택동과 닉슨의 만남(정상회담)을 주선하기 위해 '미군 철수의 시간표'라는 카드(미끼)를 슬그머니 던지는 것도 매우 인상적이다.

나의 서재에는 주은래에 관한 책들이 적지 않다. 하지만 키신저에 관한 책은 없다. 평소에 그다지 관심이 없었기 때문이다. 이 글을 쓰고 나니 그에 관한 관심도 불현듯 솟구친다.

이제 겨울 방학이 되었다. 인터넷 헌책방을 순례하면서, 키신저의 회고록이라도 구입해 읽고 싶다. 그는 현실주의 외교 노선을 추구한 한 시대의 위대한 책략가였다. 그 시대의 외교 무대에 등장한 사람들은 모두 다 고인이 되고 말았지만, 그는 지금도 고령의 나이로 생존하고 있다. 반(反)유대주의 대통령의 마음마저 사로잡은 유대계 국무장관인 그는, 단순한 제2인자가 아니라 모시는 윗사람마저 유세(遊說)의 대상으로 삼은 시대의 빈객이다. 그 당시의 세상을 가지고 논 불세출의 종횡가다.

우리가 햄릿이다

택시 안에서 만난 윤직원 영감

노무현 대통령이 집권하던 때였다. 2005년 정도가 아닌가 한다. 언론에서는 이 무렵에 경제가 어려워졌다느니, 청년 실업의 문제가 심각하다느니 하면서 연일 떠들어대고 있었다. 서민들의 피부로 느끼는 실감도 그랬다고 본다.

나는 그제나 이제나 운전을 하지 않는다. 아예 운전도 배우지 않았다. 걸으면서 운동도 하고 사색도 하는 것이 내게 좋은 일이기 때문이다. 그래서 바쁜 일이 있으면 택시를 타고 다닌다. 특히 근무지인 진주는 좁은 지역이기 때문에, 한때 부담이 없이 택시를 타고 다녔다. 지금은 버스를 자주 이용하는 편이지만 그 당시로선 택시비도 다른 지역에 비해 이동 거리가 가까워 저렴한 편이었다.

십여 년 전인 그 당시에 택시 기사들은 손님이 없다고 아우성을 지르고, 시장 상인들은 장사가 안 된다고 울상을 짓고 있었다. 아이엠에프 사태 이후에 경제가 좋아졌다는 말은 거의 들은 적이 없었던 같다. 경제가 좋아져도 호사다마가 아닌가 하여 사람들은 그 좋음을 결코 말하지 않는다. 그것이 좋아지지 않을 조짐이 보이면, 그때부터 불만의 여론이 증폭되기 시작하는 법이다.

그 당시 어느 날 택시를 탔다.

내 나이가 쉰 안팎이었고, 택시 기사는 나보다 좀 늙수그레한 회갑 정도의 나이였다. 나는 아무런 생각이 없이 기사에게 뭔가 위로의 말을 한답시고 경제가 어려워져 걱정입니다, 라는 말을 건넸다. 이때 내가 전혀 예기치 아니한 돌발의 사태가 벌어졌다.

"경제가 안 좋긴 뭐가 안 좋아요!"

택시 기사는 다짜고짜 버럭 화를 내었다. 나는 깜짝 놀라 어안이 벙벙했다. 말조차 나오지 않는 지경에 이르러 겨우 한마디를 했다.

"다들 살림살이가 어렵다고 하고, 언론에서도 경제가 어렵다고 하잖아요?"

"다 노무현 죽이려고 하는 소리예요."

나는 이 대목에서 그가 왜 화를 냈는지 하는 까닭을 막연하

우리가 햄릿이다

게나마 짐작할 수가 있었다.

"휴일에 유원지나 심야 술집의 거리에 가보세요. 사람들이 너나없이 흥청망청거리는데, 무슨 놈의 경제가 나쁘다는 겁니까?"

사실 하는 말이지, 유원지나 술집 거리에 사람들이 모이는 것은 경제의 좋고 나쁨과 크게 관련성을 맺고 있지 않다. 경제가 나쁘다고 가족들이 집안에만 들어앉아 있으란 법은 없다. 사는 일이 팍팍해도 술 마실 사람은 마신다. 어쩌면 현실에 불만을 느끼면서 홧김에 술을 더 마실 수도 있다.

그때 내가 택시에서 내릴 때 그 택시 기사는 마지막으로 한마디의 말을 내게 던졌다.

"그런 소리 하면, 우리 같은 사람한테 욕 들어요."

이 훈계하는 듯한 말이 나로 하여금 순식간의 불쾌감을 불러일으키게 했지만, 일을 하는 사람 붙잡고 시비하는 것이 좋지 않을 것 같아서, 나는 꾸욱 참고 그냥 아무 소리도 없이 하차했다.

나는 그날 이 사람이 말한 '우리'의 정체가 도대체 무엇인지에 관해 생각을 해 보았다. 그가 '나'도 아닌 '우리'를 굳이 사용한 뜻은 어디에 있었나? '우리'는 일종의 사회적 은어로서의 세칭 '노빠'였다. 노빠란, 다름이 아니라, '노무현을 열광적으로 지지하는, 마치 오빠부대와 같은 정치 세력'이란 뜻을 극단적으로 축약한 말이다.

이 말은 이 말을 부정적으로 사용하면서 비아냥거리는 사람들보다 당사자를 오히려 열광적으로 지지하는 사람들이 더 즐거 사용하는 경향이 있었다. 자기 부정의 반어적인 쾌감을 향유하는 변말의 독특한 사회심리학이 여기에 잠재해 있는 게 아닌가 했다. 소위 노빠 현상은 지금도 정치계에서 '친노(親盧)'라는 이름으로 잔존하고 있다.

나에게는 솔직히 말해 노무현 정신을 계승함으로써 이를 공익의 차원에서 승화하여 사회적인 자본으로 공유해야 한다는 데 이의가 있을 리 없다. 다만 그것을 '우리'의 차원에서 편 가르기를 한다거나 정치적인 수단으로 이용한다거나 하는 것은 사회적으로 깊은 성찰을 요한다고 할 것이다.

십여 년 전에 택시 안에서 만난 기사는 자기 자신을 가리켜 스스로 '우리'라고 했다. 그때 나는 이 늙수그레한 '노빠'를 두고 채만식의 소설 「태평천하」에 나오는 윤직원 영감을 떠올렸다. 중일전쟁이 한창 벌어지고 있는 시대의 식민지 조선은 전쟁의 틈바구니에 놓여 있었다. 난세 중의 난세였다. 난세를 난세인 줄도 모르고 일제 강점기를 태평성대라고 믿어 의심치 아니하는 윤직원 영감의, 시국에 대한 착시(錯視)는, 믿고 싶은 것만을 믿어버리려고 하는 알 수 없는 전율의 맹목성에 기인한 것이라고 해도 과언이 아니다.

내가 우연히 만난 그 택시 기사는 다들 경제가 어렵다고 하는데, 다들 살기가 힘들다고 하는데, 말하자면 제 혼자 그렇지 않다고 뻑뻑 우기면서 화를 내는 사람이었다. 그는 난세를 태평성대라고 맹신한, 소설 속의 윤직원 영감을 그대로 빼닮았다. 그 맹목의 인간상 윤직원 영감처럼 말이다. 맹목은 맹목에만 그치지 않는다. 젊은 날의 윤직원인 윤두섭은 소설 속에서, 나만 빼고 세상 모두 망해버려라, 라고 목청껏 외친 적이 있었던 것처럼, 인간의 맹목성은 사물을 더듬거리는 촉수의 마비 현상으로까지 이어진다.

그건 그렇고, 우리나라는 지금 사드 때문에 골머리를 앓고 있다. 북한이 개발하고 있는 핵무기의 목전에서 우리나라가 최소한의 자위권을 행사하려고 하는 데 중국은 조선시대의 대국인 양 난리를 치고 있고, 대내적으로는 국론이 첨예하게 분열되고 있다.

우리 시대의 윤직원 영감은 안보 주권이 심각하게 훼손되고 있는 데도 '안보? 문제없어요!'라고 화를 내고 있을지 모른다. 우리 시대의 윤두섭은 '나만 빼고 이 참에 대한민국은 망해버려라.'고 하면서 음습한 곳에서 이를 갈고 있는지도 모른다.

이들은 지금 어디에 있다고 보는가.

십여 년 전처럼 택시 안에만 있는 게 아니다. 지금은 사회의 여기저기에, 때로는 알게 모르게, 때로는 버젓이, 존재의 실체를 드러내 놓고 있다고 본다. 이 사실이, 나로 하여금 알 수 없는, 또 다른 전율에 사로잡히게 하는 것이다.

어용 신문이 되려는가

C일보는 우리나라의 현존하는 신문 중에서도 가장 오래된 신문이다. 역사성과 전통은 그만큼 인정되어 마땅하다. 고백컨대, 이 신문은 내가 수십 년 동안 애독하고 있는 신문이다. 내 개인의 취향을 밝히자면, 정보량이 언제나 흘러넘칠 뿐더러, 정보의 질적 수준도 늘 새롭고도 높다. 다른 신문은 몰라도 이 신문을 보지 않으면 왠지 모르게 하루의 허전한 느낌을 지울 수가 없다.

최근의 사회적인 이슈는 역사 교과서 국정화 문제이다. 나는 이 문제에 관해 양비론(兩非論)의 입장에 서 있는 사람이다. 학문의 다양성을 국가가 특정하고 통제한다는 것은 학문을 압살

하는 것과 마찬가지다. 헌법에 사상의 자유가 보장되어 있듯이 학문의 다양성 역시 이 범주에서 크게 벗어나지 않는다고 본다. 역사 교과서 국정화를 반대하는 쪽도 문제다. 반대하는 쪽에는 학문의 자유와 다양성을 우려하는 양심적인 사람들도 많다. 하지만 현행 역사 교과서는 대한민국의 정통성을 부인하는 좌파적인 사관으로 일관해 있다. 이 획일적인 교과서 속에 보이지 않는 세력이 숨어있고 증거 없는 담합이 전제되어 있다면, 이는 전체주의적인 집단 사고와 다를 바가 없다. 그럼에도 이를 두고 학문의 다양성이라고 한다면, 손바닥으로 하늘을 가리는 것과 같다.

어쨌든 교육부 장관은 이 문제를 기어이 관철시키고야 말았다. 물론 그 배경에 대통령과, 정부―여당과, 과반수 넘는 여론의 지지가 있어 가능할 수가 있었을 것이다. 이 문제에 관한한, C일보의 시각은 명백하게도 교육부의 편에 선 셈이다. 문제는 양심적인 반대파가 그 시각 안에 들어오지 못했다는 것이 문제라는 것이다. 더 명백한 것은 권력과 여론의 눈치를 보고 있다는 사실이다.

C일보가 신중한 정론(正論)을 펴지 못하고 권력과 여론의 눈치를 보고 있다는 증좌는 어제 사설의 내용만 보아도 그렇다. 최근의 뜨거운 감자가 되고 있는 또 다른 쟁점은 국립대 총장 직선제. 교육부와 국립대간의 이 대결은 서로가 한 치의 양보를 보이지 않는 구도로 나아가고 있다. 말로만 보완과 개선을

얘기할 뿐이다. 국정 교과서 문제에 손을 들어준 것처럼, 조선일보는 총장 선출 문제에도 교육부의 손을 들어주고 있다. 어제의 사설에 국립대 총장 직선제가 안 되는 이유를 한 단락 속에 묶어 놓고 있다.

> 총장 직선제는 무엇보다 학생 · 학부모들에게 부담을 안겨주는 결과를 낳았다. 총장들이 교직원 임금 인상, 강의 시간 단축 같은 무리한 공약을 지키느라 등록금을 해마다 대폭 올린 것이다. 직선제를 고수한 국공립대들은 2000년대 후반 매년 10% 안팎의 인상률을 이어갔다. 반면 2010년 국립대 20곳 교수들이 써낸 논문 (SCI 등재 기준)은 주요 사립대 20곳의 74% 수준에 불과했다.
>
> (조선일보, 2015, 10, 12, 사설)

한낱 언론사가 이 통계를 어떻게 알고 이렇게 말한단 말인가. 누군가가 유리한 자료를 제공해 주었기 때문이리라. 자료의 원천을 밝히지 않은 정보는 신뢰할 수 없다.

등록금 대폭 인상의 원인이 총장 직선제에 있다니. 물가상승률 고려는 차치하고서더라도 국립대와 사립대의 등록금을 대조라도 해 보았는가? 교직원의 임금 인상, 강의 수업 단축의 이유가 총장 직선제에 있다니. 국립대 교직원 임금은 국가가 정해주고 있고, 교수의 수업 시간은 교육법에 명시되어 있다. 이 정도의 정보 제시라면, 무고의 수준, 혹세무민의 수준에 가깝다. 국립대 교수의 논문이 사립대 교수의 논문에 비해 74%라는 것도 진실을 호도하는 자료 제시이다. 왜 하필이면 2010년인가? 또 왜 하필이면 상위 20개 학교인가? 국립대 교수의 연구 실적은 대체로 대학마다 평준화되어 있지만, 사립대의 그것은 천차만별이다. 국립대 41개교와 사립대 상위 41개교, 국립대 41개교와 전체 사립대는 어떤 차이가 난다고 보는가?

어떤 이는 국립대 총장 간선제는 금권 선거에 원인이 있었다고 말하기도 한다. 국립대 총장 직선제의 역사도 30년에 가까이 이르고 있다. 30년에 가까운 총장 직선제에 한두 번 있었던 금권 선거 때문이라고? 선거 때마다 돈 문제를 일으킨 국회의원 선거도 그러면 간선제로 전환해야 하지 않겠는가? 국립대 총장을 뽑는 과정에서 금권선거가 앞으로도 생긴다면 법에 따라 엄정하게 조치하면 그만이다.

나는 좀 분한 마음으로, 일기 형식의 이 기록문을 남긴다.

C일보는 일일이 권력의 편에 서야 하는가? 왜 하필이면, 진실의 깊이를 파헤치지 아니하고 표피적으로만 삽질을 하여 유리하게 아전인수하려고 하는가? 부산대학교 고현철 교수가 투신했을 때 눈조차 껌뻑하지 않았던 C일보가 왜 갑자기 총장 직선제에 관심을 두기 시작하는가? C일보는 우리나라 민주화 과정에서 무슨 역할을 하였다고 스스로 보는가?

더 이상 말하지 않겠다. 다만, C일보의 M 아무개 선임기자가 며칠 전에 쓴 양심적인 쓴 소리 한 문장을 굳이 인용하면서, 나는 이 글을 마무른다.

어용 신문이 되려는가

김정은의 폭압(暴壓)에 저항 한번 제대로 못하는 북한 주민들이 의아했는데 우리 세금으로 먹여 살린 (교육부—인용자) 공무원들이 아이와 대학을 쥐고 흔들며 권세를 부리는데도 도살장으로 끌려가는 소처럼 침묵하는 우리 국민도 이해할 수가 없다.

(2015. 10. 10.)

우리가 햄릿이다

뜻이 약하면 뼈가 강하다

- 20대 총선이 남긴 감회

이번 20대 총선은 무성한 말들을 남기고 막을 내렸다. 공천 학살이니, 옥쇄 파동이니 하는 듣지도 보지도 못한 새로운 말도 생겨났다. 집권 여당의 참패가 예정된 수순을 밟고 있는 것 같은데, 노련한 정치인들조차 이를 미리 감지하지 못했다는 데 문제가 있었던 것 같다. 선거의 초반에는 야당이 분열하는 것을 두고 여당의 손쉬운 승리가 예상되었다. 그러나 시간이 지나갈수록 여당의 분열상은 극악한 지경으로 나아가고 있었다. 갑의 분열과 을의 분열. 국민들은 약자인 을의 분열은 안중에도 두지 않았다. 기득권을 가진 갑의 분열을 곱지 않은 눈으로 바라본 것은 어쩌면 인지상정일지 모른다. 이게 바로 민심이다. 평소에 정치판에서 갑질을 하던 여당에게 도덕적인 자세를 한결 요구하는 것이 바로 민심이라는 것이다.

이번 총선의 최대 피해자는 박근혜 대통령이다. 박 대통령의 독선적인 국정 운영이 먼 원인라면, 당의 중립적인 위치에 있어야 할 대통령이 선거를 개입했다는 것이 가까운 원인이라고 하겠다. 공천 학살을 주도하면서 이해할 수 없는 말들을 내뱉고 하던 이한구 공천위원장은 선거가 끝난 지금도 청와대의 공천 개입은 있을 수 없는 일이라고 항변한다. 국민 중에 누가 이 말을 곧이곧대로 믿을까? 차라리 항변하지 않고 끝까지 침묵을 지키는 편이 낫다.

내가 생각하는 한에 있어서 가장 이상적인 정치관은 노자의 『도덕경』 제3장에 나온다. 노자는 정치의 이상을 이른바 무위(無爲)에 두었다. 정치는 자연스러운 행위가 되어야 한다. 정치란 것에 인위적인 것이 개입되어선 앎의 과잉이나 권력욕이 생겨나게 마련이다.

聖人之治, 虛其心, 實其腹, 弱其志, 强其骨, 常使民無知無慾…….

성인의 다스림이란, 마음을 비움으로써 배를 채우고 뜻을 약하게 함으로써 뼈를 강하게 한다. 그리하여 이는 백성으로 하여금 잘못된 지식이나 지나친 욕망을 늘 가질 수 없게 하는 것

우리가 햄릿이다

이니……. 정치인은 마음을 비워야 실속을 얻는다. 권력에의 욕심이 앞서면 늘 허전할 뿐이다. 뜻을 약하게 함으로써 뼈를 강하게 한다는 것은 또 무엇을 말하는 걸까? 이때 말하는 뜻은 요즘 말로 권력 의지가 아닐까? 이것을 약하게 해야 정치적인 신념의 골격이 강화된다.

박 대통령은 욕심을 비우지 못했다. 그렇기 때문에 국정 후반기를 마무리해야 하는 정치적인 실속도 챙기지 못했다. 또 친박과 비박을 나누어보려는 의지가 지나치게 두드러져서 각종 개혁입법을 제정하려는 신념을 실천(강화)하는 데 실패할 듯싶다. 테러방지법, 국회선진화법, 노동개혁법 등의 제정 의도가 결코 나쁘지 않은 것 같은데, 이번 총선의 참패로 사실상 물거품이 된 것 같다. 정치에 있어서 인위를 배제하고 무위를 실천하는 것이 얼마나 어려운가 하는 점은 이번 총선의 결과를 통해 잘 알 수 있겠다.

거의 정치판에서만 쓰는 말이 있다. 그리고 잘못 쓰이는 말. '금도'다. 국민의당 권은희 후보와 관련해 '박근혜 잡을 저격수'라는 문구와 함께 저격용 총을 든 이미지가 떠돌았다. 이 이미지를 조작한 주체가 누군지 알 수 없지만, 이를 두고 여당이 발끈한 것은 말할 필요도 없다. 중앙선거대책위원회 대변인도 서면 브리핑을 통해 '대통령을 저격하겠다는 것은 국민에 대한 저격이며, 국민이 뽑은 대통령을 저격하겠다는 것은 예의와 금도를 벗어난 발언이다.'라고 비판했다. 여기에서 말하는 금도란 것은 '금도(禁度)'이다. 금지의 정도나 금지의 한계를 말하는 것이니, 그러려니 하고 받아들이면 그만이다. 하지만 이 낱말은 국어사전에 없는 말이다.

실제로 사전에 등재된 단어인 금도는 한자어 금도(襟度)로 표기 되는 것. 금도의 금(襟)은 옷깃, 가슴, 마음 등을 뜻하는 말이다. 이와 같이 금도는 다른 사람을 넓은 가슴으로 포용할 만한 도량을 가리키는 말이다. 잘못 사용하는 금도(禁度)가 부정적인 용도로 쓰는 말이라면, 잘못되기 이전의 본래의 말인 금도(襟度)는 긍정적인 용도로 쓰는 말이다.

무릇 정치인들은 금도가 있어야 한다. 대통령부터 한낱 국회의원에 이르기까지 금도를 지녀야 한다. 금도를 지니면 정치도 인위로 떨어지지 않고 무위가 된다. 이번 총선에서 대통령과 여당이 참패한 것은 물 흐르듯, 바람 따라 자연스레 움직여 가지 않고 인위적으로 조정하려다가 실패한 데 곡절과 사달이 생겨난 것이다. 성인의 다스림처럼 마음을 비우고 뜻을 약하게 해야지 자족의 배를 채우거나 자기 신념의 뼈대를 세울 수 있다.

뜻이 약하다는 것. 무분별한 권력 의지에 대한 자기 성찰이다. 뼈를 강하게 한다는 것. 정치적인 경쟁자인 상대의 존재를 인정하는 금도를 가진다는 것에 다름이 아니다. 야당들도 여당의 그릇됨에 대한 국민적 심판의 반사 이익을 기분 좋게 챙긴 것일 뿐이지 자신들이 잘 나서 국민들의 사랑을 받은 결과라고 오판해서는 안 된다. 이럴 때일수록 좀 더 겸허해져야 한다.

우리가 햄릿이다

진령군眞靈君의 역사적 현재성

오후 늦은 시간에 처조카의 결혼식이 있는 주말이다. 편의점에서 주말 신문 세 종류를 구입해 아침부터 신문을 읽으면서 시간을 보내고 있다. 보수 신문 하나와 진보 신문 둘. 신문마다 최순실 사태로 도배하고 있다. 보수와 진보 할 것 없이 정치적으로 한 목소리를 내기는 매우 이례적이다. 모든 국민들의 분노가 하늘을 찌르고 있음을 방증한다. 까도 까도 벗겨져 나올 양파와 같은 이야기가 앞으로 무궁하게 펼쳐져 모든 국민의 눈과 귀를 의심스럽게 할 모양새다.

최순실은 박근혜 정권의 역린(逆鱗 : 아킬레스건)이 되고 말았다. 용의 치명적인 약점을 건드리면, 이제까진 용에 의해 용서를 받지 못했다. 하지만, 지금은 오히려 용이 치명상으로 인해 크게 흔들리고 있다. 몰락의 용트림은 말기적 신비주의와 함께 역사적으로 있어 왔다. 사람들은 이번 사태를 두고 고려말의 요승 신돈과 제정러시아 망국사의 끝자락을 장식한 사이비 교주 라스푸틴의 역사적인 사례를 들고는 한다. 박근혜 정부의 마지막은 이렇게 저물어 가는구나 하는 쓸쓸한 감회와 함께 말이다.

더 정확히 말하자면, 최순실의 전례는 신돈과 라스푸틴의 경우라기보다 19세기 조선말의 진령군이라고 할 것이다. 그녀에게 있어서 더 적절한 역사적인 비유의 대상은 영락없이 진령군이다. 최근에 외신에서도 최순실을 가리켜 '샤먼처럼 불가사의한(mysterious) 여인'이라고 하지 않았던가.

한때 국정을 농단한 여자 진령군은 도대체 누군가.

그는 천민 출신의 무녀이다. 『삼국지』의 관우를 신주로 모신 강신무다. 원초적인 신비체험인 신내림으로 인해 어느 정도의 신비적인 사술을 부렸을지도 모른다. 그는 임오군란 직후에 도피 생활을 하면서 어려움을 겪고 있었던 명성황후에게 만남을 청한다.

내가 여기에 숨어 있다는 것을 어찌 알았느냐?

네, 중전께서 여기 계신다는 것을 몸주님(관우)이 점지해 주셨고, 찾아가 뵈라고 했습니다.

내 다시 궁중으로 되돌아갈 것 같으냐?

이 물음에 진령군은 돌아갈 날짜까지 예언하였고, 이 예언은 흥선대원군이 청나라 군인들에게 납치되는 정치적인 변수가 생김으로써 그대로 적중했다. 다시 권좌에 복귀한 고종—명성황후 부부는 진령군을 지극히 신임하게 이른다. 여자에게 주지 않은 군호(君號)까지 주었다.

진령군. 사람들은 이 군(君)을 두고 왕자의 격으로 높인다는 뜻으로 대체로 알고 있다. 이것은 잘못 알고 있는 사실이 아닌가 한다. 과문한 탓에 정확히는 잘 알 수 없으나, 이 군은 벼슬이 없는 자에게 부여하는 공신을 가리키는 말인 것 같다. 그렇다면, 진령군은 대체로 이런 뜻이 된다. 진짜 신령스러운 공신……. 비공식적인 성격이긴 하지만, 진령군이란 군호는 명성황후가 경복궁으로 복귀하는 과정에서 바람직한 예언을 적중시킨 공을 세웠다는 점에서 부여받은 호칭인 게다. 이때부터 10여 년 간에 걸쳐 진령군의 국정농단은 이어진다. 1880년대는 그의 말 한마디면 모든 것이 왔다 갔다 하던 시대였다. 그의 주변에는 잇속이 있는 사람들이 모여들고, 이 가운데는 이해관계에 따른 정치깡패가 생겨나고, 뭔가를 청탁하려는 사람들로부터 받은 재물이 날로 산처럼 쌓여가고 있었다.

화무십일홍이요, 권불십년이라.

진령군의 약발은 점점 떨어져 가고, 친일 개화파는 마침내 그의 재산을 환수해 알거지로 만들어 버렸다. 을미사변이 일어나 명성황후가 시해되어 세상을 떠났다는 소식이 그에게도 전해졌다. 정확한 정보인가 하는 여부는 알 수 없어도, 전해지는 말에 의하면, 서울의 산속 오두막집에 칩거하고 있던 그는 상심을 하다가 명성황후의 뒤를 따라 죽었다고 한다. 그렇다면 한낱 무녀일망정 모시던 사람에게 최소한의 신의는 지켰다고 보인다.

최순실 역시 자신이 모시던 사람이 심각한 위기의 상황에 몰려 있다. 모시던 사람에 대한 최소한의 신의를 생각한다면, 빨리 귀국하여 분노한 국민들 앞에 용서를 구해야 한다. 속이지도 말고, 감추지도 말고, 줄이지도 말고, 오로지 진실만을 말하는 것이 용서를 구하는 유일한 길이다.

이미 죽었다고 생각한 진령군이 120년 만에 평범한 아녀자로 다시 태어나 국정을 농단했다니 참으로 놀랍다. 최순실은 박근혜 정권의 역린이요, 진령군의 역사적 현재성이다. 역사는 권력을 가진 자가 망상의 인간관계에 빠지면, 망조에 접어든다는 사실을 준엄하게 가르치고 있다. 그녀의 현안을 지혜롭게 해결하지 못한다면, 우리 모두가 시대의 죄인이 될 것이다.

206

떨궈내야 할 최순실의 떨거지들

나라꼴이 가관이다.

마르크스는 『프랑스 혁명사』에서, 역사는 한번은 비극으로, 한번은 희극으로 반복된다는 말을 남겼다. 희극은 과거에 경험한 비극으로부터 아무런 교훈을 얻지 못한 사람들에게 마침내 더 이상 수습할 수 없는 파국을 안겨다준다. 깊은 성찰이 없는 경험이야말로 사람들로 하여금 비극적으로 되풀이된 역사로부터 비극보다 더 끔찍한 결딴에 이르는 것을 또다시 경험하게 한다. 이 과정은 비극적이라기보다 외려 희극적으로 전개된다. 두 번째부터는 사람들은 슬퍼하기보다 쓴웃음을 짓는다.

초대 대통령인 이승만은 이기붕 때문에 망했다. 그 당시 일부 사람들의 마음에 마치 국부(國父)와도 같은 늙은 대통령을 슬픔의 장탄식 속에 떠나보냈다. 얼마큼의 민주화를 쟁취한 대신에 말이다. 이기붕 주변에 많은 사람들이 몰려들었다. 그의 호를 따서 그에 몰려든 많은 사람들을 가리켜 '만송족(晚松族)'이라고 불렀다. 1950년대 말의 만송족은 각계각층에 퍼져 있었다. 따라서 측근의 국정농단이 미치는 범위도 광역화될 수밖에 없었다. 측근의 국정농단이 어디 한 번뿐이었으랴. 지금까지도 이어오고 있지 않은가. 무수한 학습효과와도 상관이 없이, 그것은 지금도 또 다시 반복되고 있다. 최근에 이르러서는 '순실족'이 뻗쳐 있음이 하나씩 하나씩 밝혀져 가고 있다. 족(族)은 본디, 한 조상 아래에 피를 나눈 겨레붙이를 말한다. 좀 비하하는 말로는 '떨거지'다. 요즈음은 이 말을 한통속으로 지내는 사람들을 낮잡아 이르러 쓰고 있다. 단어 자체가 복수의 성격을 지니고 있지만, 보통 '떨거지들'이라고 표현한다. 우리를 일컬어 우리들이라고 하는 이치와 같다.

최순실의 떨거지들은 문화계를 중심으로 해 뻗어져 있다. 막강한 영향력의 최순실의 아래에 차은택과 장시호가 있고, 차은택의 추천으로 장관과 수석이 임명되고, 또 그 장관 아래에 발탁된 차관급의 공공기관장들이 지금도 버젓이 건재해 있다. 이들은 어떤 사람들인가. 대기업을 겁박해 엄청난 광고 이권을 따내거나, 평창 올림픽 사업에 이리저리 개입하거나, 회사의 지분을 넘기라고 협박하거나 하는 저질의 사람들이다. 필설로 이루 다 말할 수가 없다. 최순실의 떨거지들이 과거의 또 다른 떨거지들과 다른 점이 있다면, 새로운 용어가 등장한다는 사실이다. 소위 대포폰·호스트·해결사라는 단어가 신선하다 못해, 우스꽝스럽다.

인사는 만사이다. 인사는 대통령의 고유권한이요, 또 문체부 장관의 고유권한이기도 하다. 그런데 웬만해야지. 고유권한이 사람을 잡는다. 영화의 전문성이 전혀 없는 영화 관련 공공기관장들이 몇 년 간 줄줄이 임명되었다. 오죽했으면, 영화인들이 모여 희극적인 상황에 울분을 참지 못해 정의구현 운운 하면서 모임을 급조해 시국선언을 했을까. 그물망처럼 얽히고설킨 문화계의 시정잡배. 그 중심에 놓여 있는 최순실과 차은택이 농간을 부리고 있었다.

그래서 인사는 만사가 아니라, 요지경이다.

대원군은 파락호 시절에 시정잡배들과 어울렸다. 그를 따랐던 사람들 가운데 가장 가까운 측근은 천(千) 씨와 하(河) 씨와 장(張) 씨와 안(安) 씨의 성을 가진 사람들이었다. 이들을 가리켜 세인들은 '천하장안'이라고 했다. 대원군이 권력을 장악한 뒤에 천안장안과 인간관계를 유지해도 이들을 등용하지 않았다. 한 자리는 한 자리고, 인간관계는 인간관계다. 이 두 가지를 별도의 것으로 치부했다. 천하장안도 시정잡배이지만 자신의 분수를 알았는지 '불감청고소원'하지 아니하고, '언감생심'이리까, 하였을 것이다.

작년에 한국콘텐츠진흥원장을 뽑을 때, 우스꽝스럽다 못해 쓰겁디 쓰거운 직무수행 계획서가 제출되었다고 한다. 한국문화콘텐츠의 현안과 발전방향에 대한 물음이 있었다. 한 사람이 '경쟁에서 떠내려 간 자만이 제발 날 봐주세요, 어제까지 당신은 날 좋아했잖아요, 하는 아날로그식의 감성적 접근으로 과거에 머물고 싶어 한다.'라고 대답하고 있다. 이렇게 쓴 이가, 즉 유일하게 수기(手記)로 작성되고 가장 분량이 짧고 내용이 가장 부실하게 작성된 서류를 제출한 이가 결국 낙점이 되었다. 사람 잡는 고유권한 때문에 법적인 문제가 되지 않는다. 이 고유권한을 행사한 문체부 장관도 차은택이 추천해 사실상 최순실이 임명하였던 인물이다.

문화계의 구석구석에 숨어 있는 최순실의 떨거지들을 솎아내 떨구어내야 한다. 두루 알다시피, 비전문성의 무적격자는 문화계를 좀먹는다. 촛불을 든 백만 명의 국민들이 거대한 인파를 이루면서 무능한 대통령에게 한목소리로 묻는다.

……이게 나라냐?

우리가 햄릿이다

희극인과 정치 발언의 역사

우리나라는 예로부터 서양과 같은 비극의 전통이 없었던 것 같다. 대신에 연회나 곡예를 행할 때 희극적인 것이 많았으리라 보인다. 배우라고 하면 대체로 희극인이었을 것이다. 희극인은 광대인데, 광대도 큰광대와 새끼광대가 있었다. 새끼광대가 초장이나 막간에 등장해 바람몰이를 하거나 여흥을 이어주는 역할을 하고, 큰광대는 무대나 마당의 본바탕을 장악해 나아간다. 새끼광대를 두고 어릿광대라고 하고, 큰광대를 가리켜 얼럭광대라고 한다. 이 얼럭광대는 재담에만 만족하는 어릿광대와는 달리, 세태를 풍자하거나 정치 현안에 대해 비판적인 발언을 일삼기도 한다. 희극인의 정치적인 발언의 역사를, 마치 달리는 말이 산을 바라보듯이 얘기해 볼 것이다.

연산군 시대의 공길

연산군 시대에 공길(孔吉)이란 우인(偶人)이 있었다. 우인이
란, 배우 중에서도 특히 희극인을 말한다. 그는 12월 29일인 섣
달그믐에 새해의 액을 막아주기 위해 나례(儺禮)라는 궁중 의
식이 행해질 때, '늙은 선비의 장난(老儒戲)'이란 레퍼토리를 들
고 나왔다. 그는 얼럭광대(큰광대)로서 어느 정도 발언권을 가
지고 있었다. 공자의 어록인『논어』를 인용하면서 연산군에게
이렇게 말했다.

> 전하는 요순 같은 임금이요 저는 고요(皐陶)같은 신하입니다.
> 요순과 같은 임금은 항상 있는 것이 아니지만, 고요와 같은 신하
> 는 언제나 있을 수 있습니다.『논어』에서 말하기를, 임금이 임금
> 답고 신하가 신하답고 아버지가 아버지답고 아들이 아들다워야
> 합니다. 임금이 임금답지 못하고 신하가 신하답지 못하면 설사
> 곡식이 있은들 어찌 먹을 수가 있겠습니까?

이 말을 들은 연산군은 불경하다고 해 공길에게 매질을 가한
후에 멀리 유배를 보냈다. 그 후 신라 때로부터 계승된 처용무
와 처용회를 연행하던 나례 역시 연산군에 의해 '배우의 장난
에 지나지 않으므로 볼만한 것이 못 된다'고 해 중지의 명령이

내려지기도 했다. 공길의 이름이 본명이면서, 또 만약 성이 공(孔) 씨였다면, 그가 비록 조선 사회에서 광대로서 천민의 신분으로 살았어도, 공자의 후손이란 자부심을 가지고 있었을 것이다. 굳이 『논어』를 인용한 이유다.

이 실록의 기사가 객관적인 사실(史實)의 전부인데 영화적 상상력의 날개를 크게 펼쳐 영화 「왕의 남자」(2005)가 만들어졌다. 이준익 감독이 연출한 이 영화는 연극 「이(爾)」를 영화적으로 재구성한 것이다. 당시에 1200만 명이란 최다의 관객을 동원함으로써 한국 영화사의 새로운 기록을 경신했다. 잘 알다시피, 공길 역의 무명 배우 이준기는 '크로스 섹슈얼' 열풍을 불러일으키면서 엄청난 인기몰이에 성공을 거두었다.

해방 전후의 신불출

신불출은 1905년에 개성에서 태어났다. 극단의 수습생으로 입단하기 위해 일찍 상경했다. 뛰어난 말솜씨로 세태를 풍자하는 데 탁월한 재능을 가졌다. 세 치의 헛바닥으로 장안을 웃음의 도가니로 만들었다. 세종로의 부민관, 종로의 단성사, 을지로의 황금좌 등을 옮겨 다니면서 시대의 만담꾼으로 활약했다. 그의 예명은 본디 '신난다'였다. 무대와 객석의 소통이 바로 신나는 행위인 것이다. 하지만 한자의 '난다(難多)'가 '어려움이 많다'로 해석되기도 해 실제로 평탄하지는 않았다. 조선 독립을 연상시킨다는 구설수에 올라 고등계 형사들에게 연행되어 매를 맞으면서 철야조사를 당하기도 했다. '다시는 경성의 무대에 서지 않는다.'는 각서를 쓰고서야 풀려났다. 그리하여 그는 서울의 외곽을 돌면서 연예 활동을 했다.

그가 이때 조직한 극단 이름이 사대문 밖에서 활동한다고 해서 '문외(門外)'였다. 이 과정에서 자신의 예명도 신불출로 바꾸었던 것 같다. 신불출의 '불출(不出)'은 '못난이'와 '서울의 무대에 나가지 못하는 이'의 뜻을 지닌 것이라고 하겠다. 게다가 '불세출'의 의미를 지닌 것이기도 하다. 그의 이름은 여러 겹의 뜻을 지녔다. 그의 발화가 늘 중의성, 다의성이 내포되어 있다는 증좌다. 한마디로 말해, 그는 불세출의 희극인이다.

또 재미있는 일화가 있다. 소설가 홍명희의 대머리를 코미디의 대상으로 삼았다가, 홍명희가 연재소설 「임꺽정」에 '별 볼일이 없는 캐릭터'에 신불출이라는 이름을 부여함으로써, 신불출은 보기 좋게 복수를 당한 것이다. 그는 해방 후에 새로운 세상을 맞아 물을 만난 물고기처럼 활동했다. 그의 혀는 좌익 성향의 정치적인 발언들을 쏟아내고 있었다.

태극기 중앙의 붉은 빛은 공산주의이고 파란 색은 파쇼이며 그 주변의 팔괘는 승전국인 소련·미국·중국·영국이에요. 남북으로 분단된 우리 민족은 숙명적으로 이 네 나라의 신탁통치를 받게 되어 있어요. 그런데 만약 저 태극기에 물을 뿌리면 어떻게 될

까요? 빨간 물이 쭈욱 흘러 내려 파쇼를 뒤덮을 겁니다.

이때 객석에 숨어 있던 우익 청년들이 동시에 무대 위에 뛰어올라 '태극기를 모독하지 말라!' 하면서 뭇매를 가했다. 신불출은 미처 피하지도 못하고 만신창이가 됐다. 태극기 모독 설화 사건으로 인해, 그의 서울 공연은 끝이 났다.

그는 이듬해 월북을 했다. 그리고 6·25가 발발하자 문화선전대의 책임자가 되어 서울에 다시 입성했다.

그는 한국전쟁 이후에 북한에서 최승희 급의 예술가로 대우를 받았지만, 거듭되는 숙청의 정치적인 격랑을 결국 넘지 못하고 1962년에 이르러 공직을 박탈당하고 협동농장으로 쫓겨났다. 연산군 시대의 공길처럼, 그 역시 한 시대의 얼럭광대로서 말로가 좋지 않았던 것이다.

폴리테이너 김제동

지금 우리나라는 최순실 시국사건으로 인해 앞날을 예측하기 힘들다. 수십, 수백만의 인파가 촛불을 밝히면서 광화문으로 모여들고 있다. 이 군중 앞에서 정치적인 발언의 무대를 만든 이는 희극인 김제동이다. 그는 이미 노무현 대통령 장례식 노제의 사회를 봄으로써 정치적인 컬러에 관한 한 뚜렷한 인상을 남겼다. 그는 이 시대의 대표적인 '폴리테이너'이다. 정치적인 선동가로서의 연예인이다.

얼마 전에 그는 위기에 처했다. 그의 과거 영창 발언이 거짓말이었음이 제기된 것이다. 그 역시 '웃자고 한 일에 죽자고 달려들면, 답이 없다.'고 하면서 자신의 거짓말을 에둘러 인정하기도 했다. 이 위기의 상황에서 뉴스판 위에 때마침 최순실의 태블릿 PC가 등장한 것이다. 김제동의 거짓말은 없던 일이 되어버렸다. 아무도 관심을 두지 않았다. 가까스로 위기를 넘은 그의 혀는 요즈음에 와서 온통 정치적인 발언으로 점철되어 있고, 그의 발언이 강퍅할수록 입가에는 웃음기가 엷어져간다.

한국인과 미국인 사이에 생활가치관의 차이가 하나 있다. 우리나라 사람들은 거짓말에 관대하다. 반면에, 미국인들은 이에 매우 엄격하다. 뻔뻔한 거짓말쟁이 힐러리보다는, 천박한 막말꾼 트럼프를 선호한다. 미국이 공정한 절차와 합리적인 수단을 귀하게 여기지만, 우리에게는 이보다 결과와 목적을 중시하는 경향이 있다. 그도 그럴 것이, 어려운 시대를 거쳐 살아온 우리는 일단 살고보자는 식의 생각이 앞섰다. 거짓말을 좀 해도, 결과와 목적만 달성하면 그만이라는 사고가 우리 사회에 그 동안 팽배해 있었다. 이제 우리도 살 만큼 살고 있으니, 미국처럼 과정중심의 패러다임으로 전환할 때가 아닌가 한다.

김제동은 시대의 재담꾼이다. 젊은이들의 우상이기도 하다. 앞으로 정치적인 발언의 희극인, 국민들이 공인하는 폴리테이너로 성장하려면, 시류에 지나치게 편승하지 말아야 한다. 촛

우리가 햄릿이다

불 집회의 막간(幕間) 어릿광대가 되어선 안 된다. 광장에서 인기에 영합하지 말고, 골방에 틀어박혀 독서와 사색을 거듭하면서 역량을 강화하고, 때로는 자신을 성찰하면서 때를 기다릴 줄 알아야 한다.

피눈물의 진정성

1

박사학위를 받고도 6년에 걸쳐 떠돌이처럼 생활을 하던 시절이 있었다. 내 인생에서 가장 힘든 시기였다. 연구소 근무도 거절되고, 일본 유학은 이른바 '언감생심(焉敢生心)'이었고, 대학의 문을 수십 차례 두드려 보았지만 매번 냉정한 반응뿐이었다. 더 괴로운 것은 연구 실적을 하나씩 축적할 때마다 들려오는 이상한 '뒷담화'였다.

그건 그렇고, 또 이런 일도 있었다.

아마 1996년 5월이었던 것으로 기억된다. 모교의 국어교육과에 '현대시 및 문학비평' 전공의 교수를 채용하려고 한다고 해서 원서를 낸 적이 있었다. 석사 논문이 현대시 연구요, 박사 논문이 문학비평(사) 연구인 경우는 전국적으로 나밖에 없었다. 전공의 적격성을 믿고 원서를 낸 것이다. 학부 학생들이 강하게 요구해, 나를 포함한 후보자들은 학과에서 주최하는 청문회에까지 나가게 되었다. 나는 청문회장에서 문학과 영화의 텍스트 상호 관련성을 계발하여 교육의 질을 높이겠노라고 약속하기도 했다. 결국 나는 예선 탈락의 고배를 마시고 말았다. 내 탈락은 공개적으로 알려지게 되었다. 그리곤 한 사나흘이 지났다. 자기중심적이고 아집이 강한 송희복 씨의 탈락을 지지한다는 학생들의 대자보가 붙었다. 쓰러진 사람을 일으켜주지는 못할지언정 짓밟고 지나가다니. 속에서 무언가 울컥 치밀어 오르는 게 있었지만, 나는 정치화된 학생들의 소행을 외려 불쌍하게 생각했다.

생각하면, 피눈물이 날 만큼 어려운 시기였다.

하지만 나는 그때 피눈물이란 낱말을 한 번도 떠올린 적이 없었다. 이 세상에는 나보다 불행한 사람이 엄청나게 많을 거라고 생각했기 때문일 터이다. 이 세상에 나보다 불행한 사람이 없거나, 그다지 많지 않거나 할 경우에 사용할 수 있는 단어가 피눈물이라고, 나는 생각한다.

2

짐작하건대 8, 9년 전의 일이었던 것으로 생각된다. 권오만 서울시립대 교수(국문과)는 『윤동주 시 깊이 읽기』를 간행하기 위해 마지막으로 시인 윤동주의 유족들과 인터뷰를 하게 된다. 그 기록의 내용이 책의 부록처럼 남아 있다.

그는 윤동주를 직접적으로 아는 여동생 윤혜원은 물론, 그의 장조카인 윤인석 성균관대 교수(건축과)와도 대화를 나누었다. 윤동주의 할아버지인 윤하현(장로)은 자신이 세상을 떠난 뒤에 사용할 비석을 미리 준비해 두고 있었는데, 이것을 먼저 간 손자인 윤동주의 비석으로 사용했다고 한다. 이 대목에서 권오만은 윤인석에게 말을 건넨다.

> 참척을 겪으시고, 할아버지께서 쓰시려고 했던 비석돌로 먼저 떠난 손자의 비석을 깎으셨던 그 아픔이 얼마나 저렸을까요? '피눈물'이란 바로 그런 아픔을 가리키는 말일 것 같습니다. 윤 교수(윤인석─인용자) 댁 어른들께서 긴 세월에 걸쳐 참으로 의연하게 시대의 고난에 대처해 오신 모습을, 같은 시대를 살아온 이로서 존경스럽게 생각합니다. 참으로 고맙게 생각합니다.

이 인용문에 보다시피 피눈물이란 단어가 나온다. 권오만은 윤동주 가(家)의 비극을 두고 한마디로 말해 피눈물이라고 했다. 정말 적절하게 다가오는 말이다. 윤동주의 장례식을 치를 때 윤동주의 할아버지와 부모는 아무도 울지 않았다. 손아래

우리가 햄릿이다

사람이 죽으면 곡하지 아니하고 울음을 참는다는 조선의 법도 때문이다.

이처럼 울어야 할 상황에 울지 못하고 남몰래 마음속으로 흘러내리는 것이야말로 정녕 피눈물이 아닐까 한다. 어디 윤동주뿐이랴. 한국전쟁에서부터, 민주화 과정을 거치면서, 최근에는 세월호 사건에 이르기까지, 우리는 많은 피눈물을 뿌려 왔다.

3

얼마 전에 박근혜 대통령의 권한이 법적으로 정지되었다. 국회로부터 탄핵이 가결되었기 때문이다. 이제 헌법재판소의 최종 판결을 기다려야 한다. 그의 처지는 지금 대통령 관저라는 닫힌 공간에 마치 수인(囚人)처럼 유폐된 것에 지나지 않는다. 들리는 말에 의하면, 그는 저간의 심정을 이렇게 말했다고 한다.

피눈물이 난다는 게 무슨 의미인지 몰랐는데, 이제야 알겠다.

그도 사람이면 왜 답답함과 억울한 심정이 없겠냐마는, 피눈물의 진정성에 대한 만인의 공감은 그에게 그리 호응되지 않을 것 같다. 이 세상에 '나'보다 불행한 사람이 없다거나, 그다지 많지 않다거나 할 경우는 분명히 아닐 것 같고, 또 울어야 할 상황에 울지 못하고 남몰래 마음속으로 흘러내리는 신산(辛酸)과 비통의 그 무언가의 상황도 아닌 듯해서다.

제 4 부

내 지난날을

돌아보다

내 유년기에 낙인烙印된 신라

어렸을 적에 신라라고 하는 이름의 실체를 알기 전부터, 나의 의식 속에는 이미 신라가 낙인되어 있었다. 말하자면 내게 원초적인 지각 형태로서의 신라라고 할 수 있다. 지금의 사람들에게는 신라라고 하면 경주 그 자체를 지칭한다고 해도 과언이 아니다. 신라의 흔적이 대부분 경주에 집중되어 있기 때문에, 경주는 신라의 상징처럼 인지되어 있기 때문이다.

통일왕조 시대의 경주는 한반도의 지리적인 중심부에 위치해 있었던 게 아니라 동남쪽 변방에 치우쳐 있어도 천도하지 않았다. 물론 지금의 대구로 천도해야 한다는 여론이 있었으나, 경주 지역의 보수적인 기득권자들에 의해, 그 천도안은 좌절되기도 했다.

우리 한국인에게 경주는 각별하다.

다 아는 얘기지만, 천년의 역사가 온전히 담겨 있는 곳이다. 반면에 다 아는 얘기는 아니지만, 경주야말로 우리말의 기원이 되는 최초의 지점이기도 하다. 요즘 개그콘서트와 같은 TV 코미디 프로그램에 희극인들이 경상도 사투리로 흉내를 내면서, 아니 흉을 보면서 사람들을 막무가내로 웃기면, 서울에 사는 젊은 청중은 재미있다 못해 박장대소를 해댄다. 우리말의 역사가 이천 년 전으로 거슬러 오르면 지금의 경주에 닿는다. 중세 유럽의 공동문어였던 라틴어의 역사가 작은 마을인 라티움 (Latium)에서 시작되었듯이, 세계적으로 열 번째 정도의 언중 (言衆)이 확보되어 있는 한국어의 역사는 여섯 지역의 사람들로 옹기종기 모여 있는 작은 마을인 경주에서 시작되었던 것이다. 이 사실을 한 번쯤 생각해 본다면 자식이 부모를, 후손이 조상을 웃음거리로 삼는 것만큼 더 희극적인 일은 없다는 것을 우리로 하여금 알게 한다.

나는 경주에서 가까운 부산에서 성장했고, 더 가까운 울산에서 청년기 5년의 교사 시절을 보냈기 때문에 이에 관해 말씨나 지역 정서의 면에서 이질적인 느낌이 전혀 없다. 더욱이 불교 신자이다 보니 경주에 대한 친연성도 강한 편이다. 어릴 때 계백 장군의 전기(傳記)를 읽고 되읽고 하면서 눈물을 자주 흘리는 과정에서 한때 신라를 미워한 적은 있었지만 대체로 보아 신라는 내 정신의 고향과 같이 안온한 곳이다. 나에게 있어서의 경주는 신라의 잃어버린 낙원이 아슴푸레 남아 있는 곳이다.

내가 처음으로 신라와 만난 것은 대중가요를 통해서이다. 내 아버지는 당대에 유행하던 대중가요를 즐겨 들으셨다. 아버지가 가지고 계셨던 휴대용 SP 연주기를 당시에 축음기라고 불렀다. 가장 즐기시던 곡목(曲目)은 남인수의 히트곡들이었다. 그런데 성이 차지 않았던 건지 새로운 기기에 눈을 돌렸다. 라디오 겸용의 LP 연주기가 처음으로 나왔다. 1963, 4년 무렵인 듯하다. 아버지는 그 당시에 매우 진귀하고도 값이 비싼 이것(전축)을 구입하더니, 매일 같이 당신이 좋아하는 음악을 즐겨 들으셨다. 자연히 좋아하는 곡목도 바뀔 수밖에 없었다. LP 시대의 시작과 함께 급부상한 가수는 이미자였다. 내 아버지는 이미자의 가장 열렬한 팬이셨다. 아버지가 향유하던 그 노래 「동백 아가씨」와 「황포돛대」는 그때 작곡가 백영호가 작곡한 인기 절정의 곡목이었다. 「동백 아가씨」의 제목은 경남 남해군을 배경으로 삼은 원작 영화에서 일본식 소설 제목이기도 한 춘희(椿姬)를 우리말다운 표현으로 바꾼 것이며, 「황포돛대」의 노랫말은 창원시의 앞바다인 진해만을 그리워하던 한 청년의 사향(思鄕)의 시심을 달랜 것을 작곡한 것이다. 아버지는 이미자 노래뿐만 아니라 고봉산·김용만·백야성의 노래도 무척 좋아했다. 고봉산이 작곡하고 노래한 「용두산 엘레지」는 지금도 내

귀에 아련히 들려오고 있다. 유년기에 주구장창(밤낮으로) 들었던 아버지의 그 무수한 노래들은 지금 어디에 있나? 내가 가진 오래된 음반 속에 담겨져 있는 게 아니라, 나의 무의식 속에 켜켜이 쌓이고 쌓여서 지금 내 문학의 원천으로 어렴풋이 남아 있거나, 본원적인 자본으로 축적돼 있거나 하는 것이다. 또한 그것은 마치 내 마음의 지문처럼 남아 있는 또 다른 형태의 모국어가 아닌가도 싶다.

아버지가 듣던 이미자의 노래 중에서 수를 헤아릴 수 없을 만큼 듣고 또 들은 노래가 있다. 곡목은 영화주제가인 「에밀레종」이다. 신라 성덕대왕 신종에 얽힌 전설, 즉 에밀레종 이야기가 영화로 만들어지고, 또 노래로 불리어진 것이다. 나는 이 노래를 반세기 동안 잊고 있었다. 몇 년 전에 우연히 이 노래를 듣고, 아 그 노래이로구나, 하는 감회에 젖어 들었다. 그 잊어진 노래는 내 의식의 수면 위로, 뚜렷이, 생생하게 부상할 수가 있었다. 노랫말은 '아, 아, 아, 우는구나, 우는구나, 봉덕이가 우는구나.'로 처량하게 시작된다. 고봉산이 작곡한 이 노래는 이미자의 처연한 목소리로 애절한 비감의 극에 이르면서 마무리된다.

봉덕아,
울지 마라.

이 에미를 원망하며

이 에미를 원망하며

에~밀레
에밀레~

소리 높여
우는구나.

　나는 이 노래를 무수히 들으면서 신라라고 하는 아득한 과거
가 있다는 사실을 막연히 알기 시작했다. 아이를 죽여서 맑은
여운의 종소리를 내게 한다는 신비로운 얘기도 알 수 있었다.
하지만 우리가 알고 있는 에밀레종 전설은 역사의 진실이 아니
다. 이 전설은 역사의 고문헌에도 없을 뿐더러, 불교의 사상에
도 근본적으로 배치된다. 민간의 구전된 흔적도 없는 듯하다.
전설이래야 20세기에 전해진 것에 지나지 않는다. 생명을 중시
하는 불교에서는 인신(人身)을 공양하는 의식이 없다. 과학적
인 검증 과정에서 사람의 인 성분도 검출되지 않았다. 이러저
러한 사실을 두고 볼 때 19세기 말의 선교사나, 20세기 초의
일본학자들이 변형하고 왜곡한 이야기가 민간 백성들의 마음
속 깊이 파고들면서 세칭 에밀레종에 얽힌 이야기로 형성된 것
이 아닌가 한다.

내 유년기에 낙인(烙印)된 신라

어쨌든 어린 시절의 나는 그때 누구나 그랬듯이 에밀레종의 전설이 곧 진실이라는 것을 전혀 의심하지 않았다. 나는 한 줄기의 종소리에도 사람과 하늘, 삶과 죽음을 이어주는 신라가 신비하기 짝이 없는 아득한 과거요, 현대인이 결코 되돌아갈 수 없는 황금시대의 실낙원임을 막연히 느끼면서 서서히 성장해 가고 있었다.

아버지는 전축을 구입한 후 이태 남짓 지나서 텔레비전마저 구입했다. 국민소득의 상위 2, 3%가 아니고서는 엄두도 못 내던 귀한 물건이었다. 그 무렵에 '패티김과 함께'라는 독창(獨唱) 심야 고정 프로그램이 일주일에 한 차례 있었고, Y대학교를 갓 졸업한 애젊은 김동건 아나운서가 '명랑백화점'을 진행하고 있었다. 드라마에선 나옥주가 최고의 스타였다. 연속극 「짚세기 신고 왔네」는 단속적이나마 지금도 얼마큼은 기억 속에 남아 있다. 탤런트는 사미자와 강부자가 곱고 미운 대조적인 외모로 안방극장을 종횡무진으로 활동하고 있었다. 우리 어머니는 드라마를 무척이나 좋아했다. 어머니가 가장 즐겨 보던 것이 「원효대사」였는데, 아마도 그때가 1967년인 것 같다. 나는 내용이 어려워서 따라가지 못했다. 원효대사 역의 박병호가 요석공주와의 세속적인 사랑에 괴로워하면서 북을 미친 듯이 두드리는 장면의 이미지가 문득 떠오른다. 안방극장을 통해 본 「원효대사」는 내가 만난 또 하나의 신라였던 것이다.

이삼 년의 시차를 두고 나는 이처럼 두 가지 형태의 신라를 경험하였다. 대중가요「에밀레종」과 TV드라마「원효대사」…….
이 두 가지의 것이 내가 지식인으로서 살아가는 데 있어서 신라관을 정립하는 데도 작지 않은 영향을 미쳤으리라고 본다.

이 두 가지 것 가운데 물론 앞엣것이 뒤엣것보다 훨씬 강렬한 이미지로 남아 있다. 이를 두고 생각해볼 때 보이는 경험보다 들려온 느낌이, 산문적인 극의 형태보다 시적인 노래의 형태가, 좀 더 자란 시절보다 아무것도 모르는 어린 시절이 한결 낙인(烙印) 효과가 크다는 사실을 잘 알 수 있다. 덧붙여 말하면, 내가 다닌 다섯 군데의 모교 중에서 교가를 부를 수 있는 것은 초등학교 때의 교가뿐이라는 사실도 어릴수록 낙인 효과가 크다는 사실과 관련이 있을지 모르겠다.

이 글을 쓰는 기회를 통해 평소에 생각 속에 담아두었던 얘기 하나를 말하려고 한다. 다름 아니라 원효대사의 이름에 관한 소견이다. 원효의 이름(속명)은 '새부(塞部)'로 알려져 있다. 그런데 이것의 문헌적인 근거는 어데 있었는지 그동안 잘 몰랐다. 평소에 잘 알고 지내는 후배인 고영섭 교수(동국대 불교과)에게 전화로 문의하였더니 신라 때의 문헌인『대승기신론소』별기(別記)에 그 기록이 남아 있다고 한다.

원효의 본디 이름인 '새부'는 한자로 차용된 이름이라고 보이는데, 아마도 그것은 우리말 '새벽'에서 온 것이라고 추정된다. 새벽은 새롭게 밝아온다는 뜻의 '새밝'으로부터 비롯되었다. 그

내 유년기에 낙인(烙印)된 신라

런데 원효의 연고지인 경산—경주 지역에서는 '새벽'에서 기역이 탈락된 변이형으로 오래 존속되었을 것이다. 오구라 신페이(小倉進平)는 1920년대 초에 조선어 방언 조사에 헌신적인 노력을 기울였다. 그 결과에 이르러 좀 늦은 감이 있었지만, 『남부조선의 방언』(1938)라는 보고서를 서책의 형태로 상재하기에 이르렀다. 여기에 보면,

> 새배—흥해, 포항.
> 새베—창녕.
> 새비—밀양.

과 같이 경산—경주의 인근 지역에 기역 탈락의 변이형이 보인다는 중요한 사실이 확인되고 있다. 원효의 고향인 경산 일부 지역에선 '새부'라는 방언의 변이형을 가지고 있지 않았다고 확언할 수가 없다. 여기에서 중요한 것은 지금으로부터 백 년 전까지만 해도 신라어의 방언 변이형에서 갈라져 나와 오래 존속되어온 '새부, 새배, 새베, 새비' 등의 낱말들이 화자에 따라 사용되었다는 사실이다.

주지하듯이 원효는 법명으로 사용된 이름이다. 본래 사용한 이름이 아니라는 얘기다. 그럼 왜 하필이면 원효인가? 원효(元曉)라고 하는 이름에는 글자 그대로 '원래(元) 이름이 새벽(曉)이다'라는 기의를 지니고 있는 게 아닌가. 알고 보면 이름은 단

순한 기표에 지나지 않는다. 기의가 존재해도 대부분은 관심 밖이다. '개망초'라는 꽃 이름도 누군가가 불러주기 시작함으로써, 그 꽃은 비로소 개망초가 될 수 있었던 것이다. 개망초의 기의에 대한 관심은 몇몇 사람에게만 제한된다. 다시 되돌아가 보자. 원래 이름이 새벽이다. 이 기의에 대한 기표는 다름이 아니라, 우리말 한자음인 원효, 우리 토박이말이었던 새부(새벽)인 것이다. 관심이 있는 분들에게 내 소견이 참고가 되었으면 좋겠다.

  나는 6, 7년 전부터 경주를 자주 드나들기 시작했다. 해운대 숙소를 마련한 이래 경주에 가기가 쉬워졌기 때문일 터이다. 이 시기에, 경주 지역을 기반으로 한 국제언어문학회의 회장으로 3년간 일을 맡았다. 2012년에는 십 수차례 경주를 찾기도 했다. 이때 어머니가 갑자기 돌아가셨다. 선배 장영길 교수(동국대)의 도움으로, 어머니의 49재를 불국사에서 엄수했다. 이 일 때문에 그해 2월에서 4월까지 나와 아내는 아홉 차례에 걸쳐 경주를 찾았다. 내 일생에서 가장 흔들리던 시기에, 불국사는 나를 슬픔과 절망의 늪에서 구원해준 곳이었다. 그해 가을에도 학회 일로 몇 차례 더 방문했다. 이때부터 나에게 경주는 이미 낯선 곳이 아니었다. 왠지 모르게 연고지와 같다는 느낌이 물씬 드는 곳이었다.
  나는 유년기에 1960년대의 대중문화로 재현된 신라를 이미

처음으로 받아들였다. 물론 이것은 신라의 실체라고 할 수 없는 신라다. 신라의 실체와 무관한 신라관은 지금도 버젓이 엄존하고 있다. 소위 진보적인 식자들에 의해 왜곡된 그 신라관 말이다. 이를 두고 '신라의 발견'이라고 말해지기도 한다. 심지어 서정주의 신라정신을 친일(親日)의 연장으로 보는, 매우 부정적인 시각도 있다. 내 여생에 기회가 주어진다면, 신라의 문학과 예술, 신라의 불교와 사상을 더 깊이 있게 천착, 선양하고, 두루 가르치며 알리는 일을 하고 싶다.

기억의 잔상으로 남은 동네축구

내 나이가 열다섯 살이 되던 해였다. 내 인생에서 아마도 신체적인 기능이 가장 왕성할 때였을 것이라고 본다. 이때 나는 유도와 검도를 합성한 일본식의 무술인 심도(心道)도 배우고 있었다. 몇 달 만에 그만 두고 말았지만, 내가 만약 이를 지속적으로 수련했더라면 나의 심신에 적잖이 도움이 되었을 것이다.

내가 자신감을 가지고 있었던 운동 종목이 있었다면, 단연 달리기였다. 단거리는 물론, 오래 달리기도 잘 했다. 이 무렵에 100미터 달리기의 기록이 13초 2, 3 정도에 이르렀다. 육상 선수로 발탁이 되어 체계적인 훈련을 받았다면, 이보다 1초는 충분히 상회할 기록이 나왔을 것이다. 하지만 육상 선수로 성공할 만한 싹수는 아니었다. 달리기를 가장 잘 이용하는 구기는 축구다. 나 역시 축구를 무척 즐겼다. 토, 일요일이면 하루에도 동네축구 몇 경기를 마다하지 않았을 정도였다. 때마침 그 시절은 축구 붐이 전국적으로 요원의 불길처럼 번지는 시대적인 분위기라서 축구를 마치 국민 스포츠처럼 다들 좋아했다. 나는 이 무렵에 축구 선수가 되기를 간절히 원했지만 축구 선수로 성공할 만한 싹수도 더욱 아니었다. 순발력, 스피드, 드리블, 체력 등에서는 평범함을 넘어서 흠잡을 데가 없었지만, 축구 선수로서의 가장 기본이 되는 킥 력에 있어서는 평범한 수준에 지나지 않았다.

그날은 초여름이었을 게다. 마을의 또래 소년들과 함께 어느 중학교 운동장에서 가볍게 몸을 풀고 있었다. 이들은 인근 초등학교의 동기생들이었다. 난 몇 년 전에 이사를 왔기 때문에 이들은 내게 동네 친구들이지 동기생은 아니었다. 주변에서 놀고 있는 한두 살 어린 후배들마저 불러 모아 축구 경기를 하려 했다. 멀리서 운동복장을 한 채로 개인 훈련에 몰두하고 있는 선수가 눈에 띄었다. 동네친구들은 자신들과 초등학교를 함께 졸업한 그 선수에게 다가가 무엇이라고 요청을 하고 있었다. 요청하는 태도에는 간절한 바람 같은 게 묻어나 있었다. 그 선수와 함께 축구 경기를 하게 된 것이다.

그 선수는 당시에 부산중학교의 야구선수인 A였다. 나 하고는 동갑의 나이다. 초등학교 때부터 육상 분야에 발군의 기량을 발휘한 최고급의 선수였다. 허들 부문의 한국 신기록을 가지고 있었던 그의 누나도 부산 지역에 있어서는 스포츠우먼의 아이콘이었다.

야구선수인 A와 함께 축구 경기를 한다는 사실이 내게는 더없는 영광이었다. 더구나 같은 편에서 그와 함께 투톱 공격수로 뛰는 게 가슴이 설렜다. 질풍노도의 스포츠카처럼 A는 오른쪽 필드에서 엄청난 스피드를 발휘했다. 아무도 그를 막을 수가 없었다. 나 역시 신명이 나서 왼쪽 필드를 종횡으로 누비면서 공을 좇아 내달렸다. 상대편의 수비는 혼이 나간 채 우리 두 사람을 막는 데 급급했다. 내가 30대 초반까지 간헐적으로 축구를 해 왔지만, 이 경기만큼 스피드와 감각에 있어서 선수수준의 경기에 가장 가깝게 근접한 적은 없었다. A가 추동한 덕분이라고 할 수 있다. A를 익숙히 아는 상대편의 동네 친구들은 후반전에 A더러 공격은 하지 말고 수비만 하라고 종용했다. 경기를 마친 후에, 축구를 함께 즐긴 소년들 모두는 그늘에 앉아 담소를 나누었다. A는 대화의 중심에 있었다. 그가 거침없이 이야기를 늘어놓으면 그의 친구들은 마치 추임새라도 넣는 것처럼 따라 웃었다. 그는 이미 친구들 사이에서도 카리스마 넘치는 스타였다. 나는 아무 말이 없이 지근의 위치에서 그의 언행을 듣거나 지켜볼 수가 있었다. 정말 부러웠다.

A는 이듬해에 경남고등학교 야구부에 진학했다. 그가 3학년 때 당시에 전국의 절대 최강이었던 경북고등학교를 꺾고 전국

대회에서 우승하였다. 그때 그는 4번 타자였다. 그의 한 해 후배인 투수 최동원은 경북고등학교를 상대로 노히트 노런을 기록했다. 이때부터 최동원은 전국적인 명성을 얻게 된다. A는 고려대학교 야구부에서도 줄곧 4번 타자로 활약했다. 고등학교와 대학 시절에, 그는 스타급의 선수였다. 하지만 프로 팀 롯데 자이언트에 입단해서는 빛을 보지 못했다. 여기저기를 전전하다가 선수 생활을 마감하고, 지도자 생활을 하게 된다. 지도자로서도 두각을 크게 나타내지는 못했다. 다만, 십여 년 전에 김재박 감독이 이끄는 현대 유니콘스가 한국시리즈에서 2연패했을 때 타격 코치로서 우승에 힘을 보탰다. 이것이 그의 야구인으로서의 인생에서 가장 자랑스럽고 빛이 나는 순간이 아니었을까 한다.

그와 함께 한 소년 시절의 동네축구.

아무도 기억하지 못하거나 하려고도 하지 않거나 하는 그 동네 축구는 45년 전의 아스라한 내 기억의 잔상 속에 여전히 남아 있다. 이 기억 속에는 주제꼴에 육상 선수나 축구 선수로 한 자리를 차지해 보려던 내 소년 시절의 간절한 원망(願望)도 배어있다. 고등학교 2학년 때는 농구를 많이 했다. 이때 스스로 터득한 기량은 몇 년 후에 빛을 보았다. 교육대학생 2학년 시절에, 교내 체육대회에서 국어과 대표로 선발되어 결승전에서 체육과에 완승해 우승을 차지했다. 나는 이때 우승의 주역이었다. 공수에 걸쳐 활약했다. 몸이 민첩했을 뿐만 아니라, 리

바운드와 드리블과 슈팅 모두 능했다. 네트를 가운데 두고 하는 경기라면 나는 젬병 중에서도 젬병이지만, 축구와 농구처럼 몸싸움을 전제로 하는 경기는 그런 대로 내게 잘 맞았던 것 같다.

가련하여라, 한낱 봄날의 일이여

1

나는 고등학교 2학년 때 학교 공부보다는 독서에 더 만족해했다. 수학과 과학은 왜 그리 하기 싫은지. 나는 내 자신이 구축한 세계에 칩거하고 안주했다. 굳이 대학에 가야 한다는 동기도 그다지 크지 않았던 것 같다. 고3 때 송창식 콘서트를 두 차례 보러 가고 영화관에는 무시로 드나들었으니까 말이다. 요즘 같으면 있을 수 없는 일이다. 아버지는 말로 표현하지 않았어도 가업인 수산업을 함께 하기를 바라고 있었다. 만약 아버지의 주벽만 없었다면 나는 고향 부산에 머물러서 자갈치와 공동어시장을 오가는 삶을 살았을지 모른다. 어쩌면 일이 잘 풀

려서 돈을 크게 벌게 되거나, 또는 짭짤한 돈맛에 문득 길들여
가거나 했을지도 모른다.

2

고등학교 2학년 때 읽은 읽을거리는 체계적인 것이 아니었
다. 인문학 전반에 걸쳐 고금과 동서를 넘나들면서 닥치는 대
로 읽었다. 지금까지도 내게 기억이 남는 시와 산문이 있다. 시
는 많은 것들이 나의 삶을 바꾸어 놓았지만 지금 소개하려는
건 오언(五言)으로 된 짧은 한시(漢詩) 한 편을 말한다. 조선
선조 때의 한미한 선비인 송한필의 작품이다. 그의 형은 율곡
이이의 친구인 유학자 송익필이다. 형제는 서출(庶出)이어서
평생을 불우하게 살았다. 그래서인지 시의 내용도 무상감이 적
이 감돌고 좀 허무적이기도 하다.

　　花開昨夜雨

　　花落今朝風

　　可憐一春事

　　往來風雨中

이 시에 나오는 단어와 단어는 긴밀하게 짝을 맺고 있다. 명
사로는 어제와 오늘, 비와 바람, 밤과 아침이 놓여 있고, 동사

로는 피고 지는 것과 오가는 것이 나란하게 있다. 이 가지런한 짝 맺음의 미학은 마치 들숨—날숨과 같고, 밀물—썰물과 같다. 이 스무 자의 시 속에 우주적인 조화가 잘 이루어져 있다. 이런 이유 때문에, 그때 나는 이 시를 무척 좋아했는지 모른다. 내 식대로, 이 시를 풀이하면, 다음과 같다.

어젯밤 비에 꽃이 피더니
오늘 아침 바람에 꽃이 지누나.
가련하여라, 한낱 봄날의 일이여
비바람 속에서 오가느니.

원문 열다섯 자의 한자 중에서 가장 돋보이는 것은 지금 생각하니 한 일(一)자이다. 한 일자의 다의성이 빛이 나고, 그 매력이 넘치는 것은 처음으로 경험하는 일이다. 이 한 일자가 부여하는 그윽한 뜻은 한낱 보잘것없는 봄날의 일이 되기도 하고, 한때나마 덧없이 보이는 봄날의 일상사가 되기도 하고, 한 바탕의 봄꿈(춘몽)과도 같은 일의 실마리가 되기도 한다. 꽃이 피고 지는 것은 한낱 보잘것없는 봄날의 일거리다. 꽃이 피고 지는 것도 필경 비바람 속에서 오간다. 그 덧없음의 아름다움은 우리 인생사에서도 그대로 도입된다.

송익필·한필 형제가 서출로 태어나 평생을 불우하게 살다 죽는 것도 순식간의 일이다. 누구에게나 인생은 단 한 번일 뿐이다. 부귀영화를 누린다고 해서 절대 두 번 사는 게 아니다. 화무십일홍이요, 권불십년이라고 하듯이, 권력을 가지는 것도 무상한 것에 지나지 않는다. 우리 속담에 있는 것처럼, 돈도 마찬가지다. 3대로 이어오는 부자가 없고, 3대나 계속되는 빈자도 없다.

3

나는 고등학교 2학년 시절인 1974년에 주간지 『독서신문』을 1년간 정기구독을 하고 있었다. 인용한 글의 필자는 그 당시에 언론인이면서 재야 사학자로 유명했던, 게다가 유신체제 하에 불온의 낙인이 찍힌, 하지만 시대의 양심을 대변한 지식인이었던 천관우다. 그의 산문인 「산 역사와 죽은 역사」는 그 주간지에 발표되었고 나는 이것을 약간의 흥분과 외경의 심정으로 읽었다. 글의 도입부를 인용하면 다음과 같다.

> K군. '산 역사'와 '죽은 역사'에 대해서 이야기를 해 달라니, 대답할 사람을 잘못 골랐네. 얼마 전까지도 저널리스트로 지내오면서 틈틈이 한국사 관계의 글줄이나 써온 내가, 그런 이야기를 조리 있게 말할 도리가 있겠나? 그걸 알고도 굳이 나에게 말을 하라고 한다면, 저널리즘에 종사하는 동안에 역사에 대해서 느낀 내 나름의 몇 가지 생각이나 말해볼 밖에 없지.
>
> (독서신문, 1974. 10. 27.)

이 글은 매우 겸허한 논조로부터 시작되고 있지만 자신의 시대정신이랄지, 추상같은 가치관이 잘 반영해 있다는 점에서 한 시대의 명문이라고, 나는 감히 평가해 본다.

　산 역사, 죽은 역사 얘기는 그 당시에 나에게 매우 참신하게 다가왔다. 역사 하면 그때 나는 과거의 일과 관련된 객관적인 지식이나, 그 확장된 정보라고만 생각하였다. 지식이나 정보의 질량이 좀 뒤떨어진다고 해도, 뭔가 현실을 변화하게 하고 개선시키려는 의식이나 가치지향성이 있어야 한다는 것. 산 역사는 현실의 주체적인 요청에 따른 결과로 인식되어야 한다는 것이다.

　천관우는 산 역사를 실현하기 위해서 현실에 대한 문제의식과 참여의식을 가져야 한다고 주장하였다. 그는 역사의 문제의식을 가지기 위해선 역사를 바라보는 눈을 떠야 하며, 또 '어제를 알아야, 오늘을 더 잘 파악하고, 내일을 더 합리적으로 점칠 수 있는' 현실의 조건을 충족시켜야 한다고 보았다. 그리고 그는 역사의 참여의식을 가리켜 '현실의 산 역사, 나와 우리가 함께 만드는 역사'를 형성하는 데 의식적으로 참여하는 일이라고 한다.

　인간이 스스로 만들어가는 역사에는 우연이라는 것이 끼어드는 경우도 있고 인간의 힘이 미치지 않는 요소도 있다. 시민에 의해 새로운 현실을 주체적인 자유의지에 따라 만들어가고 있는 지금에 이르러 잇달아 일어나고 있는 광화문 촛불집회는 무엇보다도 역사의 참여의식을 보여준 적례라고 하겠다.

우리가 햄릿이다

4

최근에 촛불집회와 함께 국정(國定) 국사 교과서 문제도 초미의 관심사가 되어가고 있다. 국정 교과서는 시대착오적이다. 대통령이 정치적으로 궁지에 몰려 있는데 현실적인 대안으로 자리를 잡을 수도 없다. 국정교과서가 구체적인 삶의 현장과 아무런 관련성이 없는 연대기적인 지식의 나열에 불과하다면 죽은 역사다. 이뿐 아니라, 좌파적인 사관에 근거를 둔 국사 교과서도 진정한 의미의 산 역사가 아니다. 현재의 구체적인 전사(前史 : pre-history)를 밝히는 역사야말로 산 역사가 되는 것이다. 여기에 우연도, 운명도, 당색(黨色)도, 정치적인 옅은 편견도, 이데올로기의 조짐도 틈입되어선 안 된다.

천관우의 산문인 「산 역사와 죽은 역사」는 나의 소년 시절에 적잖은, 깊은 영감을 주었던 글이다. 교양 국어를 가르칠 때, 나는 이 글을 하나의 가르칠 거리로 선택하고는 했다.

나는 그의 문고판 저서인 『언관사관(言官史官)』을 그때 읽기도 했다. 여기에서 본 것인지, 아니면 다른 데서 본 것인지 잘 알 수 없지만, 43년 전의 기억에 오류가 발생하지 않았다면, 그의 주장 가운데 조선이 당쟁 때문에 망국을 오히려 지연시켰다는 이야기가 있었다. 그때 나의 충격은 컸다. 조선 망국의 한 원인이 당쟁에 있다고 다들 알고 있었기 때문이다. 뒤에 안 사실이지만, 그건 식민사관의 찌꺼기였다. 천관우의 역발상은 탈식민주의적인 역사관의 결과요, 소위 '무(無)당쟁'을 지향하는

1인 독재의 유신 시대에 대한 첨예한 문제의식을 던져주는 것
이기도 했으리라. 그는 언론인과 재야 사학자로서, 또 유신 시
대의 언관, 사관으로서 난세를 견디면서 칩거해 살아갔다.

　5

　박정희가 자연사할 때까지 한 세대 정도 유지될 것 같았던
유신체제는 권력 심장부의 내홍(內訌)으로 인해 8년 만에 막을
내렸다. 내가 앞서 송한필의 시를 인용한 바 있었는데, 역사의
기나긴 안목에서 볼 때 박정희에게 개인적인 정권 안보의 체제
인 소위 유신은 한낱 보잘것없는 봄날의 일이요, 한바탕 봄의
꿈, 즉 권력의 덧없는 일장춘몽에 지나지 않는다. 한 주간지에
실린 칼럼 「산 역사와 죽은 역사」를 남긴 천관우가 시대의 선
비정신을 온몸으로 보여준 의인으로 기억되고 있을 뿐이다.

자기 일 바빠서 한대 방아

　전래된 우리 속담에 '자기 일 바빠서 한대 방아'라는 속담이 있다. 해방 전후에만 해도 이 속담이 두루 쓰였다고 한다. 그런데 뜻이 정확하지 않아서 속담의 사용도 좀 불분명했을 거라고 본다. 대체로 바쁘다는 데 방점을 두고 막연하게 사용되었을 것이다. 이를테면, 앞 세대 사람들이 이런 식으로 말하지 않았을까? 자기 일 바빠서 한대 방아라고, 내 일이 요즘 많이 밀려 있어서, 자네 일을 도와줄 수가 없네 그려.

　그런데 중요한 것은 '한대 방아'가 뭐냐는 거다.

　설화 전공의 국문학자였던 장덕순은 이 속담의 유래를 『삼국유사』에 실려 있는 욱면(郁面)의 설화에서 비롯된 것이라고 보았다.

    8세기 신라의 경덕왕 때 지금의 진주에서 일어난 일이다. 당시에 진주를 강주(康州)라고 했다. 마을에 큰 불사가 있었다. 이때 한 귀족의 집에 욱면이라는 여자 종이 있었다. 안주인을 따라 절에 가서 불당에는 들어가지 못하고 절 뜰에 서서 염불을 따라 했다. 하지만 주인은 그녀가 여자 종의 신분으로 분수에 맞지 않게 불사를 열심히 참여하는 것이 못마땅하여 매일 벼 두 섬을 주면서 하루 저녁에 다 찧게 했다. 욱면은 주인이 시킨 일을 마치고는 절에 와서 불사에 참여하는 일을 게을리하지 않았다. 여기에서 잠깐. 역사서의 행간 읽기가 가능하다면, 욱면이 과로하여 죽었을 것이다.

    하지만 그녀는 구원을 받았다. 그녀는 허공으로 솟아오르더니 불당의 천장을 뚫고 서쪽 하늘로 날아갔다. 죽음인 동시에 이른바 성불(成佛)인 것이다. 그녀는 서쪽으로 가서 형해를 버리고 진신으로 변형하여 연대에 앉아 금빛 찬란한 큰 광명을 내리비추었다. 그녀의 주인 역시 그의 집을 이인(異人)이 머문 곳이라 하여 절로 희사하였다. 이 절은 법왕사였다.

    그러니까, 한대 방아란, 다름 아니라 한댁(큰댁) 방아, 즉 주인집 방아를 말한다.

    이 대목에서 속담의 뜻도 분명하게 드러난다고 하겠다. 불공

우리가 햄릿이다

을 드리러 가는 자기의 일이 바빠서 주인집의 방아 일을 서두른다는 것이다.

나 역시 욱면의 일과 비슷한 일을 겪은 바 있었다. 나는 대학원 박사과정에 재학할 때 예능계 고등학교 국어 교사로 재직한 적이 있었다. 그 당시에 일반계 고등학교보다 2할 정도 월급이 적었고, 3할 정도 일이 많았다. 대학원에 재학하는 사람이 교사로 재직한다는 사실이 주변 동료 교사들의 눈에 곱게 보이지가 않았던 모양이었다. 교감은 사사건건 트집을 잡았다. 2년차 시절엔 아예 고3 담임까지 맡겨 놓고는 대학원 다니려면 사직을 하라고 은근히 압박했다.

나는 그 당시에 대학원 공부하는 내 일이 바빠서 근무하는 학교 일을 서두르지 않을 수 없었다. 오후에 대학원 수업을 받으러 가는 날에는 비싼 값을 치를 택시로 움직일 수밖에 없었다. 그 시절에 나는 코피가 터지기 일쑤였고, 등 쪽에 담이 생겨 남학생을 불러 숙직실에서 파스를 붙이게 한 일이 빈번했다.

서양인들의 스트레스가 위에서 아래로 향한다는 점에서, '스트레스 받다'의 영어식 표현은 '언더 더 스트레스(under the stress)'에 해당한다. 반면에 동양인들에게 있어서의 스트레스는 아래에서 위로 치솟아 오른다. 좌불안석이란 말이 그런 것을 방증한다.

그때 그 시절의 내게는 스트레스가 위아래 모두 향하고 있었던 게 아닌가 한다. 코피의 경우가 전자이고, 담의 경우는 후자다. 머리를 짓누르는 열은 순환 장애를 일으킨 것인지 코에서 피로 흘러넘치고, 교무실에 앉아 쉬어도 늘 가시방석이거나 좌불안석이었다. 동료들과 친해야겠다는 생각이 들어, 남들이 하기 싫어하는 일요일 숙직을 자청했다. 내가 그때 숙직실에서 KBS 드라마 「토지」를 거의 빠짐없이 본 것도 이 때문이었다.

직장 생활을 하면서 공부를 하는 일이 결코 쉬운 게 아니었다. 직장 일을 마치고 집으로 돌아가면, 대개 8시가 넘었다. 손발을 씻고 책을 펴면 9시가 되었다. 새벽 1시가 되면 겨우 잠자리에 들곤 했다. 이런 와중에 시간을 쪼개어, 나는 조선일보 신춘문예에 당선될 문학평론 작품을 구상하고, 또 구상한 내용을 조금씩, 조금씩 쓰고 있었다.

자기 일 바빠서 한대 방아…….
내 젊은 시절의 한 순간을 생각나게 하는 속담이다. 그 힘겨운 2년간의 교사 시절이 없었다면, 오늘의 내가 이렇게 탈이 없이 건재할까 하는 생각도 든다.

금호동의 옥탑방에서 보낸 한 시절

　내가 살아오면서 가장 가난하고도 힘이 들었던 시기는 금호동 옥탑방의 시절이었다. 전철 금호역에서 산 쪽으로 오르는 자드락길 중턱에 3층의 다세대 주택이 있고, 그 옥상에 단칸방이 있었다. 단칸방과 잇닿는 곳에 부엌으로 사용할 수 있도록 만든 가건물이 있었다. 방과 부엌의 크기는 비슷했고, 방 옆에는 혼자 앉으면 될 만큼의 크기로 된 수세식 화장실이 있었다. 옥상에서 내다보면 마을이 훤히 보일 만큼 시야는 탁 트였다.

　1990년, 조선일보 신춘문예 문학평론 부문에 당선이 되어 정식으로 문단에 등단하였다. 7년 전에도 경향신문 신춘문예의 (당선작 없는) 가작 입선을 통해 지방 문단에 기웃거린 적이 있었지만, 이 경우는 등단추천제를 견주어볼 때 이른바 초회(初回) 추천과 같은 것이었다. 그 무렵 나는 예능계 고등학교에서 국어 교사로 근무하고 있었는데, 박사 학위를 준비하기 위해 사직서를 냈다. 그리고 대학원 박사 과정의 수업은 끝이 났지만 두 학기 등록금을 더 내야 했기 때문에, 이를 면제받는 조건의 무급 조교 자리라도 고마운 마음으로 수락할 수밖에 없었다.

내가 그해 여름에 동국대학교에서 비교적 가까운 금호동 옥탑방으로 이사했다. 돌아가시기 1년 전의 아버지는 천만 원의 전세금을 흔쾌히 내 주셨다. 2017년 지금의 시세로 오천만 원은 족히 될 것 같다. 나는 1997년 봄까지 6년 8개월간에 걸쳐 거기에서 살았다.

이 한 시절의 살림살이는 매우 옹색했다.

원고료와 강사료만으로 생활했다. 저축은 하지 못해도, 그나마 빚이 없는 게 다행이었다. 사는 것이 어려워도 밥을 먹어야 했고, 또 싫지 않은 술은 마셔야 했다. 요즘 말로 한다면 서울을 상경한 이래 혼밥·혼술은 더 심해져 갔다. 사람들과 관계를 깊게 맺으려 하지 않았다. 사람들의 갈등에도 엮이고 싶지 않았으나, 뭔가 엮으려고 하는 사람들이 있었다. 그러니, 아무리 세상을 둘러보아도, 따뜻한 격려의 말 한 마디 해주는 사람이 없었다. 오히려 저 혼자 살 궁리를 찾으려 하는 것 아니냐, 제 혼자 커가려고 하는 것 아니냐 하는 사늘한 시선만이 주변에 있었다. 세상은 힘들고 지친 사람에게 더 매질을 가한다는 소위 희생양과 가학(加虐)의 원리를 경험적으로 터득한 시절이었다. 문단에서도 입지를 마련하기가 쉽지 않았다. 하지만 1990년대 초, 동병상련의 힘든 처지에 서로 의지할 수 있었던 이승하를 만났다. 힘든 가족사에 공감하는 등, 그와는 인간적으로 여러 모로 다사로운 교감이 있었다. 『월간 현대시』의 편집 일에 관여하던 1994년 이후에는, 김강태·이숭원 등과 함께 네 사람이 주로 자주 만났다.

원고지와 사투를 벌여야 했다.

그 시대는 아이엠에프가 오기 이전이어서 원고료 수입이 그다지 나쁘지 않았다. 강의가 없는 날에는 주로 밤을 새었다. 날이 밝아질 무렵이면, 새벽의 길가에서 상인들을 위해 준비한 포장마차에서 토스트와 커피로 아침을 대충 해결하거나, 금남시장 부근에 스물네 시간 열려 있는 식당에서 해장국을 먹거나 했다. 그리고는 열 시나 열한 시 즈음까지 잠을 청했다.

금호동 옥탑방은 부엌까지 책으로 뒤덮여 있었다. 언제나 담배 연기가 자욱했다. 7년이 가까워지면서 담배 연기로 인해 벽지가 변색이 되었다. 7년 가까운 시간에 걸쳐 내가 쓴 원고의 양은 단행본 열 권 이상의 분량이었다. 이 금호동에서 박사학위를 받고 일여덟 권의 책을 냈다. 이때 간행한 책으로는 『해방기 문학비평 연구』(1993)와 『한국문학사론연구』(1995)가 가장 대표적인 내 초기 저술물인데, 이승하가 문학과지성사와 문예출판사에 교량 역할을 잘 해 주었다. 지금도 그를 고맙게 생각한다.

강의는 동덕여자대학교 학장으로 계신 조상기 선생님의 배려로 오랫동안 했다. 학연이 있는 선배들이 도와주어서 여기저기에 낭인처럼 옮겨 다니면서 강의를 했다. 주로 한 강의의 교과과정은 문예비평론, 비교문학론, 현대시론 등의 전공과목이 많았다. 그 당시 시간강사들을 두고 '보따리장수'라고 비유했다. 그 시절의 서울 거리에는 한중 수교 이후에 들어온 조선족 여인들이 풀어놓은 보따리가 많았다. 호랑이 기름으로 만든 연고와 곰쓸개로 된 환약 등이 이 보따리 속에 있었다. 여기저기 옮겨 다니면서 삶을 도모한다는 점에서는 '잡 노마드'와 같은 개념이었다. 나는 누구보다도 잡 노마드, 즉 유목민적인 삶과 업(業)의 비애를 잘 안다.

박사 학위를 받기 전부터 대학에 교수로 입문하려고 줄곧 '어플라이'했다. 문을 지속적으로 두드렸으나, 쉽게 열리지는 않았다. 서울 지방 할 것 없이, (타교 출신을 임용하겠다는 총장의 추천 요청에 의한) Y대 국문과와 (지금은 없어진) 제주교육대학교에 이르기까지, 전국적인 규모로 문을 두드렸다. 아마 수십 차례였을 것이다. 그때만 해도 교수 임용의 실질적인 요건은 실적보다 인맥이었다. 최종 면접도 스무 번 이상 한 것으로 기억된다. 결국 결정된 이가 누군가를 알게 된다. 내가 그렇게 많이 실패하여도 객관적으로 증명하는 실적에 있어선 단 한 차례도 승복한 적이 없었다.

이런 와중에, 나는 불교 조계종이 공모한 불교문학상의 문학 평론 부문에 응모해 당선했다. 1996년 말의 일이었다. 무슨 기념으로 제정한 한 차례의 문학상인 것 같다. 응모 자격은 기성과 신인을 망라한다고 했다. 이때 나는 시상금 750만 원을 받았다. 내가 수중에 넣은 가장 큰 돈이었다. (이 돈은 이듬해에 라틴어와 고전희랍어를 배우는 데 많이 할애되었다.) 그러자 또 이상한 소문이 풍편으로 내 귀에 전해졌다. 송희복이 돈맛을 알게 되었다고 하는 그런 소문 말이다. 세상에 인간의 길은 여전히 멀었다.

부산의 우리 어머니도 점차 지쳐가고 있었다.

어머니는 부산의, 용하다는 한 철학관에 물어보았다고 한다. 댁의 아들이 집터가 좋지 않아 교수가 못된다고 했단다. 이 말에 나는 헛웃음이 나왔지만, 오죽 하면이라고 하면서, 어머니의 의사를 존중하지 않을 수 없었다. 철학관 사람이 북쪽으로 가라고 해서 방학동으로 이사했다. 이번에는 어머니가 불우한 아들을 위해 이천만 원을 내 놓으셨다. 원룸에서 투룸으로의 신분상승. 나의 기쁨은 이루 말할 수가 없었다. 그리고 일 년 남짓한 시점에, 박사학위를 소지하고도 6년간의 낭인 생활을 해온, 혹은 잡 노마드로 살아온 내가 국립대 교수로 임용될 수가 있었다.

방학동의 방학(放鶴)의 뜻은 학을 풀어놓는다는 것이다.

너무 멀리 풀어놓았을까? 그 학은 저 멀리 진주에까지 날아가고 말았던 것이다. 금호동 옥탑방 시절의 힘들고도 신산스러운 경험이 바탕이 되어서, 마침내 이르러선 자유롭고 홀가분한 진주행이란, 내 인생의 또 다른 봄이 찾아오게 된 것이다.

이 강산 낙화유수 : 나의 진주 생활

1

진주에서 교수를 시작한 지 이제 햇수로 19년이 되었다. 이 글을 쓰고 있는 이 순간에 달력을 바라보니, 앞으로 정년까지 남은 시간은 정확하게 5년 7개월 보름이다. 세월은 흐르는 물처럼, 지나가는 바람처럼 빠르다. 좀 과장된 비유가 허용된다면, 참으로 긴 시간이 전광석화처럼 지나갔다.

2

나의 진주 생활은 진주교육대학교 전임강사로 임용된 1998

년 9월로부터 비롯되었다. 처음에는 인간관계가 서먹할 수밖에 없었다. 교육대학교가 규모가 작은 대학이기 때문에 교수의 숫자는 적었다. 그렇기 때문에 큰 대학의 단과대학 같은 감이 없지 않았다. 동료 교수와의 관계는 타(他) 대학의 같은 학과 교수처럼 긴밀하게 얽혀 있었다. 과거에는 선, 후임자들 간에 권력의 관계가 부지불식간에 형성되어 있었으나, 내가 발령을 받을 때만 해도 이런 것이 많이 엷어져 있었다. 민주화된 세상에 교수 사회에 군사문화의 잔영(殘影)이 또 뭐란 말인가? 배운 만큼 배운 교수들 중에서도 은근히 유세부리려고 하는 이가 없는 것은 아니었다.

교수 사회는 전문가 집단의 사회이다. 각 분야에 궁금한 점이 있으면, 물어보기가 좋았다. 비교적 정확한 답변이 되돌아오기 때문에, 궁금증을 해소하기가 좋았다. 한 십 년을 재직하게 되면 교수들의 인간적인 면모도 두루 알게 된다. 사람마다 각자의 친소 관계가 형성되게 마련이다. 나는 동료 교수들과 나쁘지 않은 관계를 유지해 왔다고 본다. 19년 동안 나를 비난한 사람은 거의 없었으리라고 본다. 나 역시 남을 비난하거나, 이해의 갈림길에 따라 꼼수를 부리거나, 무엇인가 경쟁적인 인간관계를 맺거나 한 일이 없다.

교내에서 많은 분들과 관계의 폭을 넓혔지만, 나에게는 각별히 인간적으로 가까운 선배 교수들이 있었다. 손을 꼽으면, 이들은 세 분인데, 두 분은 이제 은퇴하고 한 분만이 남아 있다.

3

음악교육과의 김명표 교수는 1947년생이다. 퇴임하신 지도 거의 5년이 되어간다. 작곡가로 출중한 역량을 가진 분이며, 또 클래식 기타 연주자이기도 하다. 나는 이분으로부터 음악에 관한 많은 지식과 정보를 얻을 수 있었다. 김 선생님이 서양음악과 클래식을 고집하지 않고, 국악과 대중가요에도 깊은 관심을 가지고 있었기 때문이다. 퇴임하기 전에 나와 잦은 만남의 기회를 가졌다. 만날 때마다 유익했다. 말씀이 좀 어눌한 듯해도 음악의 논리 체계와 배경 지식에 두루 해박했다. 언젠가 내가 CD로 제작된 이분의 작곡 선(選)을 들어본 일이 있는데, 과문한 탓에 잘은 모르겠지만, 음악성이 매우 뛰어나다는 사실을 감지할 수가 있었다. 음악성뿐이 아니었다. 또 그의 음악에서는 사색의 깊이를 엿보거나 헤아려볼 수도 있었다. 김 선생님은 불교의 철학적인 면에 평소 관심이 있고, 또한 동양사상에 대한 교양의 바탕을 갖추고 있었다. 이분이 경남고등학교에 재학하던 소년 시절에 음악을 선택하지 않고 역사나 철학 등의 인문학을 선택했더라면, 이 분야의 훌륭한 학자로 또 다른 인생을 살았을 거라고 본다.

치밀한 성격과 청교도 정신의 소유자. 얼마 전에 은퇴한 컴퓨터 전공의 이재인 교수는 1950년 동란둥이로 태어났다. 서포 김만중이 병자호란 때 서해상의 배 위에서 태어났듯이, 이분은 6·25 때 가족이 제주도로 다급히 피란하는 중에 남해상의 거문도에서 태어났다. 일제강점기에 혜화전문학교를 졸업한 한 독립유공자의 자녀인 이 선생님은 본디 가계의 고향이 함경도이지만, 서울에서 주로 성장했다. 서울고·서울대의 엘리트 코스를 밟은 이분은 독실한 기독교인이시다. 남몰래 봉사도 많이 하셨다. 그 동안 나와는 가장 자주 만나서 술자리를 함께한 분이다. 신앙인으로서 사뭇 독실하지만 한 번도 자신의 종교에 대한 선교적인 발언을 일삼는 적이 없었다. 세상에 대한 편견이 없는 그는 한마디로 말해 신사였다. 약주를 즐기는 편이지만, 전혀 과하지 않고, 절제와 품위를 유지하려고 했다. 약간의 취기가 감돌면 가장 표준적인 서울말에서 함경도의 톤으로 바뀌는 것 같은 느낌을 주기도 했다. 삶의 경험이 다양하고 또 견문이 넓어서 얘기하는 내용이 흥미로웠다. 경위가 반듯하지 않은 상황에 대해서도 할 말을 다 하면서 사물의 정곡을 찌르는 추상같은 합리성과 판단력을 지니고 계셨다.

청소년 국가대표 급의 체조 선수 출신인 정우식 교수는 내가 평소 형님이란 호칭을 사용하는 분이다. 나보다 나이가 3년 위다. 고려대학교 특기생으로 입학했지만 함께 입학한 체조 선수들이 다른 학교로 1년 후에 다시 빠져나가는 바람에 일반 학생으로서 처지가 바뀌게 됨으로써 고생을 많이 했다. 대학의 학업을 보충하기 위해 고등학교 학생들이 다니는 종로의 학원가를 드나들었다. 특기생에서 일반 학생으로, 또한 고등학교 교사에서 대학 교수로 자신의 삶을 적극적으로 개척할 수 있었다는 점에서, 그는 입지전적인 인물이다. 성격이 매우 시원스러우면서 호방하고, 자기 이익을 위해 예제 기웃거리는 일이 없었다. 총장 선거에 출마했지만 종이 한 장의 차이를 극복하지 못하고 낙선했다. 4년 후에 출마하기만 하면, 내 판단으론 족히 당선이 보장되었지만, 선거에 출마하고 싶어 하는 후배 교수들에게 기회를 제공해준다는 명분을 내세워 끝내 출마를 포기하고 말았다. 우리나라 교수 사회에 이런 사람은 거의 없었다. 이 사양지심이야말로 정 선생님의 인생 위에 핀 한 송이 아름다운 꽃으로 평가되어야 한다. 그는 아낌없이 버림으로써 가득 채웠다. 귀감을 남기고, 존경을 얻었다.

4

진주는 천년의 향기를 머금은 고도(古都)다. 진주의 역사는 촉석루와 함께 시작했다고 해도 과언이 아니다. 촉석루가 만들어진 시점은 대략 천 년 전이다. 촉석루에서 가깝게 내려다보이는 다리의 이름이 '천수교'이다. 천수교의 수는 목숨 수(壽)요, 이 수는 년(年)과 같은 뜻의 글자다. 이 다리는 천년의 역사를 기념하는 이름의 다리인 것이다.

진주는 예로부터 산자수명한 곳으로 이름이 높았다. 고려 때 이인로의 『파한집』 첫머리에 의하면 진주가 영남의 가장 아름다운 곳이라고 했다. 진주의 어제오늘이 문화적으로 의미가 있는 장소성을 지닌 것이라는 관점은 산과 물의 조화라는 자연의 풍수적 형승(形勝)과도 무관하지 않다. 진주의 풍수는 지리산의 풍(風)과 남해의 수(水)를 배경과 전경으로 삼는다. 진산(주산)은 여러 산들의 줄기가 뻗어 내린 비봉산이요, 명당수는 지리산에서 흘러내리는 남강이며, 안산은 강 건너의 망진산이다. 서울의 풍수와 비교하자면, 비봉산은 청와대 뒤의 북악산이요, 남강은 청계천이며, 망진산은 청계천 너머의 남산(목멱)이다. 풍수란 무엇일까? 과문한 탓에 잘은 모르지만, 장풍득수(藏風得水)라는 표현에서 온 것 같다. 바람을 잘 갈무리하고 물을 얻는다는 것. 멀리 지리산이 차디찬 풍설, 즉 북서풍과 눈보라를 막아주면서 흘러가는 남강수를 얻는다는 점에서 살기가 좋은 곳이다. 이중환의 『택리지』에서는 진주를 두고 전국적으로 살기 좋은 곳 세 군데 중의 하나라고 했다.

전통적인 인문지리학의 관점에 따르면, 진주는 산과 물과 사람이 서로 조화를 이루는 곳이다. 배산임수의 진주는 예로부터 산과 물로 둘러싸인 '산하금대(山河襟帶)'의 입지를 갖춘 전형적인 삶의 터전이다. 산하금대라는 표현이 그대로 가리키듯이, 진주의 산은 사람들의 깃이, 진주의 물은 그들의 띠가 되었다. 진주는 이처럼 사람들의 모듬살이가 적당한 곳으로 인식되어 왔다. 살기 좋은 곳에 사람이 모이는 것은 정한 이치다. 그래서 진주는 예로부터 역사적인 인물이 많고, 특히 근대 이후에는 예술가들을 많이 배출했다.

우리가 햄릿이다

진주의 향토 음식 역시 지역의 풍수와 닮아있다. 진주의 전통적인 음식으로는 비빔밥과 냉면이 유명하다. 이것들은 산수의 조화, 배산임수의 입지가 만들어낸 결과이다. 모두 산해진미의 풍미를 지닌다. 비빔밥은 융합을 지향하는 음식이다. 진주비빔밥에는 진주 자생의 소재 외에도, 지리산의 나물과 남해의 해산물을 소재로 삼는다. 여기에 고사리와 도라지는 물론, 김과 조갯살, 또 멸치에서 우러난 맛국물을 사용한다. 진주비빔밥은 전주비빔밥과 어떻게 다른가? 기본적으로 역사도 더 오래 되었다는 자부심이 있다. 진주비빔밥은 근대에 개량된 향토음식이 아니라, 이미 조선시대에서부터 있었다고 한다. 그렇다면 '진쥬부븸밥'이란 용어에 대한 추정이 가능하다. 전주비빔밥의 기본이 콩나물이라면, 진주비빔밥의 그것은 숙주나물이다. 전자는 뭇 나물을 데친다면, 후자는 푹 삶는다. 이가 좋지 않는 연로한 사람들은 전자를 씹기가 좀 불편하다. 진주비빔밥은 나물을 푹 삶기 때문에 쇠고기 육회라는 날것이 절묘한 조화로움을 이루어낸다. 선짓국을 곁들이는 독특한 면도 있다. 진주비빔밥은 소재가 화려해서 '화반(花飯)'이라고 불리지만, 실제로는 상대적으로 소박하다. 진주냉면도 산해진미라는 점에서 마찬가지다. 합천 산간의 메밀과 남해에서 거두어들인 해물육수가 조화의 풍미를 자아낸다. 해주비빔밥이 닭고기 고명을 사용하듯이, 진주냉면은 예로부터 쇠고기 육전을 썰어서 고명으로 사용한다. 요컨대 진주의 전통음식은 산과 바다를 배경으로 해

이것의 조화를 추구하는 독특한 풍수(風水) 문화의 소산인 것
이다.

5

진주 하면 '낙화유수'를 연상시키는 곳이다. 우리나라 최초의
대중가요인 「낙화유수」는 진주 출신의 만능 엔터테이너 김서
정이 작곡한 영화주제가이다. 이구영 감독이 연출하고, 그의
여동생 이정숙이 막간에 주제가를 부른 무성영화 「낙화유수」
(1927)는 진주 기생이 주인공(복혜숙 분)이요, 진주를 배경으
로 삼은 영화다. 안타깝게도, 이 문화적인 가치를 진주 사람들
은 아직 잘 모른다.

영화주제가 「낙화유수」가 세상에 알려진 15년 후, 일제강점
기가 서서히 끝이 갈 무렵에, 진주가 낳은 불세출의 가요황제,
한 시대의 빼어난 가객인 남인수가 부른 노래의 제목도 「낙화
유수」다. 같은 이름에 다른 노래인 것이다. 두 박자 뽕짝이 아
닌 세 박자 왈츠풍의 노래다. 참 운치 있는 노래다. 나는 혼자
있을 때 이 노래를 곧잘 흥얼거린다. 시는 중얼거려야 하고, 노
래는 흥얼거려야 한다는 것이 평소의 내 지론이다. 언제나, 생
활 속에 시가 있고, 또 노래가 있어야 한다.

이 강산 낙화유수 흐르는 봄에

264

새파란 잔디 얽어 지은 맹세야
세월에 꿈을 실어 마음을 실어
꽃다운 인생살이 고개를 넘자

　나의 진주 생활 19년도 남인수의 '이 강산 낙화유수'처럼 그
렇게 흘러갔다. 인용한 글은 유행가 작사자로 더 유명한 일제
강점기의 시인이었던 조명암의 노랫말이다. 3절 중의 제1절이
다. 흐르는 남강과 솟구친 비봉산은 진주의 상징이듯이, 강산
은 진주를 연상시키는 말이다.

　그러나 강산은 강(江)과 산(山)의 합성어만을 뜻하지 않는다.
세상을 가리키는 말이기도 하다. 청나라의 제3대 순치 황제는
부귀와 영화와 제국의 권력을 버리고 오대산에 승려로 출가한
인물이다. 그의 시에는 '만리강산일국기(萬里江山一局碁)'란 내
용이 있다. 내용인즉슨, 만리의 강산은 한 판의 바둑이로다. 인
정세태의 무상함을 읊조린 것이다. 이 강산은 자연이 아니라, 사
람 사는 세상이요, 출가자의 입장에서 보면 홍진에 묻힌 속세이
다. 현대판 홍진이라면, 혼탁한 황사이거나 우리를 괴롭히는 미
세먼지다. 진주의 명무(名舞)였던 고 김수악 여사는 '강산제일
무', 즉 세상에서 가장 빼어난 춤꾼이라는 평가를 받기도 했다.

　낙화유수 역시 글자 그대로의 뜻이 아니다. 지는 꽃잎, 흐르
는 물. 꽃잎은 떨어지고, 물은 흘러가고. 흔히는 봄의 명미한
풍광을 말할 때 사용하는 말이다. 한 고등학교 국어교사가 옛

날에 말했다고 한다. '낙화유수가 흐르다니? 흐를 유(流)자가 어떻게 흐르더냐?' 소위 '역전(驛前)앞'과 같은 동어반복적인 표현의 오류를 지적하는 것 같다. 그러나 반드시 그렇지는 않다. 낙화는 유수를 그리워하고, 유수는 낙화를 그리워한다. 낙화유수는 남녀 간에 서로 그리워하는 애틋한 정을 이르는 말이다. 노랫말의 내용 역시 남녀 간의 상사(相思)를 소재로 한 것이다.

6

내가 진주에 살면서 생활의 취향이 많이 바뀌어졌다. 돈과 시간이 없어 개인적인 여행 한 번 제대로 못했던 나는 교수가 된 이후에 걸핏하면 해외로 여행했다. 일상이 산문이라면, 여행은 시였다. 나는 본디 유목민의 기질이 있었다. 하지만 생활의 여건이 허락하지 않아 골방에서 담배를 피워대면서 책 읽기와 글쓰기에 골몰하게 된 것이다. 또 하나 바뀐 것은 예술을 향유하는 갈래의 폭을 넓혔다는 데 있다.

진주에 와서 특히 이선유의 판소리와 박생광의 한국화에 관심을 크게 가졌다.

진주에서 활동하다가 세상을 떠난 이선유는 동편제의 명창이었다. 그의 소리는 단아하고도 견고했다. 그의 소리를 담은 복각본 CD를 들으면서, 나는 판소리의 미묘함에 매료되었다. 이때까지만 해도 나는 천상의 소리인 여창가곡만을 최고의 가치로 인정했다. 지금은 판소리가 여창가곡에 버금가는 진귀한 소리라고 내 스스로 인정한다. 이선유의 가계는 진주 예술의 인맥을 형성했다. 그의 여동생 이인자와 조카딸인 이윤례는 진주 검무의 명인으로 활동했고, 자신의 양자인 이재호는 가곡풍 대중가요를 작곡함으로써 일세를 풍미했고, 또한 이재호의 진주중학교 제자인 이봉조는 이를 재즈풍 대중가요로 계승했다.

　한국화의 한계는 수묵화의 유교적인 고립주의에 있었다. 그럼에도 불구하고 근대 6대가는 대체로 수묵화가였다. 우리의 채색화는 고구려 고분 벽화, 고려불화, 조선의 무속화와 민화로 이어져 왔다. 우리 회화사의 가장 빛나는 광채다. 그런데 우리 자신이 이 흐름을 비주류로 내몰면서 경시해 왔다. 자신에게 지워진 왜색(倭色)의 부담을 떨쳐내고 그 흐름을 창조적으로 계승한 박생광이야말로 우리 회화사를 다시 쓰게 한 작가이다.

　판소리에서 '귀명창'이라는 말이 있다. 소리는 못해도 귀는 명창의 수준이라는 뜻이다. 단순히 애호가 수준을 넘은 판소리의 전문적 수용자를 가리킨다. 내가 「이선유의 판소리와 그 제자들」이란 논문을 발표한 적이 있거니와, 이선유의 판소리에 관심을 가지게 됨으로써, 나는 이선유 판소리의 '귀범창'이 되었다. 즉, 평범한 수준의 수용자라는 뜻이다. 박생광의 한국화의 경우는 어떤가? 나는 박생광이 채색화로 부상하기 전의 그림 석 점을 수집해 보관하고 있다. 한국화를 보는 눈높이가 전문가의 수준에 도달하려면, '눈화사(畵師)'라고나 해야 할까? 나는 아쉽게도 이 수준에는 미치지 못한다. 굳이 말하자면 '눈화공(畵工)' 정도는 될 것이다. 내가 진주에 와서 이선유와 박생광의 진가를 알게 됨으로써 판소리와 한국화를 향유하는 귀와 눈이 귀범창과 눈화공의 수준에까지 올랐다고 본다.

7

나는 그 동안 진주의 서화(書畵)를 적잖이 수집해 왔다. 양달석의 촉석루를 그린 풍경화이며, 정현복의 참먹으로 된 글씨이며, 내게는 진주와 연고가 있는 화인과 묵객의 주옥같은 작품들이 있다. 한 50점 가까이 되는 것 같다. 나는 돈이 풍족하지 않다. 그렇기 때문에, 저비용과 고효율의 원칙에 따라, 하나하나 모으는 데 혼신을 다했다. 내 진주 생활의 이삭줍기이다. 언젠가는 '진주의 서화―송희복 교수 소장전'이라도 열고 싶다.

나는 지금까지 내 문학과 학문이 턱없이 저평가되었다고 생각한다. 이 사실이야말로 누가 뭐래도 내게는 단호한 생각이다. 변방의 시골에 사는 문사(文士)라서 그럴까? 내 스스로 생각해도 안타깝다. 하지만 한편으로는 이런 생각도 든다. 이선유와 박생광도 지방의 소리꾼과 그림쟁이로 살아가다가 노년기에 이르러 제대로 된 평가를 받기에 문득 이르렀다. 나도 그렇게 될까? 어쨌든 노경에 이르러 제대로 평가를 받은 그들이 있었기에 진주의 예술은 풍성할 수가 있었다.

후쿠오카 공항에서 아내를 보내며

2012년 1월. 일본에 잠시 있을 때였다. 이때 긁적거린 메모식의 볼품없는 일기가 어수선한 종이류를 정리하던 중에 3년 10개월 만에 우연히 발견되었다. 이때의 메모식의 일기문은 그렇게 의미를 둘만한 글이 아니지만, 나에게 또 다른 감회가 있다. 어머니가 갑자기 돌아가기 직전의 일이기 때문이다. 내 인생의 폭풍전야와 같이 고요한 시절에 긁적거린 글 가운데서 몇 가지 남길만한 것을 골라 나의 기록(산문집) 속에 남겨두려고 한다.

1월 15일, 맑음

나는 학교에서 받은 연수비용으로 후쿠오카에 왔다. 한 달간에 걸쳐 일본의 규슈에 있어야 한다. 하카타 역에서 여기저기 가는 곳마다 사람이 많았다. 이천 오백 년 전의 조몬 시대에는 일본인들의 수가 12만 명에 지나지 않았다. 그 후, 한파(寒波)로 인해 인구수가 반으로 급감했다. 사실상의 무인지경에, 한반도 남부 사람들이 일본 열도에 건너와 땅을 개간해 벼농사를 지으면서 야요이 시대를 열었다. 이때부터 인구가 서서히 늘기 시작해 지금은 일억 수천 명에 이른다. 인구수로 보나 경제 규모에 있어서 일본은 틀림없는 대국이다. 일본은 백제를 가리켜 '구다라'라고 했다. 큰 나라라는 의미로 보는 견해가 있다. 지금은 어떤가? 일본이 우리에게 (섬김의 의미가 배제된) 큰 나라다. 분단국 대한민국의 어쩔 수 없는 현실이요, 위상이다.

1월 17일, 맑음

후쿠오카 오호리 공원에 있는 미술관에는 조선시대 고(古)미술관이 따로 있었다. 여기에서 구운몽에 관한 8폭의 그림을 본 것은 뜻밖의 수확이었다. 일본에 있을 동안에, 담당 학예사를 만나 이에 관한 정보를 얻어낼 요량이다. 하지만, 사실상 짝퉁인 또 다른 버전의 모나리자를 보기 위해 사람들이 물밀 듯이 밀려온 것을 보고, 난 경악했다. 오후에는 후쿠오카 타워에서 아내와 함께 광활한 시내와 바다를 조망했다. 안내하는 일본

아가씨가 웃으면서 내게 말한다. 아직 한국에 못 가봤어요. 저 바다 너머에 있는 한국에 정말 가고 싶어요.

1월 19일, 비

나가사키는 비유컨대 귤이 물 건너 탱자가 되는 곳. 점심 때 나는 우산을 쓰고 아내와 함께 사해루(四海樓)에 가서 나가사키 짬뽕을 먹었다. 붉은 고춧가루의 국물이 아닌 짬뽕이 원조인 바로 나가사키 짬뽕이다. 지금의 일본 국왕이 젊은 왕세자 시절에 여기에 와서 너무 맛이 있어 두 그릇을 주문해 먹었다고 자랑스럽게 밝혀 놓고 있다. 백 년 전 여름에 중국의 복건성 탕육사면(湯肉絲麵)의 걸쭉한 국물이 나가사키에서 일본식의 참퐁이 되고, 또 이것이 우리나라의 인천항을 통해 받아들여져 한국인 입맛의 짬뽕으로 변했다. 여기저기에 돌아다니다 보니, 어느새 밤이 되었다. 15대째 이어온 카스텔라 가게인 복사옥(福砂屋)에 들러 카스텔라 한 상자를 사서 호텔로 되돌아 왔다. 카스텔라는 수 백 년 전에 포르투갈 상인들이 스페인의 카스티야 지방의 빵을 나가사키에 전해주어 유래된 빵이다. 나가사키의 오늘 밤, 여전히 비가 내리고 있다.

1월 20일, 비

인공섬 데지마(出島)에 갔다. 에도 시대에 유럽인들의 거주지를 복원한 곳이다. 우리 식으로 하면 부산포의 왜관인 셈이

후쿠오카 공항에서 아내를 보내며

다. 비가 내리고 있다. 데지마의 일본식 가옥에 나 있는 창문들은 열려 있다. 비를 막아주는 덧문도 열어 놓았다. 이 덧문을 가리켜 '아마도(雨戶)'라고 한다. 내가 어릴 때 부산에서는 덧문을 '아마다문'이라고 잘못 불렸다. 나가사키는 오늘도 비가 내렸다. 유명한 노래의 제목이기도 하다. 반전, 반핵의 뜻이 담긴 노랫말도 참 좋다. 1980년대 말에, 반전, 반핵, 하면서 구호를 목청껏 내지르던 그 청년들은 지금 어디에 있을까? 북핵(北核)이 시작되면서 그 구호를 멈추어버렸던 그들. 그래, 결국은 누구를 위한 반전, 반핵이었나? 비가 내리는 겨울날 나가사키의 소슬함이여. 전차를 타고 하루 종일 돌아다녔다. 내가 어릴 때 부산에서 타던 전차다. 과거의 시간을 여행하는 기분이다.

1월 21일, 맑음

나가사키에서 사흘 밤을 묵고, 하우스텐보스에 왔다. 여름엔 사람들이 미어터진다는 인공 낙원인 여기. 나는 여기에서 별다른 감동도 없이 그저 그런 호텔에서 하룻밤을 보낼 것이다. 이곳에, 네덜란드풍의 건물을 세우고, 소용없는 풍차를 돌리고……. 사람들은 왜 그다지 짝퉁에 열광하는 걸까? 사람들을 배로 옮겨주는 수로를 만든 것은 그나마 다행이라고 생각한다. 밤의 뱃놀이. 이것뿐인 듯하다.

우리가 햄릿이다

1월 24일, 흐림

정유재란 후의 우리 도공(陶工)들이 가마를 연 아리타와 이만리를 거쳐 후쿠오카에 다시 왔다. 오늘은 아내를 보내는 날이다. 아내도 서울에서 자신의 일상으로 돌아가야만 한다. 공항에서 아내를 서울로 보내고, 나는 외로워서 규모가 큰 헌책방으로 갔다. 외로움을 달래려고, 서너 시간을 보내며 책을 골랐다. 저녁에는, 술 자주 마시지 말라는 아내의 부탁에도 아랑곳없이, 숙소에서 아내 몰래 생선회를 안주로 삼아 일본의 전통주를 마셨다. 내 삶의 경험에 의하면, 마음의 빈 터를 채우는 것이 술이었다. 그런데 마음이 허해지면 몸도 실할 리 없다. 마음이 허하다고 해서 꼭 술을 마셔야 하나? 앞으로는 술을 좀 멀리해야 할 까닭이 여기에 있다.

후쿠오카 공항에서 아내를 보내며

시대로부터 소외된 나의 시대

　그 칼럼을 읽어보니 묘하고도 착잡한 상념에 사로잡혔다.

　오늘 이른 아침, 서울아산병원에서 건강 검진 결과를 기다리면서 아침 신문을 읽었다. 여기에 순혈과 잡종에 관한 칼럼이 있었다. 다문화 사회로 정착되어가는 이 시점에 순혈에 대한 잡종의 가치를 논하는 일이 두말할 나위 없이 당연한 얘기이겠지만, 20여 년 전만 해도 우리 사회는 순혈이 지배하는 사회였다. 이것은 경험하지 않은 사람은 잘 모를 거라고 본다.

　1990년대 초반까지만 해도 우리 사회의 순혈주의는 정계의 티케이(TK), 군부의 하나회로 말해지는 대표적인 아이콘이 있었다. 두 전직 대통령이 법적인, 내지 역사적인 심판을 받고부터 그 음습한 순혈주의는 우리 사회에 설 자리를 점차 잃어가고 있었다.

유전학적인 면에서 볼 때, 순혈보다는 잡종이 환경 적응력이나 질병 대응력에 있어서 탁월하다는 것은 이미 잘 알려져 있는 사실이다. 그런데도 왜 건강하지 못한 사회일수록 순혈의 가치에 치중하는 것일까? 순혈주의의 극단에 히틀러의 광기가 놓여 있지 않았던가? 인간의 비인간화, 내지 원색적인 인간의 배타적인 이기주의 속성 때문이다.

내게 있어서의 1990년대란, 의욕적이지만 슬픈 시대였다.

순혈과 잡종이란 말만 들어도 피가 거꾸로 솟구치는 것 같은 감회를 가지게 한다. 이 시대의 10년간은 내게 있어서 우선 경제적인 분배 정의로부터 소외된 시대였다. 2년간에 걸친 고등학교 교사를 사직하고 난 다음에 받은 퇴직금을 6개월 생활비로 모두 날려 보내고 나니, 나는 무일푼이 되었다. 이때부터 대학 교수로 발령이 나기까지 정확히 8년간에 걸쳐 원고료와 강사료로써 한 시대를 버티면서 살아갔다. 소설로 재산을 증식하거나 부를 축적할 수 있어도, 비평문으로 최소한의 생활비를 충당하는 것은 도저히 있을 수가 없는 일이지만 말이다. 원고 청탁이라도 올 것 같으면 비록 쥐꼬리 같은 원고료일지언정 거절하는 일이 없었고, 경우에 따라서는 이러저러한 좋은 비평적 토픽이 있으니 내 글을 실어달라고 잡지사에 역(逆)청탁을 하기도 한 일이 빈번했다. 내가 처음으로 대학 강단에 섰을 때 시간당 강사료는 지금의 16분의 1일에 지나지 않았다.

나는 금호동 언덕의 단칸 옥탑방에 살던 시절을 종종 잊지 못한다. 벽이 온통 헌책으로 둘러싸여 있어 한 몸 누울 자리마저 편치가 않아서 사정이 어렵고 딱한 지경은 이루 말할 수 없었다. 방학동 투룸으로 이사하기까지 난 거기에서 7년을 살았다. 1990년대에 십 수 권 간행된 내 초기 저작물의 대부분 원고는 그때 거기에서 쓴 것들이었다.

물질의 곤핍함은 참을 수 있었다. 하지만 정신의 공허와 좌절감과 황폐함은 정말 참기가 어려웠다. 나를 잡종으로 생각하는 주변의 사람들이 적지 않았기 때문이었다. 나는 모교인 동국대 국문과에 뿌리를 내릴 수 없었다. 편견의 벽은 참으로 두터웠고 견고했다. 나는 학부 2학년 편입생이라고 하는 출신 성분의 낙인으로부터 한 치도 벗어날 수 없었다. 어떤 글을 써도 어떠한 논문을 발표해도 언제나 논외(論外)의 대상이었다. 후배들이 송 선배의 비평이나 논문에 대해 좋고 나쁨을 평가한다는 것 자체가 암묵적인 금기가 되어 있던 분위기였다. 연구소 상임연구원 인사 문제에 끼어드는 것조차 내겐 언감생심이었다.

한 조직에서 두 강자가 갈등을 일으킨다면, 이들은 잠시 갈등을 멈추고 조직의 평화를 위해 그 모두가 아무런 죄도 없는 약자를 함께 공격하게 마련이다. 조직 안에서 갈등이 생기면

서로를 표적으로 삼지 않고 애먼 제3자를 표적으로 삼는다는 것. 동물의 세계에서나 흔히 있음직한 일이다. 이것은 희생양 의식(儀式)의 은유이기도 하다. 지금 생각하면 하나하나가 악의 묵시록 같은 얘기다.

작은 집단일수록, 순혈—잡종의 경계선이 뚜렷하다.

반면에, 천년 제국의 로마를 보라. 로마의 역대 황제는 반 정도가 잡종이다. 우리의 상식으로 볼 때, 로마 황제의 반 정도가 속주(屬州)와 이민족의 출신이었다는 역사적인 사실이 거의 믿기지 않을 것이다. 다섯 명의 현명한 황제 중의 한 사람으로 손꼽히는 트라야누스 황제 역시 속주 출신의 잡종으로서 로마의 평화와 번영, 로마식의 태평성대를 열지 않았던가? 이처럼 로마가 세계 제국으로 오래 유지할 수 있었던 것은 순혈의 음습한 폐쇄성을 떨칠 수 있었기 때문이 아니었겠는가?

나는 모교에서 교육의 포부를 펼치려던 희망을 일찌감치 접었다. 내 스스로 살아가기 위해선 바깥으로 눈을 돌려야만 했다. 수 년 간에 걸쳐 교수 채용의 면접을 본 것만 해도 결코 적지 않은 회수였다. 도살장에 끌려가는 소처럼 끌려 다니면서 들러리를 섰다. 마침내 남은 것은 여기저기에서 당한 수모의 기억뿐이었다. 면접자들은 대부분이 피면접자의 약점을 파고드는 공격적인 질문에 익숙해 있었다. 들러리 선 결과는 불을 보는 것처럼 뻔했다.

내가 몸을 담고 있는 문단과 학계도 마찬가지였다. 순혈과 잡종의 관계는 명문대와 비명문대, 주류와 비주류, 중심과 변방 등의 이항 대립의 구조화로 이미 환치되어 있었다. 이 관계는 지금도 온전히 해결되어 있지 않은 것처럼 보인다. 지방대 교수의 보이지 않은 차별과 한계를 겪어보지 못한 사람은 잘 모른다. 한 개인의 능력보다는 그가 속해 있는 포지션이 어디냐에 따라 모든 것이 결정되는 사회는 건강성이 서서히 상실해가는 징후를 보인다고 해야 할 것 같다.

나는 1990년대에 문단의 에콜 어디에도 가담할 수 없었기 때문에 항상 뒷전으로 물러나 있어야 했고, 학계에선 교수가 아니라는 이유로 내 학문의 성과가 정당하게 평가되지 못하였다. 나는 그 시대에 비평가로서, 또 연구자로서 동시대의 위상에 자리매김이 될 수 없었다.

그 시대에 만점(萬點)의 글 자취를 남겼어도, 나는 문단과 학계로부터 철저히 소외되어 있었다. 내가 신예에게 주어지는 그 흔한 지원금 한 번 받아보지 못한 채, 동시대가 보상하는 언론의 주목 한 번 제대로 받아보지 못한 채, 나의 1990년대는 그냥 그렇게 흘러가고 말았다.

한마디로 말하자면, 나는 시대로부터 철저히 소외된 무력한 존재였다. 하지만 지금 생각해보니, 1990년대는 누가 뭐래도 나의 젊음과 열정이 살아서 숨을 쉬었던 시대, 즉 누가 뭐래도 '나의 시대'이었다고 생각된다.

우리가 햄릿이다

언젠가, 1990년대에 발표하여 내 저서의 여기저기에 흩어져 남아있는 문학비평의 총량 가운데 대표적인 것들을 정선하여 소위 '비평선(批評選)'이라고 이름이 된 하나의 단행본을 엮어보고 싶다. 한 시대를 살았던 내 흔적을, 있는 그대로 남겨보고 싶어서다. 이미 흘러간 시간의 진공은 앞으로 후세가 감지하고 감당해야 할 몫이 아닌가. 출판하는 비용이 좀 들더라도 아끼지 말아야겠다.

피터 오툴처럼, 피터 팬처럼

1

진주에서 경주로 갔다. 나는 최근에 한 오 년 동안, 학회 일로 인해 경주를 꽤 자주 오가곤 했다. 어제는 동리목월문학상 시상식에 초대되었다. 시상식장은 더-케이 호텔. 경주 시외버스터미널에서 좀 떨어져 있는 곳에 위치해 있다. 경주의 날씨는 흐렸고, 진주보다도 추웠다. 초겨울의, 냉하고도 스산한 바람이 불어 왔다.

2

동리목월문학상은 거액의 상금 때문에 문단에서 문인들에게 이미 오래 전부터 선망의 대상이 되어 왔다. 이 중에 목월상은 문정희 선배가 수상자로 결정되었다. 문 선배는 나 보고 친정에서 온 하객이라면서 기뻐했다. 시상식의 호화로움은 극에 달한 느낌이었다. 욕망에 의해 지배되는 존재가 인간이고 또 나도 어쩔 수 없이 인간인지라, 두 시간 가까이에 걸쳐 진행된 행사 내내, 나의 부러움도 점차 고조되어 갔다.

물론 나도 문학상을 두 차례 수상한 바 있다.

내 가난한 젊은 시절인 1984년과 1997년이었다. 불교계가 불교문학을 선양하는 의미에서 내건 공모전이었다. 지금의 화폐 가치로 추정하자면, 그때 나는 오백만 원 좀 모자라고 또 천만 원 좀 넘는 듯해 보이는 상금을 각각 받았었다. 이 두 가지 것이 내 생활에 긴요하게 활용되었던 것은 두말할 필요도 없다. 1984년 때의 공모 작품인 「존재 구현을 위한 시적 변증법」은 저서 『말의 신명과 역사적 이성』(1993)에 약간 고쳐진 채 실려 있고, 1997년 때의 공모 작품인 「생명 문학의 현황과 가능성」은 저서 『생명 문학과 존재의 심연』(1998)에 본디 모습대로 실려 있다.

그런데 불교계에서 준 이 문학상은 내게 매우 고맙기도 했지만 나의 경력에 거의 밝힌 적이 없었다. 사실상 일회성 행사에 지나지 않았고, 애호가 수준의 공모상이었다는 점에서, 그 두 사례가 문학상으로 보기에는 여러 모로 미흡했다. 문학상이라면 이미 발표된 작품들 가운데 엄선해 작가의 명예를 부여하는

피터 오툴처럼, 피터 팬처럼

것이 일반적이다. 신작을 애면글면 써 보내 심사 결과를 기다리는 것은 신춘문예의 수준이거나, 아니면 이보다 약간 나은 것에 지나지 않는다.

이러한 점에서 볼 때, 나에게는 삼십 수 년 간의 문단 활동을 통해서 문인으로서 문학상을 한 번도 받아본 적도, 예순을 앞둔 나이에도 불구하고 학자로서 학술상을 한 번도 받아본 적이 없었다.

상 얘기가 나와서 하는 말인데, 상복이 지독하게도 없던 명사 한 사람이 있었다. 불멸의 명배우 피터 오툴이다. 아일랜드 출신으로서 영국의 연극배우로 활동하다가 할리우드에 뿌리를 내린 그는 영화사에서, 몇 명 되지 아니한 최고 연기자의 반열에 오를 만한 인물이다. 내가 소년 시절에 보았던 그의 필생의 대표작 「아라비아의 로렌스」(1962), 푸른 눈동자의 신사 이미지가 빛이 났던 「굿바이 미스터 칩스」(1969), 격정과 광기와 혼신의 연기력을 유감없이 보여준 「라만차의 사내」(1972) 등이 비교적 잘 알려진 영화다. 그는 특히 「라만차의 사내」에서 돈키호테의 역을 맡아 연기력의 정점에 도달하였다.

하지만 그는 아카데미 영화제에서 남우주연상 후보에 여덟 차례나 지명되고도 이 상을 단 한 번도 받지 못했다. 노배우의 열정을 내용으로 한 그 영화. 아카데미의 남우주연상 후보에 마지막으로 지명된 「비너스」(2006)에서, 그는 7전8기의 반전을 노렸지만 결국 물거품이 되고 말았다. 그에게 있어서의 상복

우리가 햄릿이다

이란 것은, 아카데미의 여우주연상을 네 차례나 거머쥔 캐서린 헵번과 비교할 때 명암이 극명하게 드러나고 있는 셈이 된다.

그러나 피터 오툴이 살아생전에 상복이 없었다는 여운과 아쉬움을 남겼어도, 그는 죽어서 비로소 불멸의 명배우가 되었다. 연기자로서의 그의 명성은 세계 영화사에 길이 남게 될 것이다.

그런데 여기서 잠깐! 내 이야기를 좀 해도 되려나? 나 역시 살아 있을 때 세속의 욕망을 실현하지 못한다고 해도, 나 죽은 다음에 나의 문학이나 나의 학문이 불멸의 시간 속으로 들어선다면 하는 말이다.

3

경주의 더-케이 호텔에서, 수상자 두 분, 장윤익 동리목월문학관장님 등과 함께 밤늦게까지 담소를 나누다가, 미리 정해준 객실에서 하룻밤을 묵었다. 오늘, 서울의 집으로 돌아왔다. 나는 아내에게 이런저런 얘기를 하면서 내 스스로 피터 오툴의 삶에 동일시되었다고 말했더니, 아내는 피터 오툴은커녕 내가 마치 늙어가면서도 마음의 상태가 언제나 소년인 피터 팬이라도 된 것처럼 생각하면서 좀 뜨악한 표정을 짓는다.

자호自號에 관한 얘기들

1

내 고향이 부산인데 고등학교를 졸업한 이후, 나는 수십 년 간에 걸쳐 외지에서 살아 왔다. 아주 귀향할 생각은 전혀 없다. 반(半) 정도의 귀향이라면, 내가 정년퇴임 이후에 서울과 부산 을 오가는 생활이 될 터이다. 그래서 2000년 늦가을에 동백섬 이 보이는 쪽의 아파트를 미리 구입했었다. 난 최근 오륙 년 동안 서울과 진주를 중심으로 생활해오는 가운데서도 어쩌다 한 번씩 해운대에서 독서와 집필과 음악 감상을 일삼는 여유를 누려 왔다.

호(號)라는 것을 가진다는 것이 오랫동안 썩 내키지 않았다.

50대 나이 중반까지는 전혀 생각이 없었다. 그런데 해운대에 별저(別邸)를 마련할 무렵에, 기념이 될 수 있는 호 하나를 내 스스로 만들어 보았다.

거실에서 앞으로 비스듬히 바라보면 동백섬과 바다가 보이고, 또 거실에서 뒤로 비스듬히 바라보면 장산(萇山)과 하늘이 보인다. 동백섬에는 언제나 동백나무가 있고 겨우내 동백꽃을 피운다. 장산의 끝자락은 푸른 하늘에 닿아 있다. 그래서 내가 만든 자호가 '백산(栢山)'인 것이다. 요컨대 백은 동백섬을, 산은 장산을 가리킨다. 즉, 자호인 백산은 '동백장산'의 준말인 셈이다.

2

한학에 정통한 소설가 임종욱은 내가 20대 학부 시절부터 알고 지내온 오랜 후배이다. 탁월한 재능과 진지한 노력에 비해 현실의 보상을 거의 얻지 못한, 이 시대의 불운한 문사다. 살아가는 지역은 서로 달라도 지금도 나와는 자주 어울리는 편이다. 그는 이 무렵에 내 자호를, 두 글자로부터 각운을 얻어 7언 2행시로, 부연해 주었다.

설중음시홍여백(雪中吟詩紅如栢)
우후휘필청약산(雨後揮筆靑若山)

뜻을 굳이 설명하자면, 이렇다. 눈 속에 시를 읊조리면 그 붉음이 동백꽃과도 같고, 비가 개인 다음에 붓을 휘두르니 그 푸르기가 장산인 양하다. 내가 시인이고 또 비평가이다 보니 음시와 휘필로 짝을 지은 것 같다. 어쨌거나, 짝을 이룬 이 시구는 내게 분수에 넘치는 덕담이다.

내 자호와 이 2행시를 보고 한문에 관한 한 교양의 수준이 높은 소설가 김인배 형은 백(栢)이 동백나무라면 옳은 글자가 백(柏)이 아닌가 하고 문제를 제기한 바 있었다. 물론 틀린 말은 아니다. 내가 농담 삼아 하나 모자란 백(白)보다 완벽한 백(百)을 지향하고 싶어서 그랬다고 했다. 그러자 형은 완벽한 것보다 좀 모자란 것이 좋지 않느냐고 했다. 또 그것이 자호의 정신이 아니냐고 덧붙였다.

하기야 자호는 겸손의 뜻이 대개 담겨 있다. 어리석을 우(愚), 미련할 치(痴)니, 말 더듬거릴 눌(訥)이니, 하는 것이 한 본보기가 된다. 그렇다면, 내 자호의 백산(栢山) 역시 백산(柏山)이 되어야 하는 게 아닌가. 완벽한 것으로부터 하나 모자란 99의 흰 백(白) 말이다.

3

하지만 내게도 변명의 여지가 있다.

내가 늘어놓은 변명은 이랬다.

우리가 햄릿이다

"사실은 백(柏)과 백(栢)은 같은 글자입니다. 백(柏)이 정자라면, 백(栢)은 속자라고 하겠지요. 형의 말씀대로 겸손의 뜻에서 정자보다 속자를 선택한 거지요."

겸손의 뜻을 바라보는 시선을 달리 두었다. 완벽함에 대해 모자라는 것에 두느냐, 정(正)함에 대해 속된 것에 두느냐 하는 것이다. 이는 저마다의 선택에 속하는 가치의 문제일 따름이다.

내 삶이 정통 주류의 중심에 속한 적이 단 한 번도 없었고, 주변부를 배회하는 속류의 식자로 늘 자족해 왔던 것처럼, 자호의 의미 역시 정통의 위상보다는 통속의 차원에 한결 잘 어울리는 것 같다.

어쨌든 진주의 서예가로서 이름을 온 나라에 떨치고 있는 천갑녕 선생은 임종욱이 지은 그 7언 2행시를 필적으로 수고롭게 남겨주었다. 족자로 제작된 이 소중한 소장품을, 나는 앞으로도 잘 간직해 둘 것이다.

자호(自號)에 관한 얘기들

정유년 첫 날의 감회

오늘은 정유년 첫 번째 하루를 맞이하는 날이다. 나는 세밑에 해운대 집으로 와서 하룻밤을 자고 일어나 새해의 떠오르는 햇살을 받으면서 모처럼 이 하루를 푹 쉬고 있다.

여전히 뉴스는 시국에 관한 얘기뿐이다. 이십여 년 전에 소설가로 문명을 떨치다가 20대 애젊은 나이에 E여대 교수로 전격적으로 임용된 이는 지금 쉰 고개의, 한창 일을 할 나이에 특검에 의해 구속되었다는 얘기이며, 막다른 골목에 몰려 있는 대통령이 청와대에 기자들을 불러 모아 놓고 자기변호의 장광설을 오늘 펼쳤다는 얘기들이 TV와 인터넷의 화면에 오르고 있다. 연말을 장식한 그 어지러운 뉴스거리는 신년에도 여전히

우리가 햄릿이다

이어지고 있다.

정유년은 닭의 해다. 닭띠인 나는 60년 전의 정유년에 태어났다. 그래서 내게는 올해가 갑년(甲年)이다. 물론 같은 연령의 건강한 정도에 관해서라면 서로 비교할 수 없을 만큼 차이가 나지만, 내 아버지가 갑년에 일찍 돌아갔었으니, 갑년을 맞이하는 내 마음도 여간 착잡하지 않을 수 없다. 그래서 나는 올해 더 건강해지기를 첫째의 목표로 삼는다. 평소에 건강에 무관심하고 또 묵은 병이 많았던 아버지처럼 단명하고 싶지 않다. 아버지를 반면교사로 삼아 오래오래 건강을 유지하면서 사회문화적으로 기여하는 여생의 삶을 향유하고 싶다.

나는 정유년 양력 7월 6일 토요일 정오에, 밀양 가곡면 외가에서 태어났다. 경부선이 지나다니는 곳. 밀양역과 유천역 사이에 위치해 있는 외가의 마을은 '가실'이라고 불렸다. 가실은 지금도 천변의 송림으로 유명한 인근의 '긴늪'과 함께 매우 한적하고도 산자수명하기 이를 데 없는 곳이다. 나는 내가 살아온 입때까지 약력마다 '부산 출생'이라고 밝혀 왔다. 그 까닭은 다름이 아니라 공식 문서인 호적의 기록에 근거한 데 있다. 물론 내 진짜 출생지가 밀양이라고 해도 모태(母胎)에 머물던 시기부터 태어난 지 일주일 이후 인격적으로 쭉 성장한 곳이 부산이기 때문에 고향이 부산인 것은 객관적으로 엄연한 사실이다.

그런데 내 어머니는 내가 태어나기 직전에 용이 꿈틀거리는 태몽을 꾸었다고 한다. 이것이 매우 좋은 기미라고 철석같이 믿으면서 남들에게 발설하는 것을 극히 자제해 왔다. 당사자인 나도 이 얘기를 전해들은 것이 대학에 재학하던 시절이었으니까 말이다. 그리고 이때 이 얘기를 남들에게 함부로 말하지 말라고 당부하셨다. 물론 어머니는 내가 자랄 때 싹수가 있어 보이지 않아 실망도 많이 하셨겠지만, 친정 가까운 암자랄지, 사찰이 있는 곳이라면 어느 곳이든 찾아가 나를 위해 부처님께 정성을 많이 들였다.

용은 우리의 토박이말(고유어)로 '미르'라고 한다. 그 동안 뉴스에 무시로 등장하고는 한 '미르스포츠재단'할 때 그 미르다. 아마도 대통령이 용따라서 미르라고 이름을 붙인 것 같다. 그런데 전설상의 동물로 뿔이 없는 용인 '이무기'도 있다. 어떤 저주나 능력 부족이나 시운(時運)이 맞지 않는 등의 까닭에 의해서 용이 되지 못하고 물속에 산다는, 여러 해 묵은 큰 구렁이가 바로 이무기다. 이무기는 용의 필요한 조건에 부합하지만 용의 충분한 조건을 충족시키지는 못한다.

내가 생각하기로는 용과 미르는 일대일로 대응되는 개념이 아닌 듯싶다. 미르의 말밑(어원)이 물(水)인 것으로 보아서, 미르는 애초 용과 이무기를 포함하는 개념인 것 같다. 아직 용이 되지 못한 이무기는 한동안 물에 잠겨 있다가 승천하여 용이 된다.

이무기와 사뭇 비슷해 보이는 개념이 하나 있다. 한자어로는 잠룡(潛龍)이라고 표현된다. 아직 하늘에 오르지 않거나 못하거나 하여 물속에 잠겨 있는 용, 물 밖으로 날지 못하고 물속에서 자맥질만 해대는 용을 잠룡이라고 한다. 본격적인 대통령 선거 기간을 앞두고 흔히 사용하는 말이다. 잠재적인 대선 주자가 잠룡이다. 나는 이 단어를 신문에서 보거나 TV로부터 듣거나 할 때마다 마음속으로 쓴웃음을 지어 마지않는다.

두루 알다시피, 올해는 대통령을 뽑는 해다.

무수한 잠재적인 대선 주자 가운데 딱 한 사람에게만 대권이 주어진다. 여러 마리의 잠룡 중에서 한 마리만이 용이 되고 나머지의 잠룡은 결국 잡룡(雜龍)이 되고 만다. 묘하게도 잠룡과 잡룡의 발음도 '잠뇽'으로 동일시된다. 역행동화와 상호동화라는 과정상의 차이가 있을 뿐, 필경 두 낱말은 발음이 같아진다.

앞으로 머잖아, 무수한 잠룡들이 대통령이 되기 위한 혼탁한 물속에서 자맥질을 해댈 것이다. 한 마리의 잠룡만이 승천해 용이 되고, 그 나머지는 자맥질하는 과정에서 상처를 입게 마련이다.

내가 내 자신을 잘 알아서 하는 말이지만, 우리 어머니의 태몽에 나타난 용은 기실 용이 아니라 이무기였다. 겸양의 뜻으로 하는 말이 결코 아니다. 어쨌든 거기에 한 마리의 큰 용이 등장했다니, 이 용이야말로 승천하는 용은 아닌 것 같다. 그렇다고 정치판이 아닌 그 어디에서든 잡룡으로 마무를 잠룡도 아닌 듯하다. 용으로 승천하지 않고, 잠룡으로 설쳐대지 않고 맑은 물속에 조용히 잠겨 있는 이무기 한 마리로 안주해 사는 것이야말로 미리 주어진 하늘의 명이요, 내 남은 삶의 분수인 것 같다.

정유년 첫 날의 감회

송희복은 문학평론가 및 영화평론가이다. 동국대학교 및 같은 대학원 국어국문과를 졸업(문학박사)했다. 현대시 연구자로서 2016년에 제9회 청마문학연구상을 수상했다. 여러 분야에 걸쳐 많은 저서가 있지만, 이미 간행된 산문집으로는 『나는 너에게 바람이고 싶다』(2001)와 『꽃을 보면서 재채기라도 하고 싶다』(2008)가 있다. 현재, 진주교육대학교 국어교육과 교수로 재직하고 있다.

송희복 산문집
우리가 햄릿이다

2017년 2월 24일 초판 1쇄 펴냄

지은이 송희복
펴낸이 김흥국
펴낸곳 보고사

책임편집 이경민
표지디자인 오동준

등록 1990년 12월 13일 제6-0429호
주소 경기도 파주시 회동길 337-15 보고사
전화 031-955-9797(대표), 02-922-5120~1(편집), 02-922-2246(영업)
팩스 02-922-6990
메일 kanapub3@naver.com / bogosabooks@naver.com
http://www.bogosabooks.co.kr

ISBN 979-11-5516-642-0 03810
ⓒ 송희복, 2017

정가 15,000원